TINA PRUSCHMANN

BITTERE WASSER

ROMAN

Rowohlt Hundert Augen

Originalausgabe
Veröffentlicht im Rowohlt Verlag, Hamburg, Dezember 2022
Copyright © 2022 by Rowohlt Verlag GmbH, Hamburg
Redaktion Susann Rehlein
Satz aus der Minion 3
Gesamtherstellung CPI books GmbH, Leck, Germany
ISBN 978-3-498-00315-9

Einige Wissenschaftler sind begeistert. Sie sehen neue Farben, ungeahnte Strukturen, eine Natur, wie man sie sonst nirgends antrifft. Es ist die Krönung ihres Lebens.

Alexander Kluge, *Die Wächter des Sarkophags*

HERBSTLEUCHTEN

Schau an, die dralle Otti, denkt Georg, als sich ein paar Arbeitsstiefel, eine Laufmasche und eine Maurerkelle, die Frau Bürgermeisterin Ott in der Hand hält, in sein Blickfeld schieben. Die Moderatorin gibt noch etwas Druck auf ihre Stimme und lobpreist Otti als eine Frau, die wie keine Zweite für die Tatkraft der Bewohnerinnen und Bewohner des Ortes stehe, mit einem wahrlich grünen Daumen gesegnet sei und sich – und das sei selten genug in der Politik – ihre Begeisterungsfähigkeit bewahrt habe. Der Applaus ist mäßig, fast an der Grenze zum Boykott mäßig, dafür hat Georg ein Gehör, aber Otti winkt und wirft Luftküsse ins Publikum und tut, als würden ihre Schritte zur Bühnenmitte von tosendem Jubel getragen. Ein Profi, die Otti, Respekt, denkt Georg, denn er kann kein Zeichen der Verunsicherung in ihrer Haltung erkennen. Georg hört Otti von den Tannern sprechen, die so kräftig angepackt haben, die sich in den vergangenen nun fast dreißig Jahren nicht haben entmutigen lassen, die ja am besten wüssten, wie es war, und ein Wind kommt auf und peitscht Ottis blondierte Haare an das Mikrofon. Die Böen schieben eine turmhohe Wolke vor die Sonne und bauschen die Landesfahne auf und die Tanner Stadtfahne.

Georg blinzelt in das Licht, das durch die Wolke glüht. Schau an, ein Yellowcake, denkt er. Unter dem schweren Stoff seines Kostüms läuft ihm der Schweiß den Rücken entlang. Er schmeckt den Fusel auf der Zunge und schämt sich ein bisschen, weil ihn die Moderatorin vorhin angeschaut hat, als habe sie es gerochen. Nur einen gegen das Zittern, hat er gedacht, als er im Hausflur vor dem fast blinden Spiegel gestanden und die Häkchen des viktorianischen Blazers nicht in die Ösen bekommen hatte. Unbedingt wollte er diesen Blazer tragen, denn er ist schwarz wie die Trachten des Bergbauvereins, und die goldenen Stickereien ähneln den Glockenblumen auf dem Herbstleuchtenpokal, den er überreichen soll. Auf so etwas kommt es doch an. Außerdem hat er diesen Blazer schon in Las Vegas, Monte Carlo und auf der Bühne des Friedrichstadtpalastes getragen, und jetzt trägt er ihn ein letztes Mal hier in Tann. Hier, auf den Erwin-Wiehler-Wiesen, auf einem Dekostrohballen am Bühnenrand des Konzertpavillons sitzend. Hier, wo das angefangen hat.

Anfang.

Es steht geschrieben: Im Anfang war das Wort. Oder bei Goethe: Im Anfang war der Sinn, im Anfang war die Kraft, im Anfang war die Tat. Oder ein Zauber. Hesse. Dem Anfang wohnt ein Irrtum inne, das hat Georg einmal in einem Roman gelesen, er hat vergessen, in welchem, aber es hat ihm gefallen, und er schaut auf seine Füße, unter denen tief unten das Gehämmer schon wieder losgeht. Der Irrtum hockt im Stein, denkt er, und er fühlt eine Unruhe in sich aufsteigen und fragt sich, woher die kommt, denn was am Ende aller Tage bleibt, ist Ida.

Der viktorianische Blazer ist ihm inzwischen ein wenig zu groß geworden, das schon, aber die goldene Stickerei leuchtet, als wäre nichts. Georg sieht auf seine Finger, die den Pokal halten, und auf das Zittern, gegen das der Alkohol nicht geholfen hat. Nur das warme Gefühl, das er von früher kennt, das seinen Körper flutete, kurz bevor er mit den Elefanten in die Manege einzog, das will sich nicht einstellen. Stattdessen fällt ihm *Stichwort* ein, und für einen Moment weiß er nicht, was das Wort bedeuten soll. Er sieht zur Bühnenmitte. Otti steht nicht mehr am Mikrofon, sondern die Moderatorin, und sie hat wieder diese Energie in der Stimme. «Sicher hat jeder von Ihnen eine Erinnerung an ihn. Er ist ...», jetzt macht sie eine Pause und streckt die Hand nach ihm aus, «er ist eine Legende und viel mehr noch, er ist *unsere* Legende. Begrüßen Sie mit mir ...», ruft sie ins Publikum und wendet sich ihm zu. Georg hört seinen Namen, dann den Applaus, der so mäßig ist wie Ottis Applaus, und er sieht die Hand der Moderatorin, die auf ihn zeigt, und ihren Blick, der ihn durchbohren will, und er spürt, dass etwas aus dem Takt geraten ist. Das Stichwort, denkt er wieder. *Legende* war das Stichwort, fällt ihm ein, da sollte er sich von seinem Strohballen erheben, und wenn sein Name fiel, an das Mikrofon kommen. Er muss zur Bühnenmitte. Die Legende muss den Herbstleuchtenpokal zu Otti bringen. «Tann. Schönste Gemeinde Mitteldeutschlands», steht eingraviert am Fuß des Pokals. Georg holt Schwung. Beim dritten Versuch schafft er es von dem Strohballen runter. Er geht auf die beiden Frauen zu, spürt, dass da noch Stroh an seiner Hose hängt, sieht ins Publikum. Sieht hinter dem Publikum das neue Kurbad, das auf der Hügelkuppe über dem Festplatz thront, davor an der Promenade die Verkaufsbuden, rechts davon die eingehegten Alpakas am Lichtloch vierzehn, sieht die Männer an den Bierbänken, denen das Hemd über dem Bauch spannt, sieht den Bergmannszug in schwarzer Tracht vor der Bühne in der ersten Reihe sitzen, sieht etwas abseits eine Hippiefrau im Batikrock mit einer Gruppe bunt geschminkter Kinder, sieht ein Kind in einem Kinderwagen, das wild mit den Beinen strampelt und lacht, und an den Kinderwagen angebunden wehen die blauen Luftballons der Neuen Rechten stramm im Wind. Er sieht neben der Bühne eine

Gruppe schmächtiger Jungs aus dem Flüchtlingsheim stehen, sieht den blonden Bergvermesser, den hier noch keiner kennt und der wahrscheinlich gerade den Musikern im Bergmannskostüm seine *Mineralien der Zukunft* an die Backe quatscht. Auf einer der Bänke sieht er Ida und denkt, eine Kokosch, wie sehr sie doch eine Kokosch ist, ruft ihr zu: «Hallo, Ida, mein Mädchen, ich bin Georg, aber du kannst auch Papa zu mir sagen.» Georg winkt ihr mit dem Pokal in der Hand, sieht, dass alle ihn anstarren, dann verhallt die Stimme der Moderatorin, dann verhallen die Geräusche von den Bierbänken, das Schnalzen der Fahnen, das Pfeifen des Windes. Alles ist still. Man müsste noch einmal an den Anfang zurück, denkt Georg, als sein Blick wieder auf den blonden Bergvermesser fällt. Er hat das Gefühl, etwas vergessen zu haben. Im Anfang war der Irrtum. Das hat er doch neulich in einem Buch gelesen, und er spürt, dass ihm der Pokal entgleitet, spürt die Erschütterung des Aufpralls in den Füßen, denkt: Es macht nichts, wenn ich mit den Ohren nichts höre, dann höre ich eben mit den Füßen – wie meine Elefanten, wie Hollerbusch, die konnte das am besten. Und dann verschwindet alles in einem Nebel, den er gar nicht hat kommen sehen. Es ist, als habe ihn jemand hoch in den turmhohen Yellowcake katapultiert, und durch den Nebel hindurch sieht er den Boden auf sich zurasen. Merkwürdig, denkt Georg, wie bei einem Flugzeugabsturz.

EIN KIND WIE EIN
BUNTER MÄUSESPECK

Er ist jetzt Vater. Georg kaut auf diesem Wort herum wie auf Brotrinde. Er sieht das Baby an, das vor ihm auf dem Bett liegt. Es zappelt mit den Beinen, gähnt, verzieht das Gesicht und sieht dabei aus wie Jutta. Wie es nur gekommen ist, fragt sich Georg, dass er für dieses Mädchen, das er doch gerade erst anfängt kennenzulernen und von dem er noch nicht so recht weiß, welches Temperament es hat, was es mag, was nicht, was es zum Lachen bringt, wovor es sich fürchtet, ohne zu zögern alles hingeben würde; sogar sein Leben, sogar das von Jutta.

«Hallo, Ida, mein Mädchen», flüstert Georg.

Das Baby streckt ihm die Arme entgegen. Georg gibt ihr den Tscheburaschka, den er ihr von seiner Gastspielreise aus Odesa mitgebracht hat. Ida nimmt ihn, knetet die großen braunen Ohren, zieht sie hin und her. Georg knöpft den Strampler zu, der grün ist und samtig, öffnet die Cremedose und cremt mit beiden Händen Idas Wangen. Ida schaut, lacht, winkt mit dem Stofftier. Georg hebt sie hoch. Der Tscheburaschka fällt zu Boden. Er legt sich das Kind in die Armbeuge und schaut es an.

«Na, kennst du mich noch? Ist ein bisschen her, sechs Monate. Aber weißt du noch? Im Krankenhaus. Da haben wir uns zum ersten Mal gesehen.»

Georg kitzelt Ida. Sie zieht ihre Beine an und greift nach seinem Zeigefinger. Georg starrt auf ihre Fingernägel, und wie bei allem, was er an dem Kind sieht, braucht er eine Weile, bis er sich das Bild gut genug eingeprägt hat, obwohl das, was er eigentlich behalten will, eine Empfindung ist und kein Bild, aber Georg weiß nicht, wie das geht, sich eine Empfindung einprägen. Von Freunden hat er gehört, dass Babys schnell wachsen, und er weiß schon jetzt, dass er später Sehnsucht nach der Ida aus dem November neunzehnhundertfünfundsiebzig haben wird.

«Ich heiße Georg. Aber du kannst auch Papa zu mir sagen.»

Georg hört Schritte im Flur des Wohnheims, hört die Tür, spürt einen kühlen Luftzug im Rücken. Er wendet sich um. Jutta betritt das Zimmer. Die Herbstluft, die sie hereinträgt, riecht nach aufziehendem Regen.

«Kommt ihr klar?», fragt sie, öffnet den Schrank und zieht ihre Ballettschuhe aus dem unteren Fach.

«Kommst du klar?», erwidert Georg.

«In fünf Monaten geht's los», singt sie auf eine Edith-Piaf-Melodie, gibt Ida einen Kuss auf die Stirn und wirft sich den Mantel über.

«À Paris …», Jutta zieht summend die Tür hinter sich ins Schloss, und Georg hört ihren Schritten nach.

«Was meinst du, Idalein?», sagt er und wendet sich dem Kind zu. «Wir kommen so was von klar.»

Ida gluckst. Georg geht mit ihr in dem Zimmer umher, das in der oberen Etage eines zweigeschossigen Neubaus liegt. Zwei Zimmer, Küche, Bad bedeuten im Winterquartier des Zirkus Dusche, Klo und Frühstücksküche auf dem Flur, Klubraum im Gemeinschaftshaus nebenan und diese zwanzig Quadratmeter nur für sich, die im Vergleich zu ihrem Tourneewohnwagen fast geräumig sind. Sein Blick fällt auf den roten Flokati vor dem Bett, das Spitzendeckchen auf dem Nachtschrank und die Lampe mit dem gedrechselten Fuß und

den goldenen Kordeln. Jutta scheint seit Neustem den noma-
dischen Alltag ihres Lebens etwas dimmen zu wollen. Bevor
Ida auf die Welt kam, reichte ihr, was die Standardmöblierung
an Gemütlichkeit hergab. Ida patscht ihre Hand auf die Dinge,
die da sind, und Georg erklärt ihr, wie das heißt, was sie fühlt.
Das Fensterglas ist kalt und glatt, die abblätternde Farbe des
alten Holzstuhls rau und kantig, das rote Kissen auf dem Stuhl
grob und kratzig, Juttas Schal am Garderobenhaken warm
und weich, die dünne Plastiktischdecke auf dem Klapptisch
zäh und klebrig, und sie knistert, wenn man sie schiebt und
zieht. Georg spürt die Schwere und die Wärme des kleinen
Körpers, sieht, wie sich ihr Brustkorb bewegt, und er legt
seine Hand auf Idas Kopf. Ida wird still und schaut ihm in
die Augen. Es liegt kein Urteil in ihrem Blick. Georg spürt die
weiche Stelle zwischen den Schädelknochen des Kindes, und
es breitet sich in ihm, ohne dass er darauf vorbereitet gewesen
wäre, eine diffuse Furcht aus, weil ihm bewusst wird, wie wenig doch zwischen Liebkosen und Zerstören liegt und wozu
er mit nur einer einzigen Entscheidung, die er im Bruchteil
einer Sekunde fällen konnte, imstande wäre. Jäh zieht er seine
Hand zurück.

Ida erschrickt und schreit.

Georg weint.

Er steht vom Tisch auf, drückt das Kind an seine Brust,
spürt die Unbedingtheit, mit der Ida jeden Muskel ihres Körpers anspannt, und die Kraft, mit der sie die Schreie aus ihrem
Leib herauspresst. Georg legt seine Hand auf ihren Rücken,
wippt und summt, bis Ida wieder ruhig ist, und steht lange
so da, sieht aus dem Fenster in den grau verhangenen Himmel, hört die Autos, die auf der Frankfurter Chaussee vorbei-
rauschen, und den Regen, der gegen die Fensterscheiben
trommelt. Georg dreht sich um, schaut auf das eingerahmte

Foto, das unter den goldenen Kordeln auf dem Nachtschränk-chen steht. Es zeigt ihn, wie er Ida auf dem Arm hält. Es ist der achtzehnte Mai, am Morgen nach ihrer Geburt. Ida kam zehn Minuten vor Mitternacht auf die Welt. Fast wäre sie ein Sonntagskind geworden. Am Tag darauf ist Georg nach Odesa abgereist. Er hebt den Tscheburaschka auf, der neben dem Bett auf dem Flokati liegt, legt Ida wieder auf das Bett und schaltet die Lichterkette an, die er am Vormittag gekauft hat. Ein warmes oranges Licht legt sich wie ein Pflaster über Georgs Kümmernis und gibt ihm die Sicherheit zurück, die er für einen Augenblick verloren hatte. Ida blinzelt und streckt ihre Hand den Lämpchen entgegen. Georg küsst Idas Hand, gibt ihr den Tscheburaschka zurück. Er schaltet das Radio ein, sammelt die Wäsche zusammen, die überall im Zimmer verstreut liegt, wirft sie in den Wäschekorb, der am Fußende des Bettes neben dem Laufgitter steht, und wischt Idas Keks-krümel vom Tisch.

Sie übertragen eine Reportage vom Bau einer Stadt in der Ukraine. Atomstadt, sagt die Sprecherin, eine Kategorie, von der Georg noch nie etwas gehört hat. Im Wappen der Atom-stadt kreisen Elektronen um einen Atomkern, eine Bewegung, die weder Anfang noch Ende kennt, und den Elektronen gleich zirkulieren die Mikrorajony um das Atomstadtzentrum. Das hätten sich die Stadtplaner so ausgedacht. Die Sprecherin erzählt, wie junge Frauen ihre Kinderwagen über die neuen Gehwege schieben, wie die Einkäufe durch die Maschen ihrer Netze quellen, Kinder Kosmonauten spielen, Ikarusbusse die Eltern über die Straße der Enthusiasten zur Kraftwerksbau-stelle bringen und ein Hochzeitspaar, die Braut blütenweiß, vor dem Ortseingangsschild posiert. Der Bürgermeister spricht von den neuen sozialistischen Menschen, von einer strahlenden Zukunft, der Energiewirtschaft, Fünfjahrplan,

Planübererfüllung. Georg fragt sich, ob man eine solche Stadt, die frei von jedem Zufall ist, die kein Gedächtnis und keine Launen hat, riechen kann, wie man Berlin riechen kann, ob sie einen Klang besitzt, ob sie an einem zieht, wenn man sie verlässt, wie Tann an ihm zieht, obwohl der Ort ein Drecknest ist, ob man in solch einer Stadt je auf einer Parkbank in der Abendsonne sitzen und eine Frau küssen wird.

Georg schaut Ida an. Sie knetet den Tscheburaschka und lacht.

«Komm, Ida, wir schauen mal, was die anderen machen», sagt er und nimmt Idas Winteranzug von der Garderobenleiste.

Georg legt Ida in den Anzug, steckt zuerst die Füße in die Hosenbeine, dann die Arme in die Jackenärmel. Er zieht den Reißverschluss zu, setzt Ida eine Mütze auf und schiebt die Kapuze darüber. Mit dem wild gemusterten rot-gelben Anzug und ihren cremeglänzenden Wangen sieht sie jetzt aus wie ein bunter Mäusespeck, findet Georg, und er nimmt sie unter seine Jacke und verlässt mit ihr das Wohnheim.

Autolärm dringt von der Straße herüber. Inzwischen regnet es in Strömen, und er eilt mit dem Kind am Gemeinschaftshaus vorbei in die Malereiwerkstatt, wo Manne, der Hausmaler, im weißen Kittel die Stellwände für die nächste Saison bemalt – ein Tiger, der durch einen funkelnden Reifen springt. Auf der anderen Seite des Raums beugt sich Löschi, der Schriftenmaler, an einem langen Arbeitstisch sitzend über seine Plakatentwürfe.

«Was'n das Motto?», fragt Georg.

«Irgendwat mit Druschba», sagt Löschi.

Als er aufschaut und Ida sieht, hellt sich sein Gesicht auf.

«Na, Kleene, kiek dir nur allet an. Wenn de ma groß bist, kommste zu uns inne Werkstatt. Hier isset lustig, und wir machen nich so verrückte Sachen wie deine Eltern», sagt er, streicht mit seinen rauen, farbverkrusteten Händen über Idas Wange. Dann zwinkert er Georg zu. «Die Hasardeure.»

Löschi wirkt blass unter dem Neonlicht. Er riecht nach Farbe und Lösungsmittel, und Ida lacht. So viel weiß Georg nach den drei Wochen, die er vom Gastspiel zurück ist, über das Kind schon; Ida lacht alle an.

Sie verlassen die Werkstatt. Das Gelände versinkt im Schlamm, nur eine Reihe aufgebockter Sattelschlepper mit den Schriftzügen Busch, Aeros, Berolina leuchtet gleißend weiß aus dem verwaschenen Braun, Grau und Schmutzgrün des Novembernachmittags. Überhaupt ist der Zirkus der wohl einzige Ort in einem Land, das optisch nicht viel hergibt, an dem all das sein darf: strassbesetzte Kostüme mit Silberfransen, Galawagen und Goldräder, bunte Drachen aus Pappmaschee, hohe Zylinder, Rappen mit Kopfschmuck aus Straußenfedern, dazwischen der Geruch der feinen Späne, der Wildtiere, der abgekämpften Artisten und über allem der luzide Duft irgendeines Parfüms. Sie spazieren durch die ehemaligen Rennställe, in denen jetzt Zirkus- statt Rennpferde ihr Winterquartier haben. Es riecht warm nach den Tieren und Heu, überall stehen Holzkisten mit Äpfeln. Ida gluckst und zappelt auf seinem Arm. Die Pferde schnaufen und strecken ihre Köpfe an das Gatter. Ida schaut den Tieren nach und plappert: «Da-da-da-da-da.»

«Da vorn ist Mami, sollen wir da hin?», flüstert Georg ihr zu.

Der Pferdestall führt zum Eingang der weitläufigen, hell erleuchteten Probemanege. Georg sieht Artistinnen mit Longen gesichert durch die Luft fliegen. Die Schleuderbrettgruppe probt eine neue Nummer. Roland, der Chef der Eliots, trägt bereits Jürgen auf seinen Schultern, als Caro und Jonas abspringen und Ursula in die Luft schleudern, die nach einem doppelten Salto auf Jürgens Schultern landet. Georg riecht Rolands Schweiß. Er kann dem Treiben nur deswegen so ruhig zuschauen, weil es nicht Jutta ist, die springt, und er sich nicht vorstellen muss, dass sie das zur Vorstellung ohne die Longen tut. Im Gegensatz dazu hält er die Trapezstücke noch einigermaßen aus. Die wirken zwar gefährlicher, aber es gibt ein Netz, in das sie im Zweifel fällt. Georg setzt sich mit Ida auf eine Bank. Er spürt die heiße Luft aus den Ventilatoren an seinen Beinen. An den geschlämmten Ziegelwänden kleben die Zirkusplakate der vergangenen Jahre. Das älteste ist von neunzehnhundertfünfundvierzig und zeigt einen Elefanten, dessen Berühmtheit weniger von seinen Darbietungen herrührte, sondern daher, dass er mit der Kraft von zehn Männern die Trümmer von Berlin weggeräumt hat – wie in dem Zeitungsartikel steht, der neben dem Plakat an der Wand klebt.

Ida beobachtet die fliegenden Artistinnen. Georg beobachtet Jutta. Sie steht hinter der Manege allein an der Ballettstange, neben ihr ein Turm aus Trampolinen. Sie hebt sich in den Spitzenstand, zieht ihr Bein am Rücken entlang neben den Kopf, legt den Kopf in den Nacken, winkt ihnen zu. Sie sieht aus wie damals vor vier Jahren, als sie frisch von der Artistenschule zum Zirkus gekommen war. Georg hatte sie bei ihrem ersten Auftritt am fliegenden Trapez gesehen. Jutta strahlte in ihrer Konzentration eine Entschlossenheit aus, die jedes Räuspern, jedes Rascheln, jedes noch so kleine Geräusch in der Arena zum Erliegen brachte, bis es totenstill war im Publikum. Aplomb. Mit derselben Entschlossenheit lässt sie nun in Zeitlupe ihr Bein wieder sinken und hebt es gestreckt vor dem Körper, legt es auf der Ballettstange ab, hält sich so, dreht sich in die Arabeske, löst das Bein wieder von der Ballettstange, hebt sich in den Spitzenstand. Sie ist eins mit den Koordinaten ihres Körpers. Aplomb. Standfestigkeit. Ganze Sohle, halbe Sohle, Spitze. Präsenz. Juttas Beinmuskeln zeichnen sich deutlich unter ihrer Hose ab, eine Anspannung, die sie sich weder in der Armhaltung noch in ihrer Mimik anmerken lässt. Wie gut sie doch darin ist, Dinge ungeschehen aussehen zu lassen. Am stärksten vermag es ihr Blick. Es ist ein Blick, der auf eine ferne, innere Landschaft gerichtet ist, der nicht mehr erfasst, was unübersehbar vor ihr liegt. Sie sieht nicht hin und muss dafür nicht einmal die Augen schließen oder sich abwenden. Sie sieht nicht hin, bis die Dinge verschwinden, bis es so ist, als seien sie nie gewesen.

Nie gewesen die schlammige Kindheit im Oderbruch als Tochter von Landarbeitern, die nach dem Krieg ein Stück Gutsherrenland und ein paar Gänse bekommen hatten und mit Urkunde und Kredit zu Neubauern wurden, die dann aber froh waren, als sie mit freiem Sonntag und Urlaubsanspruch in die LPG gehen konnten. Nie gewesen, der Blick der Dame von der Talentesichtung, die von Berlin aus bis in die letzten Winkel der Republik gefahren war und deren geschultes Auge nicht nur Juttas Talent bemerkte, sondern auch die leeren Bierflaschen unter dem Wohnzimmertisch und das fleckige Spitzendeckchen darauf, die sich ungefragt an das Klavier setzte, das die Gutsherren, denen das Haus einst gehörte, zurückgelassen hatten. Nie gewesen, dass Jutta damals den Schwanensee nicht erkannte und nicht hörte, wie verstimmt das Klavier war, weil sie überhaupt zum ersten Mal ein Klavierstück gehört hatte. Nie gewesen, der flackernde Blick der Mutter, die den Vertrag, den sie unterschrieb und mit dem sie Jutta auf die Spezialschule nach Brandenburg an der Havel schickte, nicht verstanden hatte, weil sie mit ihren drei Jahren Schule während des Krieges kaum lesen konnte. Nie gewesen,

Juttas Angst, dass das geschulte Auge der Dame aus der Hauptstadt es bemerken und ihr Traum platzen würde, während sie noch um das Klavier herumtanzte.

Gelernt hat sie den Blick von ihrer Mutter, perfektioniert hat sie ihn bei einer ihrer Ausbilderinnen, einer Primaballerina aus dem Leningrader Kirow-Ensemble. Bereits ein halbes Jahr nach der Entbindung sieht Juttas Körper wieder so aus, als hätte es die Schwangerschaft nie gegeben. Aplomb. Auch während der tours und pirouettes.

Von Anfang an hat Jutta diesen Umstand und alles, was er für sie bedeutete, verleugnet. In den ersten Wochen hatte sie die Worte schwanger, Baby, Kind nicht einmal ausgesprochen. Die Schwangerschaft war für sie *es, das* oder *damit. Es* sei passiert. *Damit* müsse sie schnellstmöglich zu einem Arzt. *Das* beende ihre Karriere. Und statt Roland einzuweihen, der nicht nur der Kopf der Eliots war, sondern auch künstlerischer Leiter des Zirkus und der Jutta nach ihrem ersten Auftritt das Solotrapez gegeben hatte, hatte sie *es* verschwiegen. Aber Roland wusste bald, was das verschwiegene *Es* war, und sagte: «Du kannst Mutti sein oder Artistin. Wenn du dich für das Kind entscheidest, bist du raus. Dann kannst du Paris übernächstes Jahr vergessen.» Sie könne ja in die Kleintierrevue wechseln, schob er noch nach, als Jutta sich schon umgewandt hatte und aus dem Trainingszelt gerannt war. Georg war sich sicher, dass Juttas Entsetzen nicht so sehr daher rührte, dass Roland sie zu den Pudeln abschieben wollte, sondern daher, dass er das Unsagbare ausgesprochen hatte: Mutti. Kind. Drei Tage lang hatte sich Jutta in ihrem Wohnwagen eingeschlossen. Georg hatte damit gerechnet, dass sie sich von ihm trennen, in eine Klinik fahren und das Kind wegmachen lassen würde. Er hatte die kühlen Cottbusser Septembernächte vor Juttas Wohnwagen verbracht, denn mehr noch als ihre Entscheidung, in die Klinik zu gehen, hatte er befürchtet, dass sie es tun würde, ohne dass er davon etwas mitbekäme. Obwohl sie erst seit der dritten Station der Tournee ein Paar waren, hatte der Gedanke an ein Kind Georg im Gegensatz zu Jutta glücklich gemacht. In Zeitz hatte er sie zum ersten Mal geküsst, das war Anfang April, nach der Vorstellung, und ihre Lippen waren so weich, viel weicher als ihr durchtrainierter Körper, und sie schmeckten nach Schweiß und dem Wein, den sie sich noch vor dem Schlussapplaus eingeschenkt hatte. Fünf Monate später hoffte er, dass sie bei ihm bleiben und sein Kind behalten würde.

Nach drei Tagen kam Jutta aus ihrem Wohnwagen. Sie lief ins Chapiteau, zog Roland am Arm in eine Ecke und flüsterte ihm etwas zu. Danach war sie gesetzt für den Wettbewerb beim Festival in Paris. Georg ahnte nur, womit sie Roland unter Druck gesetzt hatte. Auch er sah nicht hin. Gemeinsam waren sie zur Frauenärztin gefahren. Jutta hatte, als die Ärztin ihr den Schwangerschaftsausweis über den Schreibtisch schob, nur zwei Fragen gestellt: Wie lange sie noch trainieren und wann sie nach der Geburt wieder damit beginnen könne. Nach dem Termin bei der Ärztin hatte sich Jutta in den Wohnwagen gesetzt, einen Kalender neben ihrem Schwangerschaftsausweis ausgebreitet und die Zeit bis zum Festival Mondial du Cirque in Paris geplant.

«Ich stelle mir einfach vor, *es* wäre ein Kreuzbandriss», hatte sie zu Georg gesagt, und zum ersten Mal seit zwei Wochen hatte er Jutta lächeln sehen. Georg hatte dieses Lächeln angestarrt und gespürt, wie Übelkeit in ihm aufstieg.

«Ich brauch frische Luft», hatte er gesagt, leise, mehr zu sich als zu ihr, weil ihm für das, was er fühlte, die Worte fehlten. Vor der Tür des Wohnwagens fehlten ihm noch immer die Worte, aber eine kalte Wut stieg in ihm auf und wühlte sich durch die Übelkeit, und mit dieser Wut war er in das Chapiteau gegangen und hatte Roland mit einem Schlag und ohne ein Wort zu sagen die Nase gebrochen.

«Siehst du den Mann mit der krummen Nase?», flüstert Georg Ida zu. «Die hab ich ihm gemacht.»

Georg zieht Ida die Kapuze über die Mütze, packt sie wieder unter seine Jacke und steht auf. Er geht zu Juttá, gibt ihr einen langen Kuss. Jutta umarmt Georg und küsst Idas Nase. Ida lacht und klatscht in die Hände.

«Familienkuscheln», hört Georg Jutta sagen, und er spürt die Wärme ihrer Körper, riecht Juttas Parfüm und Idas gecremte Wangen, und es ist ihm, als ob in diesem Moment all die Dinge in seinem Leben genau an dem Platz sind, an den sie gehören. Georg sieht Jutta noch einmal in die Augen, die im Licht der Strahler mehr grau als blau sind. Jutta streicht ihm über die Wange, dann löst sie sich aus der Umarmung, und Georg fühlt einen Schmerz, und er denkt an die Elektronen aus dem ukrainischen Stadtwappen, die um den Atomkern kreisen, ein Gebilde, das einst als unteilbar galt und es dann doch nicht war.

Georg verlässt mit Ida die Probemanege.

«Komm, ich will dich mit jemandem bekannt machen», sagt er zu seinem Mädchen, und sie gehen einmal quer über das Gelände, kommen an der Villa, der Tierschule, den Lagerplätzen, der Futtermittelhalle, den Außengehegen und den Wohnwagen vorbei, die wie in einer Vorortsiedlung aufgereiht auf dem Gelände stehen. Aus Mannes Malereiwerkstatt dringt Musik zu ihnen. Splitt knirscht unter Georgs Füßen, und das Regenwasser tropft von seiner Kapuze. Ida grunzt, als sie die schlafenden Bären hinter den Gitterstäben der Außengehege sieht, und streckt ihre Arme nach ihnen aus. Wahrscheinlich will sie ihnen an den Ohren ziehen wie ihrem Tscheburaschka, denkt Georg.

«Lieber nicht, Idalein», flüstert er. «Das mögen die nicht so.»

Georg betritt den Elefantenstall, und noch immer spürt er Juttas Hand auf seinem Rücken. Er saugt die Luft ein, die das Heißluftgebläse von den Tieren zu ihnen herüberschiebt und die nach einer Mischung aus Elefantenurin und Honig riecht. Besser als Artistenschweiß, denkt Georg.

«Schau, mein Mädchen, das sind unsere Elefanten», flüstert er und bleibt erst mal am Eingang des Stalles stehen, der lang gezogen ist wie ein Tunnel. Durch die schmalen Glasbausteinfenster fällt das letzte Licht des Tages auf die Tiere. Die Elefanten ziehen mit ihren Rüsseln Heu aus einem Bündel, das von der Stalldecke baumelt, und beachten die beiden nicht. Ganz vorn steht Judy und unter ihrem Bauch ihr Junges Hollerbusch. Langsam nähert sich Georg mit dem Kind, und das Kind starrt auf die Tiere. Je näher sie kommen, umso mehr presst Ida ihren Kopf an Georgs Brust. Georg beugt sich über Idas Gesicht, mustert sie. Was er sieht, scheint ihm mehr Neugier als Angst zu sein, und er versucht sich vorzustellen, wie einem so kleinen Wesen die grauen Dreitonner wohl vorkommen müssen. Sie gehen auf Judy und das Elefantenbaby zu, das unter seiner Mutter hervortritt und seinen Rüssel hebt und die Spitze des Rüssels in ihre Richtung streckt.

«Hallo, Judy, hallo, Hollerbusch, schaut, wen ich mitgebracht habe.»

Die Elefantin kommt ein paar Schritte auf sie zu, wedelt mit den Ohren und schiebt dabei das Junge mit dem Rüssel vor sich her. Die Ketten an den Füßen der Elefanten rasseln. Das Junge streckt langsam seinen Kopf zum Gitter. Georg hockt sich hin, setzt Ida auf seinen Oberschenkel, streichelt mit einer Hand Hollerbuschs Kopf, mit der anderen hält er Ida und schaut die beiden abwechselnd an, will sehen, wie sie reagieren. Ida schaut die Elefantin mit offenem Mund an und wackelt mit den Beinen.

«Hollerbusch, das ist Ida. Ida, das ist Hollerbusch.»

Judy tritt einen Schritt zurück, das Elefantenbaby dreht sich nach der Mutter um, als ob es fragen will, ob es bleiben dürfe, und Ida reckt sich nach vorn und streckt ihre Arme nach Hollerbusch aus. Hollerbusch wendet sich wieder Ida zu, und wie in Zeitlupe schiebt sie ihren Rüssel an Idas Hand, und Ida öffnet den Mund, und ihre Augen weiten sich, und sie beginnt zu glucksen. Hollerbusch hebt ihren Rüssel und stößt ein kurzes, schrilles Trompeten aus. Georg zuckt zusammen. Ida schreit und verkriecht sich in seine Arme. Er richtet sich auf, schaukelt Ida, summt ein Lied, um Ida und die Elefanten zu beruhigen. *Wenn du schläfst, mein Kind / Schau ich dir in die Träume / Und ich sehe, du träumst davon / Wie schön wir sind.* Nach einer kurzen Weile verstummt das Kind und dreht den Kopf wieder zur Seite, um einen Blick auf die Elefanten zu werfen. Georg nähert sich noch einmal mit Ida dem Gehege, und Hollerbusch grunzt leise und kommt wieder ganz nah an das Gitter heran. Georg beobachtet Judy, während er seiner Tochter von Hollerbusch erzählt, die am gleichen Tag auf die Welt gekommen ist wie sie, Ida. Sein Blick verfängt sich in den tiefen Falten der ledernen Haut der Elefantenkuh, die hinter ihrem Kalb steht, in ihren borstigen Augenbrauen und der bernsteinfarbenen Iris. Die Elefantin zwinkert und scharrt mit dem Fuß. Georg lächelt. Hollerbusch dreht den Kopf und sieht Ida an, und das Kind sieht Hollerbusch an, bis es still ist zwischen ihnen und der Regen aufhört, auf das Stalldach zu trommeln.

«Warum heiße ich Ida?»

Idas Stimme dringt in Georgs Gedanken. Er kann ihre zusammengezogenen Augenbrauen hören. Georg und Ida sitzen unter der Markise vor ihrem Wohnwagen. Die Sonne brennt bereits unerbittlich von einem wolkenlosen galizischen Himmel. Er schlägt die *Prawda* zusammen und sieht seine Tochter an. Sie hat ihren Kopf auf die Hand gestützt. Vor ihr liegt die Ansichtskarte, die sie der Ohm schreiben will. Die Schmetterlingsflügel, die sie bereits seit dem Frühstück für ihren Auftritt am Nachmittag trägt, wippen im Rhythmus ihrer Bewegungen. Ida kritzelt mit dem Füller auf der Ansichtskarte herum, und die Wörter, die sie gerade erst zu schreiben gelernt hat, verschwinden hinter Zickzacklinien: Mutti, Vati, Sonne und ihr Name. Ida. Georg ahnt, weiß, dass es nicht darum geht. Vor der ersten Vorstellung in einer neuen Stadt ist sie unausstehlich, denkt er, das hat sie von Jutta, die schon den ganzen Morgen wie ein aufgescheuchtes Huhn umherrennt und überall Katastrophen sieht. Idas Katastrophe ist der rote Dress mit den Pailletten, den ihr Jutta zu Weihnachten geschenkt hat. Wenn wir im Sommer auf Tournee gehen, passt er dir, hatte sie Ida versprochen, als das Kind bei den Großeltern in Tann mit kochender Erwartung in der kalten Diele vor dem Spiegel stand. «Wenn er passt, will ich fliegen lernen. Wie Mutti», hat Ida gesagt.

Er passt aber nicht, musste Ida ein halbes Jahr später einen

Tag vor der Premiere in Nowotscherkassk feststellen. Jutta, Georg und Birgit, die nicht nur jonglieren, sondern auch nähen kann, standen in der Klamotte, dem Nähereiwagen, um das Kind herum, sahen zu, wie es sich drehte und wendete, und konnten nicht erkennen, an welcher Stelle genau *er* nicht passte. Er sitzt eben nicht, beharrte Ida auf Birgits vorsichtige Nachfrage und zeigte auf eine Stelle am Rücken, über dem Po, an der der Stoff ein wenig von der Wirbelsäule abstand. Das muss so, Schatz, erwiderte Jutta. Das muss nicht so, bei dir sieht das auch nicht so aus, heulte Ida. Der Dress sitzt nicht. Er saß nicht in Nowotscherkassk, er saß nicht in Asow, nicht in Tichoretsk, in Kropotkin, in Armawir, in Newinnomyssk, in Minwod, nicht in Kyjiw, und auf Idas letzter Station der Tournee in Lwiw sitzt der Dress noch immer nicht, und sie weiß, dass er im nächsten Sommer zu klein sein wird. Gestern Nachmittag, als sie wieder vor dem Spiegel stand, hatte ihr Kinn begonnen zu zittern. Sie war in den Wohnwagen gerannt, hatte sich auf ihre Matratze geworfen, die Stadtparade verpasst und hätte am Abend fast Switlana versetzt, die sie eine Woche zuvor in Kyjiw kennengelernt hatte und die nun mit ihrem Onkel Jewhen und Tante Jelena zu Besuch gekommen war. Ida und Switlana waren sofort, ohne auch nur ein Wort voneinander zu verstehen, ein Herz und eine Seele. «So was bekommen nur Kinder hin», hatte Georg zu Switlanas Onkel Jewhen gesagt, der, Student der Tiermedizin, in Kyjiw Judys entzündeten Fußnagel behandelt hatte.

«Die Kinder heißen Anja, Manja und Melanie. Eine heißt Friedericke. Aber niemand heißt Ida. Auch die Erwachsenen heißen nicht Ida», erklärt das Mädchen, kaut auf dem Füller herum und tritt mit dem Fuß gegen den Campingtisch. «Niemand!»

«Ida», sagt Georg strenger als beabsichtigt und wartet, dass seine Tochter ihn ansieht.

Die Tochter aber verharrt, biegt die Feder des Füllers, bis die Tinte über die Karte fließt, und Georgs Pupillen beginnen zu flackern, bevor in ihm alle Gefühle gleichzeitig explodieren: Ärger auf das Kind, das gerade dabei ist, den Vorstellungstag durcheinanderzuwerfen, Wut auf Jutta, die das Dressdrama seit Wochen abtut, obwohl sie in derlei Dingen ganz genau so ist wie Ida, und die sich trotzdem null in ihre Tochter hineinversetzen kann, Liebe, weil die einfach immer da ist, und Traurigkeit, weil Georg ahnt, dass es weder um den Vornamen noch um den Dress geht, sondern darum, das Ida Ida ist und nicht Jutta. Als sie Ida einmal Kinderfotos von sich gezeigt haben, hatte sie sich Juttas Kinderbild am längsten angeschaut, und Georg hat die Enttäuschung in ihrem Blick gesehen. Ida ist nicht das dünne Mädchen, das Jutta war, um das sich alle sorgten und das die Eltern zum Aufpäppeln ins Kindererholungsheim Schmöckwitz schickten, wo es dann stundenlang vor Rosenkohl und Lebertran saß. Sie wird nie so zart, nie so lieblich sein wie Jutta, die keine zweifelnde Distanz zu ihrem Körper kennt. Jutta ist ihr Körper, sie belebt ihn, sie beseelt ihn, sodass sie schwerelos unter der Zirkuskuppel fliegen kann. Ida kann Fußball spielen, eine Kletterstange hochklettern, sich mühelos von Hollerbusch in einem Reifen sitzend durch die Arena tragen lassen und Einrad fahren, obwohl sie erst sechs Jahre alt ist, aber in allem, was sie tut, versucht sie, ihren Körper zu beherrschen, ihm ihren Willen aufzuzwingen wie einem Sportgerät und holt sich blaue Flecken dabei. Jutta könnte all das sehen, jedes verdammte Mal, wenn sie mit Ida vor dem Ballettspiegel steht, aber sie sieht nicht hin, sie sieht Ida nicht in diesem Spiegel, sie sieht nur sich. Georg glüht vor Zorn. Ida bockt über der verschmierten Postkarte.

Und auf der Wiese hinter ihnen türmt sich das Chapiteau auf, das mit seinen zwei Höckern ein wenig aussieht wie ein Trampeltier.

Zwischen den Höckern hängt der Schriftzug *Aeros*, und dahinter liegen im staubigen Dunst die Wohnblocks der Lwiwer Neubausiedlung, durch die sie gestern mit ihrer Parade gezogen waren: Birgit und Knut jonglierten mit Ringen auf Judys und Hollerbuschs Rücken, Holly und Jolly klebten Plakate an die Laternenmasten, verteilten Fähnchen und warfen den Kindern Bonbons zu, hinter ihnen Foxy und Gizmo, Jochens Löwinnen, die gelangweilt in ihren Käfigen lagen, und Hans, der das rhythmische Teppichklopfen der Frauen auf der Wiese vor den Zehngeschossern in sein Garmoschka-Spiel einbaute.

Ida steht auf und klettert auf Georgs Schoß. Georg schließt seine Tochter in die Arme, die bald ein Schulkind ist und zu groß sein wird, um auf einem Schoß zu sitzen. Er spürt die spitzen Enden der Schmetterlingsflügel und ist froh, dass bei Ida Körper- und Gefühlsgröße noch nicht so recht zusammenpassen. Ida kann sich für ein Abendessen kleiden wie eine elegante Dame, das sagt sie dann immer, «wie eine elegante Dame». Über Stunden sucht sie bei Birgit in der Klamotte nach dem schönsten Kleid, Jutta muss ihr die Nägel perlmuttfarben lackieren und ihre lockigen Haare hochstecken, so wie sie Jutta trägt. So wie gestern Abend, als sie mit Jewhen, Jelena und Switlana essen waren.

Sie hat Switlana nur von Weitem gesehen, und schon ist sie losgerannt, hat ihre Handtasche fallen gelassen, und ihr schien vollkommen egal zu sein, ob das Kleid verrutscht oder wer die Tasche aufhebt, und Georg war froh, dass Ida noch nicht über die Kraft und die Ausdauer verfügt, den Mechanismen des Erwachsenwerdens zu folgen, die sich in den kindlichen Körper beginnen einzuschreiben.

«Sollen wir die Elefanten schön machen?», flüstert Georg und spürt Idas Nicken an seiner Brust.

Georg hebt Ida von seinem Schoß und läuft mit ihr an der Hand über den Festplatz, und sie schnurren wie der Robur im Standbetrieb, aus dem die Zeltarbeiter gerade die Podesterie laden. Das Schnurren war eines der ersten Dinge, die Georg seiner Tochter beigebracht hatte. «Wenn du den Elefanten Hallo sagen willst, musst du klingen wie ein alter Diesel.» Und so schnurren sie am Chapiteau vorbei, aus dem der Soundcheck zu hören ist, an Jochen, der den Laufkäfig für seine Löwen zusammenschraubt und auf das Werkzeug flucht, und an den Kyjiwer Dschigitenreitern, die für einen Gastauftritt da sind und ihre Pferde in die Koppel bringen. Sie schnurren, bis Jutta sie unterbricht, die gerade aus der Klamotte kommt, Ida über den Kopf wuschelt und die erste Wolke *Krasnaja Moskwa* des Tages hinterlässt. Georg schaut auf die Uhr. Noch vier Stunden, bis sich Menschenschlangen am Kassenwagen bilden, bis ein vielstimmiges Gemurmel das Zelt erfüllt, Roland und Dimitrij die Manege eröffnen, sich Jochens Bär auf der Silberkugel dreht, die Kyjiwer Kosaken stehend ihre Pferde reiten, Birgit mit acht Ringen in der Luft auf Rolands Rücken versuchen wird, einen Weltrekord aufzustellen, Jutta am Solotrapez durch die Luft fliegt, Georgs Elefantin Ida in einem Reifen sitzend durch die Manege trägt und Foxy und Gizmo durch brennende Reifen springen und in einem von Jochens Löwen-Sketchen mit dem dicken Jolly in einer Bar namens *Sto Gram* Betrunkene mimen. Dreißig Prozent Dressur, dreißig Prozent Akrobatik, der Rest ist Clownerie, so hat ein deutsches Zirkusprogramm laut Roland konzipiert zu sein, und so ist es in der Nachmittagsvorstellung, so ist es in der Abendvorstellung, so wird es Tournee für Tournee immer sein im artistischen Fünfjahrplan.

Nach der Abendvorstellung bringt Georg Judy und Hollerbusch zurück ins Stallzelt. Er nimmt ihnen den Kopfschmuck ab, krault ihnen die Zunge, steckt ihnen Melone ins Maul, klopft ihnen die Späne von der Stirn, streicht über ihre Rüssel, in dessen Runzeln sich der Staub des Tages gesammelt hat, und schnurrt ihnen ein Lob für die Vorstellung ins Ohr. Die Elefanten sammeln Gras, Äpfel und Brot aus den Futtereimern, und Georg sitzt noch bei ihnen wie bei Freunden. In den Stallgeruch mischt sich der Duft von frisch entzündetem Holz. Georg hört das Knacken der Äste im Feuer und Stimmen. Bevor er sich zu den anderen ans Lagerfeuer setzt, summt er den Elefanten ihr Lied: *Wenn du schläfst, mein Kind / Schau ich dir in die Träume.*

Draußen stieben Funken in die Dämmerung. Die Luft hat sich kaum abgekühlt. Knut, Hans, Jewhen, Jelena, die Dschigitenreiter und ein paar Stallarbeiter lungern mit Bier in der Hand am Feuer herum. Birgit, die stille Diabola mit dem melancholischen Blick, sitzt auf einem Stein und starrt in die Flammen. Sie ist jetzt Weltmeisterin. Mehr als eine Minute hat sie die Ringe auf Rolands Schultern stehend in der Luft gehalten. Ihr Freund, der junge Dramatiker Knut, hatte atemlos in der ersten Reihe gestanden und die Videokamera draufgehalten, die Jewhen von einem befreundeten Tierfilmer aus Kyjiw geborgt hatte.

Vergangene Saison ist Georg Zeuge geworden, wie sich Knut innerhalb eines Abends, innerhalb weniger Stunden, um genau zu sein, in die schüchterne Birgit verliebte und daraufhin seine Verlobung löste. Seitdem zieht er dem Zirkus hinterher. Nach den Vorstellungen rezitiert er gern aus seinen Stücken, die es nicht bis zur Veröffentlichung, geschweige denn zur Aufführung geschafft haben, immer sinnierend, an welchen Stellen es wohl politisch zu heikel wurde, und nie darüber, ob es an der Qualität der Texte gelegen haben könnte. Der Adelsschlag, das Verbot eines Stückes, war ihm bisher leider nicht vergönnt. Knut war nach der Premiere in Cottbus einfach dageblieben und hatte sich zu den Zirkusleuten ans Feuer gesetzt. Birgit hat ihm eine Stelle als Zeltarbeiter besorgt und ihm ein paar Jongliertricks beigebracht, seitdem darf er ab und zu mit auftreten.

Holly und Jolly, die eigentlich Hans und Joachim heißen und die Einzigen im Ensemble sind, die ihren Auftrittsnamen außerhalb der Manege nicht mehr loswerden, kommen aus dem Chapiteau und haben Caro und Ursula von den Schleuderbrett-Eliots im Schlepptau. Sie bringen Sekt und Gläser und stoßen mit Birgit auf den Weltrekord an. Über Holly haben sich gerade noch die Lwiwer Kinder kaputtgelacht, sobald er sich aber die Schminke aus dem Gesicht gewischt hat, ist er der langweiligste Genosse der Welt. Sein Engagement beim Zirkus ist für ihn ganz normale Arbeit. So wie andere in ein Büro gehen und Briefe tippen oder Akten lesen, setzt er sich jeden Vormittag an den Tisch und schreibt oder überarbeitet die Nummern, die er am Nachmittag mit preußischer Härte mit seinem Partner Jolly einstudiert, bis jede Bewegung, jede Geste, jedes Wort auf die Sekunde sitzt. Allein mit den Variationen der Sequenz *Stolpern und Fallen* verbringen sie ganze Nachmittage. Georg mag Holly genau deswegen, weil der Zirkus für ihn nicht Kunst, sondern ein Handwerk ist, das mit Fleiß zu tun hat, und außerdem, weil Holly einen Aufnahmeleiter bei ETERNA kennt und ihm hin und wieder Aufnahmen von Fischer-Dieskau frisch aus der Presse mitbringt. Für Roland, der sich das Gejaule nicht anhören will, dreht er die gern extra laut, vor allem dann, wenn der wieder mit irgendwelchen Kräutern experimentiert, Fliegenpilze roh isst, weil er meint, man müsse nur das Gejacke überstehen, dann gäbe das den geilsten Rausch, oder ein Kilo Petersilie trocknet und hintereinander wegraucht, weil er psychoaktive Substanzen in dem Kraut vermutet. Mit dem prognostizierten Gejacke hat Roland jedes Mal recht. Mit dem geilsten Rausch nicht.

Georg setzt sich in einen der Liegestühle, die Knut zum Lagerfeuer getragen hat. Jewhen reicht ihm einen Wodka. Georg und Jewhen prosten Birgit zu und rufen ihr einen Glückwunsch übers Feuer. Jolly, der bereits am Nachmittag angefangen hat zu trinken und jetzt voll ist, mimt wieder den sozialistischen Clown – ein Auftrag, den er, wie er sagt, direkt von ganz weit oben bekommen hat. Am Ende sind es – wie immer, wenn er betrunken ist – wenig subtile Kurt-Hager-Parodien. Bei dem kann er einfach nicht anders, sagt Jolly, vielleicht stecke in ihm doch eher ein kapitalistischer Clown, zur Strafe gehe er hundert sozialistische Liegestütze machen, und damit trollt er sich in seinen Wagen. Georg legt den Kopf in den Nacken, lauscht Knuts Klampfe, versucht noch eine Weile, aus dem Gespräch der Dschigitenreiter etwas zu verstehen. Es gelingt ihm kaum, so gut ist sein Russisch nicht, dann schaut er in die sternenklare Lwiwer Nacht, und die Gespräche am Lagerfeuer treiben auseinander und verweben sich zu einem murmelnden Geräuschteppich, der seine Gedanken davonträgt.

Im Kalender des Vaters aus dem Jahr neunzehnhunderteinundvierzig, den er in dessen Uhrenwerkstatt in einem Schubfach der Werkbank gefunden hatte, hat er in dem Eintrag vom dreißigsten Juni über Lwiw gelesen, dass die Stadt an einer Wasserscheide liegt und dass es Häuser geben soll, von deren Dächern das Regenwasser auf der einen Seite ins Schwarze Meer und auf der anderen in die Ostsee fließt. Georg hatte sich alte Mauern und verfallene K.-u-k.-Fassaden vorgestellt, hinter denen der Flaneur alter Tage noch immer einen Verlängerten bestellen kann und über allem die zigarrenschweren Debatten des Café Atlas hängen, und Gassen, die noch eine Ahnung von der Welt der galizischen Schtetl in sich tragen. Was die Stadt tatsächlich verströmt, ist das Aroma von Machorka und überfüllten Schichtbussen auf endlosen Magistralen, an denen sich die Neubauten aufreihen, die sich jetzt in Georgs Gedanken schleichen und unmerklich zu einem Traum werden. Er sieht sich zwischen den Neubauten im Schlamm versinken, neben ihm stehen die Teppichklopferinnen. «Erbitte radikales Vorgehen», hört er den Vater rufen. Menschen kommen ihm entgegen. Sie sind nackt und sehen ihn an. Eine Frau bleibt stehen. Sie hat ihr Kind im Arm, stillt es. Neben ihm hat sich ein Graben aufgetan, an dessen äußerem Rand er jetzt steht. Erbitte radikales Vorgehen. Und der Rand beginnt zu rutschen, und er gleitet in die Grube, und er blickt auf seine Stiefel, die keinen Halt mehr finden, und Leiber kommen näher, und er hört Schüsse, und obenauf liegt die nackte Frau, und das Baby saugt noch an ihrer Brust. Und Georg hört einen Knall, der ihn hochfahren lässt, und er weiß nicht, ob er den Knall geträumt hat oder nicht, hört Männerstimmen, die etwas brüllen, das er nicht versteht, und er denkt: Erbitte radikales Vorgehen, und er hört Juttas Stimme aus dem Chapiteau, die seinen Namen ruft, so, wie er seinen Namen noch nie gehört hat, und er riecht die kalte Asche des Lagerfeuers, hört die Grillen, die in die Nacht zirpen, und die Sterne sind so groß, als ob der Himmel auf ihn niedersinkt. Adrenalin schießt ihm durchs Blut. Er springt auf, rennt zum Chapiteau. Aus dem Augenwinkel sieht er, wie Roland, der Juttas Schrei auch gehört haben muss, aus seinem Wohnwagen stürzt. «Halt dich fest», hört er Jutta aus dem Inneren des Chapiteaus rufen. Sein Herz beginnt zu toben. Er rennt zur Manege, sieht Ida, die an der Trapezstange hängt, starr, und unter ihr der Abgrund. Sie trägt den roten Dress mit den Pailletten und die Schmetterlingsflügel. Georg stellte sich unter das Trapez, öffnet seine Arme, um das Kind auffangen zu können. Er hat keine Ahnung, wie er das anstellen soll, aber er weiß, dass sie, wenn sie auf ihm landet, nicht stirbt. Jutta steht oben auf der Brücke. Ida schaut zu Georg, er glaubt, dass ihre Lippen Papa sagen, versteht es nicht, traut sich nicht, etwas zu sagen, weiß nicht, was er tun soll, rührt sich nicht, weil er glaubt, Ida könnte die Trepezstange loslassen. Schau Mama an, schau Mama an, fällt ihm ein, und er ruft es ihr zu. Ida sieht zu Jutta. Roland, der an Georg vorbeirennt, scheint dagegen genau zu wissen, was zu tun ist. Er klettert zur Brücke auf der anderen Seite.

«Ich komm jetzt zu dir. Halt dich fest, okay, Schatz?»

Als Roland oben ist, gibt er Jutta ein Zeichen. Jutta lässt sich an ihrer Trapezstange in die Tiefe fallen, mit einem Arm hält sie sich fest, mit dem anderen greift sie Ida und schwingt mit ihr zur Brücke auf der anderen Seite, auf der Roland sitzt, sich mit den Beinen am Gestänge festgeklemmt hat und die Arme ausbreitet. «Halt dich fest», schreit sie. Und Georg läuft unter dem Kind mit. «Hab sie», schreit Roland, der das Kind zu sich zieht, und Jutta lässt los und pendelt an ihrer Trapezstange zurück. Roland flüstert Ida etwas ins Ohr. Georg sieht, wie Ida nickt. Erst dann lässt sie ihr Trapez los, dreht sich um und klammert sich um Rolands Hals. Er trägt sie nach unten. Jutta folgt ihnen. Wortlos übergibt er Georg das zitternde Kind.

Georg nimmt das Kind, drückt es an sich und zerbricht dabei einen der Schmetterlingsflügel. Er kann nicht fassen, dass es warm ist und weich und lebt. Er streicht Ida über das Haar, das die Sonne gebleicht hat, das jetzt fast aschblond ist, wie das von Jutta, und das auch am Ende des Sommers noch nach dem Lorbeer aus Küche der Großeltern duftet, wo sie seit dem

Frühjahr wohnt. Jutta kommt angerannt, kniet neben Roland in den Spänen, legt ihren Kopf auf seine Schulter und flüstert: «Danke.»

Zu dem! Nicht zu ihm.

Eifersucht kocht in Georg hoch, und er schämt sich, weiß, dass er dankbar sein sollte, weil sie es ohne Roland nicht geschafft hätten.

Jutta breitet ihre Arme aus, und das Kind windet sich aus Georgs Umklammerung. «Das hast du gut gemacht, Schatz», sagt sie, und Ida knicken die Beine weg.

Am nächsten Morgen ist es still. Ida spricht nicht. Kaum einer spricht, sie flüstern und schauen, wenn Ida, Jutta oder Georg in der Nähe sind. Nur Switlana weicht nicht von ihrer Seite, und die anderen Zirkuskinder fragen: «Hast du Angst gehabt?» Ida zuckt mit den Schultern. Der langweilige Holly bemüht sich, sie aufzumuntern, will mit den Kindern Hannibal spielen und mit ihnen huckepack über die Alpen reiten. Die Kinder müssen Mütze und Handschuhe anziehen. Dann lässt er immer eins auf seinen Rücken klettern und robbt schnaubend und trötend wie ein Elefant über die Podesterie, und die anderen Kinder rennen hinterher. Als Ida dran ist und Holly sagt, halt dich fest, springt sie von Hollys Rücken und stürmt aus dem Zelt. Holly und Georg suchen sie und finden sie bei den Elefanten. Den ganzen Nachmittag sitzt sie bei Judy und Hollerbusch, streichelt sie, bürstet sie, füttert sie, beobachtet sie, schnurrt sie an, wieder und wieder, in verschiedenen Tonlagen, bis die Elefanten reagieren, bis sie eine Sprache gefunden haben.

Bei den Vorstellungen sieht sie sich nur die Elefantennummer an und lässt sich von Hollerbusch eine Runde im Reifen durch die Manege tragen. Georg fragt sie am Abend, ob sie Angst habe, ob sie bei ihm und Jutta schlafen wolle. Ida schüttelt den Kopf. Sie spricht nicht, ist brav. Sie legt ihren Kopf auf das Kissen, zieht ihre Beine an und schaut auf die Ansichtskarte, die sie der Ohm hatte schreiben wollen und die übersät ist mit Tintenklecksen. Und wieder ist da der Lorbeerduft an dem Kind. Ganz leicht nur, kaum wahrnehmbar. Vielleicht ist es falsch, Ida in Tann einzuschulen, vielleicht sollte sie noch ein paar Jahre bei uns bleiben, denkt Georg. Er hatte Juttas Angst nachgegeben, Ida könnte in der Zirkusschule den Anschluss verlieren. Für sie ist die Zirkusschule keine Schule, die Kinder streifen ein bisschen zu oft mit ihrem Lehrer durchs Unterholz oder unternehmen Ausflüge durch die Tourneestädte, statt Kopfrechnen und Lesen zu üben. Ida sieht ihn an, aber es ist ein Blick, der durch ihn hindurchgeht. Es ist Juttas Blick, den hatte Georg zuvor nie an seiner Tochter gesehen, und ihm steigen Tränen in die Augen, weil er begreift, dass er Ida nichts abnehmen kann, dass sie alle Erfahrungen selbst machen, selbst durchleiden wird, dass weder er noch Jutta ihr eine Abkürzung zeigen können. Den Dress hat Ida zu Birgit in die Klamotte gebracht. «Ich will nicht mehr fliegen», hat sie zu Birgit gesagt und kein Wort mehr darüber verloren.

«Ich habe gedacht, jetzt ist alles vorbei», sagt Jutta, als sich Georg neben sie legt.

Er sieht, dass sie ihn ansieht. Zum ersten Mal hat Georg das Gefühl, dass sie nicht allein sich meint, sondern ihr Leben, zu dem auch dieses Kind gehört, diese Tochter, Ida, und vielleicht auch ein wenig er.

«War da ein Netz?», fragt Jutta.

«Ja», sagt Georg.

Er weiß es nicht.

Zwei Tage später stehen Ida und Jutta in der Gleishalle des Lwiwer Bahnhofs und sehen dem einfahrenden Zug aus Kyjiw entgegen. Ida spürt die warmen Hände der Mutter an ihren Ohren, die sie vor dem Lärm der Bremsen beschützen wollen. Sie steigen in den Zug und suchen nach dem Abteil, in dem sie die lange Heimfahrt verbringen werden. Es ist früher Nachmittag, die Mutter packt die Keksdose und die Thermoskanne aus und stellt beides auf das Tischchen vor dem Zugfenster. Sie verstauen den Koffer und Idas rot-grün karierten Rucksack in der Gepäckablage. Der Zug fährt an, aus der Stadt hinaus, und hinter dem Zugfenster zieht die Landschaft an ihnen vorbei. Der Duft von Brombeertee füllt das Abteil, Ida nimmt sich einen Keks und legt ihren Kopf in den Schoß der Mutter. Ihr Weg führt sie über Krakau, Katowice, Breslau, Liegnitz, Görlitz nach Dresden und von dort weiter nach Tann. In Idas Rucksack steckt das Kostüm, dass sie zur Einschulung tragen wird. Es besteht aus einem hellblauen Cordjäckchen und einem dazu passenden knielangen Cordrock. Birgit hat ihr eine weiße Stoffblume ans Revers genäht, dazu weiße Kniestrümpfe, die neuen Sandalen aus Kyjiw und eine Schleife im Haar, wie sie Switlana trägt. Allein der Gedanke an den ersten Schultag löst in Ida ein inneres Vibrieren aus, das erst nachlassen wird, als sie nach der Begrüßungsschulstunde an der Kaffeetafel im Garten der Ohm sitzt.

«Und wie heißt denn eure Lehrerin?», fragt Oma Gänseliese und beugt sich über ihr Stück Sahnetorte.

Oma Gänseliese aus dem Oderbruch. Ida hatte ihr diesen Namen gegeben, nachdem sie einmal mit ihr in die LPG zu den Gänsen durfte. Oma Liesbeth trägt ihn wie einen Orden.

«Frau Schramm», antwortet Ida und lehnt sich an Juttas Schulter.

Jutta rückt Ida die große Haarschleife zurecht: «Erzähl doch mal, was ihr gemacht habt.»

Ida nippt von ihrem Kakao, und die Ohm stellt eine Flasche Vogelbeerlikör und die Bleikristallgläser auf die Tafel. Für Idas Einschulungstag hat die Ohm alles aufgefahren, was Haus Edith zu bieten hat: das gestärkte Damasttischtuch, das Meißner Porzellan, das Bleikristall, Silberbesteck, die Sahnetorte mit den Schultüten aus buntem Zuckerguss, die sich Ida in der Bäckerei Trültzsch ausgesucht hat, und die Perlenkette, sie nur zu Hochzeiten, Geburten und an runden Geburtstagen trägt. Beim Eingießen fällt ihr Blick auf Gänselieses knitterfreies Polyesterkleid mit dem großen Blütenmuster. Sie hatte, kaum dass sie von der Einschulungsveranstaltung zurück waren, ihr Kostüm für feine Anlässe dagegen getauscht und sieht jetzt eher nach LPG aus als nach gestärkter Damasttischdecke. Die Ohm zieht die Augenbraue nach oben und reicht Oma Gänseliese ein Glas Likör.

«Frau Schramm hat uns gefragt, ob wir uns auf die Schule freuen, und dann haben wir einen Reim gelernt», erzählt Ida. «Entenküken gelb und weich schwimmen auf dem Teich, nun haltet mal die Schnäbel still, weil ich euch alle zählen will.»

«Und wie viele seid ihr in der Klasse?», fragt Jutta.

«Vierundzwanzig», sagt Ida.

«Habt ihr auch schon einen Buchstaben gelernt?», hakt Oma Gänseliese nach und nippt an ihrem Likör.

«Pass auf!», ruft Ida, springt vom Tisch auf und rennt durch die Hintertür ins Haus. Ihre eiligen Schritte auf der Treppe sind bis in den Garten zu hören. Sie kommt mit ihrer Zuckertüte im Arm zurück und baut sich vor der Kaffeetafel auf.

«Wenn ich die Zuckertüte auf den Kopf stelle», erklärt sie und packt die Tüte aus, bis der Tisch bedeckt ist mit Konfekt, Schokolade, Kaubonbon, Gummibärchen, Waffeln, Stiften,

Heften. Sogar der Großvater, der bereits mit der Drahtbürste den Grill für das Abendessen putzt, schaut zum Tisch herüber.

«Dann dreht man die um», sagt Ida und stellt ihre Zuckertüte auf den Kopf.

Mit den Likörgläsern in der Hand schauen die Mutter, die Ohm und Oma Gänseliese Ida an und kichern.

«Du bist wohl eine Zauberkünstlerin», sagt die Ohm.

«Und wenn ich jetzt die Schleife nehme», fährt Ida unbeirrt fort, streicht die Schleife glatt, mit der die Tüte zugebunden war, und bindet sie mittig um die Zuckertüte. «Dann ... tataa», ruft sie über den Tisch und zeigt auf ihr Werk.

Mit glasigen Augen schauen die Frauen Idas Zuckertüte an.

«Seht ihr das nicht? Guckt doch mal hier», sagt Ida und zeichnet mit dem Zeigefinger der Außenkante der Zuckertüte und der Schleife entlang.

«Die haben schon einen Likör zu viel, Idalein», ruft ihr der Großvater zu und öffnet sich mit dem Griff der Drahtbürste ein Bier. «Das ist ein A, ihr Schnapsdrosseln!»

«Ach so», kommt es im Chor zurück.

«Das habt ihr aber toll gemacht», sagt Oma Gänseliese, zieht Ida zu sich heran und küsst sie auf die Wange.

«Das A konnte ich doch schon vorher», erwidert Ida und windet sich aus der Umarmung.

Sie setzt sich an ihren Platz, stützt den Kopf auf die Hand, schlürft ihren Kakao, und ihr Blick wandert über den Süßigkeitenberg, über die angeschnittene Torte mit den Schichten aus Sahne und dunklem Teig, über die verschmierten Teller und den Kaffeefleck auf dem Damasttischtuch hin zur Ohm, die nun bei Opa am Grill steht und ihm mit einem Bund Schnittlauch in der Hand zeigt, wo der Pflaumenbaum vor dem Winter noch verschnitten werden muss, zur Mutter, die sich über das Beet an der Hausmauer beugt und einen Strauß

Dahlien schneidet, und wieder zurück zu Oma Gänseliese mit den schönen großen Sonnenblumen auf dem Kleid, die gerade ihre Untertasse über den Kaffeefleck schiebt, Ida zuzwinkert und ihr bedeutet, sie nicht zu verraten.

«Hallo, Ida.»

Ida schreckt hoch. Hinter dem Gartenzaun steht ein Junge mit hellen kurzen Haaren, Brille und einem roten Luftroller und winkt ihr zu. Ida kennt ihn nicht, weiß nicht, was sie sagen soll, spürt das erwartungsvolle Grinsen der Erwachsenen. Dem Jungen scheint es nichts auszumachen, dass sie sein Winken nicht erwidert.

«Ich bin Karsten. Wir sind zusammen in der Klasse», ruft er unbeirrt über die Brombeersträucher. «Warte. Ich stell mich oben ans Gartentor. Da ist Sonne, dann siehst du mich besser», sagt er und fährt mit seinem Roller am Gartenzaun entlang nach oben zur Straße und winkt noch einmal.

Ida erinnert sich an Bianca, deren blonde Haare bis zur Hüfte reichen, an den pummeligen Torsten, der in der Begrüßungsschulstunde neben ihr saß, und an eine, die die anderen Otti nennen, obwohl sie Sandra heißt. «Willste ein Stück Kuchen mitessen», ruft die Mutter und erlöst Ida aus der Peinlichkeit. «Nein danke, Mutti von Ida», ruft Karsten zurück und «Kommst du mit, Ida, wir sind auf dem Spielplatz».

«Das müssen Uhiessche sein, Auswärtige», flüstert die Ohm Oma Gänseliese zu.

«Na los, Ida, geh doch mit», sagt Jutta. «Wenn es Essen gibt, holen wir dich.»

«Wo seid ihr denn?», fragt sie Karsten.

«Auf dem Spielplatz hinter den Garagen.»

Ida springt von ihrem Platz auf. «Warte», ruft sie Karsten zu. Sie rennt an der Mutter vorbei die Stufen zwischen den Blumenbeeten und dem Pflaumenbaum zum Gartentor hoch und verschwindet noch kurz im Schuppen, um ihr Einrad zu holen.

«Boar, du kannst Einrad fahren, da werden die anderen aber gucken», sagt Karsten.

Ida und Karsten fahren über die Aach und den holprigen Zechenweg hinauf ins Barackenviertel, zum Spielplatz hinter den Garagen. Schon von Weitem hören sie Bianca quieken. Sie und Otti sitzen auf dem Karussell, lassen sich von Torsten anschieben, und Biancas Zopf wirbelt durch die Luft. Als Torsten Ida auf dem Einrad sieht, lässt er das Karussell los. Auch Bianca und Otti gucken.

«Du kannst Einrad fahren?», fragt Torsten.

«Ja, das ist ganz leicht», antwortet Ida.

«Glaub ich nicht. Wo hast du das her?», fragt Bianca.

«Aus dem Zirkus», antwortet Ida. «Meine Eltern arbeiten da, und meine Mutter kann fliegen.»

Bianca und Otti schauen Ida an. Torsten und Karsten mustern Idas Einrad.

«Los, wir wippen», sagt Bianca und stößt Otti in die Seite. Ida lässt das Einrad ins Gras fallen und rennt zur Schaukel. Torsten und Karsten folgen ihr mit dem Einrad und versuchen draufzusteigen. Karsten klemmt sich den Reifen zwischen die Füße und hält den Sattel fest. Torsten greift nach der Gerüststange der Schaukel und stellt einen Fuß auf das Pedal. Ida beobachtet die beiden und sieht aus dem Augenwinkel Bianca und Otti, die beim Wippen von ihrem Sitz hochspringen. Im Flugwind löst sich die Schleife, mit der ihr Zopf gebunden ist. Ihr Haar fällt ihr ins Gesicht, und sie lehnt sich weit nach hinten und sieht kopfüber, wie Torsten sich auf den Sattel hievt.

«Und jetzt in die Pedale treten», ruft Ida ihm zu, und Karsten lässt das Einrad los, und Ida fliegt auf der Schaukel so hoch, dass sie über die Garagen blicken kann, den Zechenweg hinunter auf das Dach von Haus Edith, und das Gefühl im Bauch ist das Gleiche, das sie hatte, als sie sich mit dem Trapez in die Tiefe hat fallen lassen, und ein Schrecken fährt ihr in die Glieder, und in diesen Schrecken hinein hört sie einen Aufschrei. Sie blickt sich um und sieht Torsten am Betonfuß der Schaukel liegen, Karsten, der neben ihm hockt, und ihr Einrad weiter vorn in der Wiese. Otti und Bianca kommen von der Wippe angelaufen, Ida springt von der Schaukel, und für einen Moment ist alles still.

Dann sieht Ida, wie Blut hinter Torstens Hand hervorquillt, mit der er seinen Ellbogen hält, und im gleichen Moment setzt ein Wehklagen ein, das so durchdringend ist, dass in der dritten Etage des Wohnblocks ein Fenster aufgeht und ein Mann mit Schnauzbart und Unterhemd herausschaut und wenige Augenblicke später neben ihnen steht.

«Was ist denn hier los?», donnert er, zieht Torsten unter den Achseln hoch und sieht sich den Ellbogen an.

«Das ist wegen Idas Einrad», sagt Bianca und zeigt auf Ida. Der Mann riecht nach Bier und mustert Ida, sagt aber nichts. Dann legt er seine Hand auf Torstens Schulter und schiebt ihn ins Haus. Ida sieht Bianca an und spürt, wie eine Wut in ihr aufsteigt.

«Kann ich doch nichts dafür!», schleudert sie ihr und Otti entgegen, stapft durch das Gras, nimmt ihr Einrad von der Wiese und geht weg, ohne sich noch einmal umzudrehen.

«Wenn du willst, kannst du neben mir sitzen, Ida», hört sie Karsten in ihre Wut hinein rufen, als sie schon wieder am Zechenweg ist.

VUN DR SOFJETUNION LERN
HEESST SIECHEN LERN

Tann liegt in der Nachmittagssonne wie ein ausgeweidetes Tier. Förderbänder ziehen unablässig taubes Gestein aus der Tiefe, laden es auf die Abraumhalden, die zwischen den Häusern wachsen und sich in Wiesen, Felder, Wälder fressen. Allein der Flusslauf der Aach lässt das Waldhufendorf noch erahnen. Vom Bahnhof in Untertann bis zu den Zwillingsbergen in Obertann braucht Ida dreiundfünfzig Minuten zu Fuß, die Leninstraße entlang, die für die Alten im Ort auch nach etlichen Umbenennungen noch immer die Beemsche – die Böhmische – oder einfach die Chaussee ist, eine Handelsstraße, die nach Süden führt und die Täler nördlich des Erzgebirges seit Jahrhunderten mit dem Egertal und dem böhmischen Flachland verbindet. Von den Schachttürmen aus führt eine löchrige Asphaltstraße zum Barackenviertel, wie die Leute sagen, obwohl die Baracken längst Wohnblocks aus Stein gewichen sind und das Viertel den Namen Henneckesiedlung trägt. Auf dem Bergkamm hinter den Häusern verstauben Fichten, Kiefern, Buchen, in deren zerschlissenen Schatten die Menschen am Sonntag spazieren gehen. Sie stehen dort, weil sie anspruchslos sind und das Berggeschrey der letzten Jahrhunderte die Tannen längst verdaut hat, die dem Ort seinen Namen gegeben haben. S kommt alles vom Bergwerk her, sagen die Leute: der Rausch, das Siechtum und die Gier des sowjetischen Militärs.

Ida japst und krümmt sich kichernd über ihr Einrad. Der Schulranzen rutscht ihr in den Nacken, ihre Bauchmuskeln zucken. Die anderen aus der Klasse sind längst hinter den Straßenecken verschwunden. Nur sie und Karsten hängen noch am Sportplatz herum. Die Schulwege dauern eine Ewigkeit mit ihm, weil alles mit Karsten schön ist und leicht und weil es nur dreihundert Meter sind, bis sich ihre Wege trennen; am Ende des Sportplatzes, an den Wäschestangen, an der Trauerweide, in der man sich so gut verstecken kann. Sie vertrödeln die Zeit, wie Ohm das nennt, besonders heute, an diesem ersten Schultag nach den Sommerferien, diesem ersten Tag in der fünften Klasse, der mit einer Doppelstunde Russisch begonnen hatte.

Karsten wohnt mit seiner Mutter in der quer stehenden Häuserzeile, die an den Sportplatz der Schule angrenzt. Damit, findet Ida, hat er es nicht so gut getroffen, weil die Schulklingel auch an den Wochenenden und in den Ferien im gleichen Takt schrillt, und weil er von seinem Fenster aus den Schulhof sieht, auf dem die Schritte so hallen, wenn sie in drei Reihen zum Fahnenappell antreten.

Idas Lachen fliegt hoch zu den Kronen der Pappeln, die den Sportplatz säumen, und mischt sich in das Rascheln der Blätter, bis das lauter werdende Rumpeln eines herannahenden Erzlasters jeden Ton geschluckt hat. Der Laster wirbelt Staub auf, und ein Luftzug drückt ihr das Kleid in die Kniekehlen. Ida spürt Karstens Blick. Er steht vor ihr, trägt seinen abgewetzten Lederranzen in der linken Hand, die Bücher ziehen an dem morschen Henkel.

«Was? Ich werde es mir nicht anders merken können», sagt Karsten und verzieht keine Miene.

Eine kurze Stille entsteht zwischen ihnen, und Karstens Pupillen flackern, bevor Ida wieder losprustet, ohne dass sie hätte erklären können, warum das, was Karsten gesagt hat, so lustig war. Auf dem Sportplatz laufen die Mädchen aus der Zehnten Runden um das Fußballfeld. Jäger, die Sportlehrerin, lehnt mit der Stoppuhr am Geländer und schaut abwechselnd nach den Mädchen und zu Ida und Karsten herüber. Die Zöpfe der Mädchen wippen im Takt ihrer Laufschritte, und Ida konzentriert sich auf dieses Wippen, um sich von ihrem Lachkrampf zu erholen.

«Kak tbja sawut?», fragt Ida und schaut Karsten erwartungsvoll an.

«Kackt die Katze gut?», Karsten schiebt seine Brille nach oben.

Ida spürt, wie ihre Bauchmuskeln sich wieder verkrampfen. Erneut schießt ihr Gickern durch die spätsommerliche Hitze. Aber die Unbekümmertheit in ihrem Lachen findet außerhalb des Ida-Karsten-Universums keinen Widerhall. Sie verschwindet in der pastosen Stille des Nachmittags, und schon fuchtelt die Jäger mit den Armen in ihre Richtung, ihr Kopf ist rot, sie rennt den Hang hoch, und hinter ihr fallen die Mädchen aus der Zehnten auf die Wiese. Ida dreht sich um und zieht Karsten am Arm.

«Komm», sagt sie, und sie rennen.

Ida zerrt das Einrad über den holprigen Fußweg hinter sich her und ist trotzdem noch schneller als Karsten, der in Sport eine Niete ist. Sie hört, wie die Bücher in ihrem Schulranzen durcheinanderfliegen, das Klappern der Stifte und der Brotbüchse und die Trillerpfeife der Jäger, die den beiden am Sportplatzzaun entlang hinterherrennt, der glücklicherweise nicht nur sie aus-, sondern auch die Jäger einsperrt. An der Trauerweide angekommen, werfen Ida und Karsten ihre Schultaschen auf die Wiese, Ida lehnt das Einrad an den Baumstamm. Sie klettert mit einem Hüftaufschwung auf den unteren Ast, setzt sich und zieht an Karstens Arm, der sein mangelndes Klettergeschick nur durch seine Größe ausgleichen kann. Als Karsten den Ast erklommen hat, steigt Ida eine Etage höher in eine Astgabel, lässt die Beine baumeln, und sie schauen durch das feine Grün des Baumes hindurch auf den Sportplatz, sehen, wie die Jäger wieder zurück zur Hundertmeterbahn trabt und die Mädchen sich für den Handgranatenweitwurf bewaffnen.

«Hast du dich schon mal auf Russisch unterhalten? Mit einem Russen?», fragt Karsten und schaut zu Ida hoch. «Ich meine, du warst ja schon mal in der Sowjetunion, hast du vorhin in der Russischstunde erzählt.»

«Ich habe eine Freundin dort. Switlana heißt sie», antwortet Ida und tut ein bisschen so, als wäre es das Selbstverständlichste der Welt.

Karsten sieht sie mit großen Augen an.

«Und? Hast du dich unterhalten? Auf Russisch?»

«Klar», sagt Ida, und es ist ja auch nur halb gelogen, immerhin kann sie schon «Wie geht's» fragen und sagen, wie sie heißt, wo sie wohnt und dass ihre Eltern Artisten sind, und in die Briefe an Jewhen und Jelena schreibt sie immer einen Gruß an Switlana. Auf Russisch.

«Na gut, dann kümmerst du dich um Russisch. Bei mir kannst du Mathe abschreiben, wie immer», sagt Karsten und streckt ihr die Hand hin.

Ida schlägt ein, und sie sitzen so noch eine Weile und schauen, wie die rot lackierten Handgranatenattrappen über das Fußballfeld fliegen.

Sie sehen aus wie reife Äpfel.

«Was hast du gemacht in den Ferien?», fragt Ida.

«Bei den Großeltern. Und du?»

«Bei den Eltern», sagt Ida. «Greifswald, Wolgast, Anklam,

Neubrandenburg, Waren, Prenzlau, Schwedt, Eberswalde, Strausberg, Fürstenwalde, Frankfurt, Eisenhüttenstadt, Guben.»

«Mann, das sind aber viele Städte. Wir haben im Urlaub Postkarten mit Briefmarken verschickt, da waren deine Eltern drauf. Das hat meine Mutter zumindest behauptet», hört Ida Karsten sagen.

Sie sieht ihn an. Karsten hat sich aufgerichtet, und es scheint so etwas wie Stolz in seiner Haltung zu liegen, so wie vorhin, als er mit den Fingern schnippte, um von Frau Blinowa drangenommen zu werden, weil er sich eine der fünf Vokabeln aus der ersten Übung ohne Eselsbrücke gemerkt hat und wusste, dass Frau Blinowa gleich nicken, *charascho* sagen würde – ein Begriff, den sich Karsten gerade als *Karacho* einprägt –, und Ida fragt sich, woher dieser Stolz kommt, schließlich haben weder er noch sie etwas dazu getan, dass jeder in der Republik ihre Eltern kennt.

«Ach, die Briefmarken», sagt sie und lehnt ihren Kopf an den Stamm. «Ohm hat sie jetzt dutzendweise zu Hause. Plötzlich fängt sie an, den Leuten Karten zu schreiben, und das nur, damit sie die Marken verschicken kann.»

Die Jäger treibt die Mädchen zurück zur Turnhalle. Eine Viertelstunde später tönt die Pausenklingel über den Schulhof. Die Mädchen strömen aus dem Haupteingang, laufen in Grüppchen über die Straße und beleben für einen kurzen Moment den stummen Nachmittag, bevor sie auseinanderstieben und zwischen den Häusern verschwinden.

«Hast du schon gehört, dass die alte Bembel tot ist?», fragt Karsten.

Ida hat es noch nicht gehört, und sie glaubt es auch nicht. Sie hat den ganzen Samstagabend im Wilden Mann in ihrer Höhle unter dem Tresen zwischen den Bierkästen gesessen,

Servietten gefaltet und Besteck poliert und durch die kleinen Löcher, die ihr die Ohm in die Tresenwand gebohrt hat, die Leute beobachtet; die Männer, die sich an ihren Bierflaschen festhielten, und den Zigarettenqualm, der an ihren Händen entlangzog, und die kichernden Frauen mit den toupierten Haaren und den engen Jeans, die manchmal auf ihren Schößen saßen, und die Krampfadern an den Waden der Ohm, wenn sie neben ihr stand und die Gläser spülte. Das Bier brachte Marenke, der Preuß; das Essen die Ohm. Es war alles wie immer. Keiner sprach vom Tod der alten Bembel, und das hätten die Leute brühwarm an allen Tischen erzählt. Die alte Bembel ist Legende. Seit Jahren verlässt sie das Haus nicht mehr, kaum einer der Jüngeren hat je mit ihr gesprochen. Sie ist wie fossiles Tannharz, aus dem von Zeit zu Zeit die Gerüchte, die darin eingeschlossen sind, in den Ort tropfen. Eines dieser Gerüchte ist, dass die alte Bembel kurz nach dem Krieg einem Scheechemann begegnet ist und darüber den Verstand verloren hat und sich nicht davon abbringen ließ, dass der Scheechemann ihr Sohn war. Der ist auf dem Feld geblieben, sagt die Ohm. In Stalingrad, fügt sie dann meist noch hinzu, ein Wort, dem eine Pause folgt, bis der Großvater mit der Faust auf den Tisch schlägt und die Ohm anfährt, sie soll dem Kind nicht solche Geistergeschichten erzählen, woraufhin die Ohm erwidert, dass an der Geschichte etwas dran sein muss, schließlich hat auch die Annegret, Gott hab sie selig, aus Georgenthal einen gesehen, der in der Dunkelheit über die Felder gesprungen ist und geleuchtet hat wie ihr Parfümflakon unter Schwarzlicht, und dass es zwischen Himmel und Erde mehr gibt, als der Großvater mit seinem Zählrohr messen kann. So ein Unfug, kommt es dann meist vom Großvater zurück, bevor er seinen Teller harsch in die Spüle stellt und zurück in seine Werkstatt geht.

«Woher weißt du, dass die Bembel tot ist?», fragt Ida.

Karsten erzählt, dass er einen schwarzen Barkas vor ihrem Haus hat stehen sehen und zwei Männer in schwarzen Anzügen, die einen Sarg aus dem Haus getragen haben.

«Komm, wir gehen mal hin», schlägt Ida vor. «Vielleicht treffen wir ja den Scheechemann.»

«Wen?»

«Erklär ich dir, wenn wir dort sind», antwortet sie.

Ida und Karsten klettern aus der Trauerweide, sammeln ihre Taschen und das Rad von der Wiese auf und laufen weiter in die Siedlung hinein. Die Sonne steht tief, und ihr Licht ist freundlicher als vor einer Woche in Guben, als Ida Hollerbusch zum Abschied noch einmal mit dem Schlauch abgeduscht hat, bevor ihre Eltern sie in den Zug nach Tann gesetzt haben. Sie kommen an Wohnblocks vorbei, die sich den Berghang entlangschieben und sich nur in den Fassadenmotiven unterscheiden: ein Bergmann mit Hammer und Schlägel, eine Friedenstaube, die aus der Hand einer Arbeiterin fliegt, ein Mädchen mit einem Atommodell und ein Junge, der durch ein Mikroskop schaut. Das Haus der alten Bembel steht abgeschieden am Ende der Straße, der Floßgraben und hundert Meter Brache trennen es von der Siedlung. Es ist das letzte Haus, bevor der Wald anfängt, und eines der wenigen in diesem Ortsteil, das noch aus der Vorkriegszeit stammt und nicht dem Uranhunger nach dem Krieg weichen musste.

«Scheechemänner sind Springgeister», sagt Ida, als sie angekommen sind. Zwei breite Fichten versperren den Blick auf das Haus. Überhaupt scheint es, als würde der nahe Wald schaffen, was der Bergbau nicht vermocht hat, und sich nach und nach das Grundstück einverleiben. «Ohm hat erzählt, dass die alte Bembel mal einem begegnet ist.»

Ida drückt das quietschende Gartentor auf, stellt ihr Einrad an den Zaun und läuft auf das Haus zu, ohne sich nach Karsten umzusehen. Die Fensterläden sind geschlossen. Das Haus sieht aus, als ob es schläft. Die Wegplatten kippeln unter ihren Füßen. Unzählige Gartenzwerge bevölkern den Vorgarten, die Stufen, die zum Hauseingang führen, und einen Miniaturstollen aus Beton. Die Bergzwerge hocken mit Helm, Spitzhacke und Laterne in den Erzstrecken, klettern auf Leitern, schieben die Loren vor sich her, ziehen über einen Flaschenzug Eimer zum Stollenausgang, der von Efeu umwuchert ist, wie der Rasen, die Wegplatten und der Zaun des Grundstücks.

Ida steigt die drei Stufen nach oben und tritt vor die Haustür. Drei rotwangige Holzengel mit Trompeten hängen über dem Türspion. «Milla Bemb» steht auf dem Klingelschild. Milla, der Name klingt nach einer eleganten Opernsängerin oder einer Schauspielerin, aber auf keinen Fall nach der verrückten Alten, die sie war, und Ida fällt auf, dass die Ohm die Bembel nie beim Vornamen genannt hat, und dass sie sich auch nie gefragt hat, wie sie tatsächlich hieß.

«Springgeister gibt's doch gar nicht», sagt Karsten.

Ida wendet sich um. Karsten hält noch immer das Gartentor in der Hand.

«Ohm sagt, dass es sie gab. Nach dem Krieg. Die Bembel hat einen gesehen und sich so erschreckt, dass ihre Haare von einem Tag auf den anderen schlohweiß geworden sind.»

«Schlohweiß», wiederholt Karsten, schließt das Gartentor hinter sich und kommt auf Ida zu.

«Ja. Und Ohm sagt, die Scheechemänner sind Soldaten, die auf dem Feld geblieben sind.» Ida lässt eine Pause, sieht Karsten in die Augen, versucht, nicht zu blinzeln, und senkt ihre Stimme. «Und der Scheechemann, den die alte Bembel gesehen hat, soll ihr Sohn gewesen sein. Der war im Osten, sagt Großvater. Ohm sagt Stalingrad.»

49

Karsten tritt neben sie und schiebt seine Brille hoch.

Unter dem Fußgitter hockt ein toter Frosch.

«Mein Opa ist auch im Osten geblieben.»

Ida und Karsten starren auf das Klingelschild. Es ist von Hand geschrieben, in Altfrauenschrift. Ida sieht aus dem Augenwinkel Karstens Zeigefinger, und noch bevor sie irgendetwas sagen kann, hört sie schon das dünne Schrillen der Türklingel. Ihr Herz schlägt bis zum Hals. Ida und Karsten springen die Stufen hinunter, rennen zum Gartentor und warten dort, ohne sich zu rühren. Idas Hand liegt auf dem Einrad. Das Haus bleibt still. Ida sieht zu den Stollenzwergen.

«Vielleicht haben sie deinen Opa ja ordentlich vergraben. Ohm sagt, wenn man den Soldaten drei Meter tief vergräbt, dann kommt er auch nicht wieder.»

Sie schleichen um das Haus herum. Im Garten steht eine Hollywoodschaukel. Ihre rostigen Beine sind im Gras versunken. Der Holzzaun ist an manchen Stellen halb eingefallen, das Gras niedergetreten.

«Rehe», sagt Karsten.

«Echt?»

«Gibt's in deinem Zirkus wohl nicht.»

«Ne, dafür gibt's da Elefanten, Löwen und Bären.»

«Sag bloß.»

Sie gehen auf den Hintereingang des Hauses zu, steigen die Stufen nach unten und stehen vor einer Kassettentür aus dunklem verwittertem Holz. Ida schaut durch das schmale Fenster der Tür, kann aber hinter dem dicken, geriffelten Glas nichts erkennen. Sie drückt die Klinke nach unten, es ist nicht abgeschlossen, und steckt ihren Kopf in den Kellergang.

«Und? Was siehst du?», fragt Karsten, und Ida kann seinen Atem in ihrem Nacken spüren.

«Gartenzwerge. Unendlich viele Gartenzwerge», sagt Ida.

Sie öffnet die Tür und schaltet das Licht ein. Sie gehen die Treppe hoch, zu den Wohnräumen. Im Flur hängt ein Kranz aus Tannengrün. Er scheint frisch zu sein, obwohl es erst September und Weihnachten noch weit ist. Ida hört ein Herz klopfen und weiß nicht, ob es ihres ist. Aus der Dunkelheit des Wohnzimmers dringt ein beständig knackendes, kratzendes Geräusch. Die Tür steht offen. Ida geht voran, das Parkett knarrt unter ihren Füßen. Sie tastet sich an der Wand entlang, sucht nach dem Lichtschalter, findet ihn. Ihr Blick fällt auf die Gardinen, auf die Schwibbögen, die auf den Fensterbrettern stehen, in jedem Fenster einer, auf die Papiersterne, Räuchermänner, Nussknacker. Die Nadeln des Weihnachtsbaums sehen so frisch aus wie der Tannenkranz im Flur. Er ist geschmückt mit Glaskugeln, Lichterkette und Bleilametta, das matt und schwer von den Spitzen der Zweige hängt, darunter ein Teller mit Weihnachtsplätzchen. Auf dem Plattenspieler dreht sich eine Schallplatte. Die Nadel zuckt in einer gesprungenen Rille. Auf einem Holztischchen mit geschwungenem Fuß steht die Schwarz-Weiß-Fotografie eines Jungen, der so alt ist wie sie beide, daneben stapeln sich kleine, in Zeitungspapier eingewickelte Päckchen, und über dem Sofa hängt der röhrende Hirsch in Öl. Es riecht nach Zimt und Vanille und dem Harz der Tanne. Ida schaltet die Lichterkette an, hebt die Nadel von der Schallplatte und setzt sie auf den Anfang. Ein Männerchor singt *Kummt, Bargbrüder, fahrn mer aus,* und sie nimmt eines der Päckchen, die vor dem gerahmten Bild des Jungen stehen, und schüttelt es. Karsten hat sich den Plätzchenteller geschnappt und auf das Sofa fallen lassen. Ida hört ihn kauen. Das Päckchen ist leer. Sie schaut durch das Bücherregal, Meyers Konversationslexikon in unzähligen Bänden, Kreuzworträtsel, vergilbte Romanhefte. Sie öffnet die Schranktüren, es riecht muffig. Idas Blick fliegt über die gestärkten Tischdecken, die stoffbespannten Besteckkästen, Porzellanteller, Kaffeetassen, Schalen und Schüsseln in unterschiedlichen Größen, die sich bis zum nächsten Regalboden stapeln, alle mit Goldrand. Es sieht aus, wie es auch im Schrank ihrer Ohm aussieht.

«Ida», hört sie Karsten mit Keksen im Mund sagen, und es liegt ein Erstaunen in seiner Stimme, das ungewohnt ist, weil Karsten nie über etwas staunt, sondern für alles in der Welt eine Erklärung hat.

Ida wendet sich um. Karsten starrt auf den Teller. Er hat einen Keks in der Hand und schweigt. Für das Ding auf seinem Teller scheint ihm die Erklärung zu fehlen.

«Zeig.»

A de Mettenschicht tut uns net schinde, singt der Männerchor, und Ida und Karsten starren stumm auf den Keksteller.

«Du hast dich zu Bembels Hakenkreuz durchgefuttert», sagt Ida nach einer Weile.

«Was hat deine Ohm noch alles über die Bembel erzählt?», fragt Karsten.

Ida setzt sich neben ihn, zieht die Beine an, schlingt ihre Arme um die Knie und überlegt.

«Och, so einiges. Dass die Bembel eine ganz Überzeugte war. Wenn Ohm davon erzählt, klopft sie mit dem Zeigefinger auf den Tisch und sagt, ganz vorn ist die Bembel dabei gewesen. Und dass sie sich nach dem Krieg, als die Russen kamen, in ihrem Haus verbarrikadiert und keinen reingelassen hat. Dass sie ihren Goldschmuck in einer Schatulle im Garten vergraben hat, damit ihn die Russen nicht finden. Und dass sie ihn wieder ausgegraben hat, weil sie dachte, dass die Russen nachts kommen und ihren Garten umgraben. Na, und das mit dem Scheechemann. Den hat sie in dem piekfeinen Kurhotel getroffen, kurz bevor die Russen das weggesprengt haben.

Die alte Bembel und Ohm haben dort gearbeitet. Ohm sagt, dass die Bembel von nichts eine Ahnung gehabt hat und noch nicht mal wusste, wie das Besteck am Teller liegen muss. Und Französisch konnte die auch nicht.»

«Was hat sie dann mit dem Goldschmuck gemacht?», fragt Karsten.

«Sie hat sich zwei Brusttaschen genäht und den Goldschmuck reingetan. Die Taschen hat sie dann unter dem Pullover in ihren BH gestopft. Auch nachts.»

«Du meinst …» Karsten formt mit seinen Händen zwei Brüste vor seinem schmächtigen Oberkörper.

Ida presst die Lippen aufeinander und nickt.

«Du spinnst.»

Ein kratzendes Geräusch durchbricht den Gesang. Die Nadel ist wieder im gesprungenen Vinyl gelandet. *Glückauf …*

«Lass uns gehen», sagt Karsten, stellt den Teller auf den Tisch und schnappt sich seine Tasche.

Ida schaltet den Plattenspieler aus, dreht eine Glühbirne aus der Lichterkette locker, die bunten Lämpchen erlöschen. Sie ziehen die Tür hinter sich ins Schloss, springen die Stufen hinunter. Die Luft ist leicht und warm. Ida schnappt sich ihr Einrad. Der Septembernachmittag ist ungewöhnlich lang, und es ist kaum kühler geworden, obwohl die Sonne schon halb hinter der großen Halde verschwunden ist, die sich auf der anderen Talseite erhebt.

«Na dann, mach's gut», sagt Karsten.

«Na dann», sagt Ida, setzt sich auf ihr Einrad, dreht Kreise um Karsten und grinst. «Kak tbja sawut?», ruft sie ihm zu.

«Kackt die Katze gut?», ruft Karsten zurück, und ein Lächeln huscht über sein Gesicht, und Ida bemerkt eine Verlegenheit in seinem Blick. Dann entlässt sie ihn aus ihrer

Umzingelung und sieht ihm nach. Die Bücher in seiner Ledertasche ziehen an seinem Arm.

Ida fährt zum Nachtsanatorium, den Waldweg entlang, auf dem die Leute am Sonntag spazieren gehen und sich einen guten Tag wünschen, auch wenn sie sich noch nie im Leben begegnet sind. Durch eine Schneise hindurch blickt sie noch einmal zurück ins Tal, das den Ort in die Länge zieht wie einen Kaugummi, und zu den Haldenbergen, die sich hinter den Wohnblöcken erheben, jeder eine staubige Wand. Wenn es regnet, ist es, als fließe das Grau des Himmels über das Grau der Halden. Wenn der Regen über längere Zeit ausbleibt und die Sonne brennt, jagt der Wind den Staub durchs Tal, stürmt es, verfinstert sich die Sonne, und mitten am Tag brennen die Straßenlaternen. Der Haldendreck bedeckt den Asphalt, die Häuserdächer, Autodächer, Baumkronen, Blumenbeete, dringt durch Tür-, Fenster-, Kühlschrankritzen, legt sich auf Augenlider. Ida stellt sich dann safrangelben, feinkörnigen Wüstensand vor, der von den Sanddünen der Wüste Gobi herüberweht, die wie auf dem Bild in ihrem neuen Geografiebuch bis zum Horizont wogen, und sie reitet auf Hollerbuschs Rücken über den Kamm der Dünen, an den Gleisen der Transsibirischen Eisenbahn entlang.

Ida wendet sich ab. Sie fährt mal langsamer, mal schneller, tänzelt um die Pfützen herum, stoppt, übt, so lange wie möglich, auf dem Rad zu stehen, jede Unruhe auszutarieren, die von den losen Steinen kommt, und die Muskeln gehorchen ihren Befehlen. Aus dem Wald heraus riecht es nach Moos und Harz, fast so wie im Wohnzimmer der alten Bembel. Neben ihr fließt fast unbemerkt der Floßgraben. Und unter ihrem Reifen knirschen die Fichtennadeln, später das Sommerlaub von Buchen und Eichen, dann der Schotter der provisorischen Straße, die an den Schrebergärten vorbei zu einer Lichtung führt. Zwischen den Bäumen schimmert bereits der graugelbe Putz des Nachtsanatoriums durch.

Ida fährt auf den Haupteingang zu. Immer wenn der Wind die Baumkronen biegt, fällt das Sonnenlicht über das kupfergrüne Mansardendach drei Geschosse nach unten, erhellt den Avantcorps und die schmiedeeisernen Gitter der französischen Balkone und landet auf den Füßen eines Mannes, der in einen Bademantel gepackt im Schatten der Kolonnade auf einem Liegestuhl liegt und Zeitung liest. Das Parkrondell vor dem Eingangsportal erinnert Ida an die Zirkusarena. In der Mitte waten Männer mit gerafften Bademänteln durch ein Becken, in das beständig Wasser aus dem Krug des bronzenen Brunnenmädchens fließt. Am Beckenrand stehen zwei Frauen in weißen Kitteln, die den Männern Anweisungen geben. Um das Rondell führt ein asphaltierter Weg, der von Kastanien gesäumt ist. Ida fährt ein paar Runden, stoppt an der Litfaßsäule, an der die Kinoplakate in dicken Schichten übereinanderkleben, dreht eine Pirouette. Als sie hochsieht, bemerkt sie einen Patienten, der auf sie zeigt und aus dem Becken steigt. Auch die anderen wenden sich Ida zu. Ida verbeugt sich, so wie sie es von ihrem Vater gelernt hat, und gibt eine Zugabe, gewissermaßen, sie springt mit dem Rad auf den Bordstein, der die Wiese einfasst, und dreht eine Runde auf dem schmalen Grat, springt zurück auf den Weg, hört den Beifall, lässt sich rollen, schaut zu den Stiefmütterchen, diesen seltsamen Blumen, die es nur in Rabatten und Blumenkästen zu geben scheint. Noch nie hat Ida eines einfach so auf einer Wiese stehen sehen. Ida legt den Kopf in den Nacken und hebt die Arme. Die Kastanienblätter fliegen vor dem taubenblauen Himmel vorbei. Sie schließt ihre Augen, und der Wind fährt durch ihr Haar, das wild ist wie das ihres Vaters.

Sie fährt eine Runde und noch eine und fragt sich, warum die Geschirrservices in den Schränken der alten Leute immer den gleichen Goldrand haben, woher diese merkwürdige Stille in ihren Wohnungen kommt, eine Stille, die kein Fernseher, Radio oder Plattenspieler durchbrechen kann und die von dem Nippes auszugehen scheint, der auf den Regalen, in den Schränken, auf den Fensterbrettern steht, der nie bewegt wird, der ist, wo er schon immer war; in jedem Frühjahr, in jedem Sommer, Herbst, Winter. Die Kastanien glänzen dunkel zwischen den aufgeplatzten Schalen hervor, und Ida denkt an Hollerbusch. Obwohl sie auf den Tag genau gleich alt sind, überragt Hollerbusch sie bereits um mehrere Köpfe. In den Herbstferien will sie mit ihr einen Sketch einstudieren, den sie sich am Vormittag beim Fahnenappell in der dritten Reihe stehend ausgedacht hat. Ida wird in der Arena auf einem Stuhl sitzen und so tun, als würde sie in einem Buch lesen, und Hollerbusch soll von hinten an sie herantreten und ihren Vorderfuß auf ihre Schulter legen, so, als ob sie sie antippt, dann dreht Ida sich nichts ahnend um, fällt vor Schreck ohnmächtig vom Stuhl, und Hollerbusch soll den Vater, der sich als Arzt verkleidet hat, zu Hilfe holen.

Ida taucht aus ihren Gedanken auf, sieht die Männer, die wie jeden Nachmittag mit dreckverklebten Stiefeln, Hosen, Jacken, Gesichtern das Sanatorium betreten, und wenn sie eine Stunde später wieder herauskommen, tragen sie die veilchenfarbenen Trainingsanzüge der BSG Wismut oder Bademäntel, haben duschnasse Haare, spielen Volleyball oder Schach, steigen durch das Wasserbecken oder liegen auf ihren Liegestühlen in der Sonne oder im Schatten der Kolonnade. Einmal, als die Großmutter zu einer Landwirtschaftsausstellung gereist war, durfte Ida den Großvater ins Sanatorium begleiten. Es ist anders, als sie es sich vorgestellt hat: Auf den Parkettböden liegen Teppiche mit Orientmuster, über der Holzvertäfelung hängen Ölschinken mit röhrenden Erzgebirgshirschen, in den Gängen rote Wandzeitungen und die Bilder der Bestarbeiter. Es gibt Leseecken mit kleinen Schränken und Monstera, Klubräume mit Billardtischen, eine Bibliothek, Apfelsinen und Bananen und ein Marmeladenbrot für Ida, das einzige Kind im Sanatorium. Nur das Kellergeschoss mit seinen Wannen, Massagebänken, Duschen, dem Inhalatorium und den weiß gekleideten Krankengymnastinnen hält, was in Idas Augen ein Sanatorium verspricht. Nach dem Abendessen haben sie *Ein Menschenschicksal* geschaut. Ida ist an der Schulter des Großvaters eingeschlafen und hat von Getreidefeldern geträumt, durch die der Wind geht, bis sie, als der Film längst zu Ende war, vom leisen Schluchzen des Großvaters geweckt wurde. *Ida fährt eine Runde und noch eine*, und mit jeder Runde schwindet das Licht, und der Wind pflückt die Blätter von den Kastanienbäumen, und die Liegestühle verschwinden, und am Wasserbecken und am Volleyballfeld wird es still. Nur die Schachfiguren werden noch in Schlachten geführt, und Ida hört in der Ferne die Rehböcke bellen und fragt sich, warum in ihrem Zeugnis steht, dass sie eine Einzelgängerin sei und sich nicht in das Kollektiv einfügen kann, was Kollektiv überhaupt heißen soll, sie hat doch Karsten. Karsten ist ihr Kollektiv. *Und Ida fährt eine Runde und noch eine* und denkt an den Großvater, der nur noch zum Essen aus seiner Werkstatt heraufkommt, dem sie nie zusehen darf, wenn er seine Uhren repariert. Sie fragt sich, was das bedeuten soll, wenn die Ohm sagt, das kommt von der Gefangenschaft, *und Ida fährt eine Runde und noch eine*, bis die Kastanien kahl stehen und hinter den Fenstern des Sanatoriums die Lichter angehen.

Der Hausmeister tritt aus einem der Nebengebäude, er recht das Herbstlaub zusammen, und neben dem Brunnenmädchen, aus deren Krug soeben der letzte Tropfen Wasser fällt, sitzt ein Reh, ganz ruhig, und es sieht es aus wie das Reh aus Glas, das die Ohm auf ihr Nachtschränkchen gestellt hat, als sie im Frühjahr vor der Einschulung bei ihnen eingezogen war, und das im Mondlicht zu schimmern beginnt, und aus dem Sanatorium, durch die Fenster des Kultursaals hindurch, dringt Gelächter. *Ida fährt eine Runde und noch eine* und denkt an die Gastspielreise durch die Sowjetunion neunzehnhunderteinundachtzig, an den Ausflug nach Kyjiw, an den Dnipro, diesen riesigen Fluss, der die Stadt in zwei Teile sprengt, an den Messespark mit den Pavillons, an das Riesenrad und die blecherne Musik aus den Lautsprechern, an den Arzt, bei dem die Leute Schlange standen, um sich messen und wiegen zu lassen, der Ida einen Witz erzählte und über sie lachte, weil sie kein Wort verstand, und der ihr ein Konfekt gab, in dem, beim Versuch, es weich zu kauen, Idas erster Milchzahn stecken geblieben war, und als sie eine halbe Stunde später auf dem Stuhl der Zahnärztin saß, die sie auch nicht verstand, hatte sie längst vergessen, wie groß sie war und wie viel sie wog. *Ida fährt eine Runde und noch eine*, und ein feiner Novembernebel zieht aus dem nahen Wald über die Parkwiese. Ein Krähenschwarm lässt sich auf den kahlen Ästen der Kastanien nieder. Die Krähen krächzen in die Dunkelheit, und Ida sieht auf das Reh, das den Kopf an die Läufe gelegt hat und atmet, *und sie fährt eine Runde und noch eine*, und der Asphalt und das morastige Laub glänzen im Regen, und die Lichter des Sanatoriums erlöschen, und der Vollmond erleuchtet den Park. Ida steigt von ihrem Rad. Sie hockt sich neben das Reh, legt eine Hand auf sein Fell, das rau ist und an dem die Regentropfen abperlen, und sie spürt die Wärme des

Tieres und den Brustkorb, der sich gleichmäßig hebt und senkt. Am tiefsten Punkt der Nacht gefriert der Regen, und Wind kommt auf, und er peitscht die Böen durch die Baumkronen. Ida steigt auf ihr Rad, stemmt sich mit allem, was sie hat, gegen den Sturm, und es ist, als prasseln Tausende Stecknadeln auf sie ein. Erst in den frühen Morgenstunden lässt der Sturm nach, und ein daseinsmüder Herbst gibt das Zepter weiter, und als die Arbeiter das Sanatorium verlassen, wirbeln Schneeflocken durch die Lichtkegel der Straßenlaternen. Die Arbeiter vergraben ihre Hände in den dunkelblauen Wattejacken, haben die Hosen in die Stiefel gesteckt, und unter ihren Schritten knirscht der Schnee. Sie steigen in den Schichtbus, der mit laufendem Motor wartet, und *Ida fährt eine Runde und noch eine* und sieht den Rücklichtern des Schichtbusses nach, und als die Morgensonne durch die Bäume scheint, erlöschen die Laternen, und das Reh ist verschwunden, und Ida denkt an Ohms Geschichten und an die alte Bembel, und wieder wundert sie sich über den eleganten Vornamen und fragt sich, wer diese Frau war, eine Frau, die Milla genannt wurde, konnte doch unmöglich etwas mit den Geschichten der Ohm zu tun haben, und als die Sonne hoch steht, sammelt der Hausmeister die Münzen ein, die die Tanner auf ihren sommerlichen Spaziergängen durch den Wald in das Becken geworfen haben, um sich etwas zu wünschen. *Ida fährt eine Runde und noch eine*, und es dämmert bereits am Nachmittag, hinter den Gardinen des Sanatoriums glimmen die Schwibbögen, und aus einem der Fenster ist ein Männerchor zu hören. *Heller Schein tut allen künden.* Es ist die gleiche Aufnahme, die sie und Karsten im Wohnzimmer der alten Bembel gehört haben. *Ida fährt eine Runde und noch eine.* Mit dem letzten Licht des Tages kommen drei Männer aus dem Wald. Unter ihren dunklen Jacken blitzen weiße Arztkittel hervor. Sie tragen eine Tanne in das Sanatorium und stellen sie im hell erleuchteten Eingangsbereich auf den Sockel, auf dem einst die Stalinbüste stand und auf dem die Losung *Von der Sowjetunion lernen heißt siegen lernen* noch deutlich zu erkennen ist, und aus den Mündern der Arbeiter wird daraus: *Vun dr Soffjetunion lern heeßt siechen lern.* Menschen in Bademänteln und Rollstühlen klemmen Lichter an die Zweige, und vor dem Eingang, unter dem Licht der Laterne, klebt der Hausmeister eine Filmankündigung über die alten Plakate an der Litfaßsäule. Die Krähen kehren zu ihren Schlafbäumen zurück, der Schnee hat dem Brunnenmädchen eine Mütze aufgesetzt, und von den *Jungen Leuten in der Stadt* tropft der Leim. *Ida fährt eine Runde und noch eine* und hört Gelächter aus dem Sanatorium. Menschen kommen mit Geschenken, und bevor sie das Sanatorium betreten, klopfen sie sich den Schnee aus dem Mantel. Ida zieht mit ihrem Einrad Spuren und sieht auf ihre Füße. Sie stecken in den Stiefeln, mit denen der Großvater aus der Gefangenschaft nach Hause gelaufen war. Die Stiefel sind warm, eine Wärme, die nicht von ihr kommt, und sie fährt jede Runde in der gleichen Spur, und die Lichter im Sanatorium gehen an und aus, nur der Weihnachtsbaum glimmt ununterbrochen und wirft Licht in allen Farben über den Empfangstresen. *Und Ida fährt eine Runde und noch eine*, und in den Mülltonnen wächst ein Berg an Geschenkpapier, benutzten Servietten, Rotkohlresten, Gänseknochen, leeren Weinflaschen, und ein Mann klettert auf eine Leiter und bringt einen gold lackierten Neujahrsgruß auf einem roten Banner über dem Eingangsportal des Nachtsanatoriums an. Patienten mit Atemmasken, im Rollstuhl, mit Decke auf den Knien, Krankenschwestern, Krankengymnastinnen, Ärzte versammeln sich um das Brunnenmädchen. Der Hausmeister lässt die Korken aus den Sektflaschen knallen, und die anderen halten ihm ihre Gläser hin. Ida hört ein Knistern in der Luft, sieht in den sternenklaren Himmel, glühende Punkte steigen auf, explodieren, sprühen tausend farbige Funken über den Nachthimmel, und als sie auf die Erde zurückfallen, umarmen sich die Menschen, *und Ida fährt eine Runde und noch eine*, und als die Funken der letzten Raketen erlöschen und der Blick auf die Sterne wieder frei ist, ist der Schnee frisch, und Ida fährt die erste Spur des Jahres, und eine kalte Sonne scheint flach durch die Bäume, und sie denkt an Hollerbusch, wie sie mit erhobenem Rüssel hin und her läuft und gegen die Angst der Silvesternacht antrompetet, an ihren Vater, der gerade auf seiner Matratze im Elefantenhaus erwacht, und an ihre Mutter, die den Trainingsplan für das Gastspiel in Las Vegas längst aufgestellt haben wird. *Ida fährt eine Runde und noch eine*, und zum ersten Mal in diesem Jahr neunzehnhundertsechsundachtzig wärmt die Sonne Idas Wangen. Die Eiszapfen an der Dachrinne des Sanatoriums beginnen zu tropfen und fallen herab in die Schneehaufen, die der Hausmeister zusammengeschoben hat und über die sich längst die rußigen Abgase der Schichtbusse gelegt haben, und die Wollmütze auf ihrem Kopf beginnt zu kratzen, und Ida fragt sich, warum Karsten ihr diesen Zettel in das Russischbuch gesteckt hat, auf dem stand, dass er sie mag, das muss er doch nicht extra auf einen Zettel schreiben. *Sie fährt eine Runde und noch eine Runde*, und auf der Wiese blühen die ersten Schneeglöckchen zwischen den harsch gewordenen Schneehaufen, aus dem schmutzigen Tauwasser kriecht der faulige Geruch des Vorfrühlings, die ersten Blätter sprießen aus den knorrigen Kastanienästen, und Ida umkreist die Schlaglöcher des vergangenen Winters. Schon seit eineinhalb Jahren ist sie Thälmannpionier mit einem roten Halstuch, das sie in ihrer Schultasche versteckt, wie sie das blaue Halstuch versteckt hat, weil sie sich, wenn sie es trägt, verkleidet fühlt und glaubt, alle starren sie an, und sie fragt sich, warum Karsten sie so meidet, seitdem er mit Bianca in der Zeichen-AG bei Frau Schröder sitzt, und warum Karsten überhaupt in die Zeichen-AG und nicht in die Schach-AG geht, er hat sich nie für Zeichnen interessiert, und warum es in ihr tobt, wenn sie die beiden auf dem Schulhof sieht. *Und Ida fährt eine Runde und noch eine* und denkt an den Großvater, der im Hausflur gefallen war. Ida hat die Erschütterung in ihrem Zimmer gespürt, ist die Treppen hinuntergerannt und hat versucht, ihn an seiner Jacke hochzuziehen. «Lass mich», hat er gesagt und Ida unwirsch abgeschüttelt und ist, als er sich an der Kommode hochgestemmt hatte, wortlos zurück in die Werkstatt gegangen, und es war ihr, als hörte sie sein schweres Atmen noch, als er schon wieder bei seinen Uhren saß, durch das Okular schaute und mit dem Wattestäbchen Zahnräder mit Spiritus reinigte. Das kommt von der Gefangenschaft, sagte die Ohm wieder, und Ida ist in ihr Zimmer gerannt und hat die Tür zugeknallt, denn alles, was der Großvater je von dieser scheiß Gefangenschaft erzählt hat, waren ein paar schmale Sätze über Flöhe und Wanzen. Alles schien in diesen Begriffen begründet zu liegen: Sie heißen *Gefangenschaft* oder *Stalingrad* und trennen diejenigen, die davon wissen, von denen, die nicht davon wissen. Ida weiß nichts davon, und sie hat sich nie getraut, den Großvater zu fragen. Wenige Wochen später hat Ida Blutflecken im Taschentuch des Großvaters gefunden und sie der Ohm gezeigt. Ohm wollte, dass er wieder in eine Klinik geht. Er geht aber nicht mehr in eine Klinik, basta, da ist er schon gewesen, die können nichts, von da sind die anderen schlussendlich auch mit den Füßen zuerst rausgekommen, was also, sagte der Großvater und sein Gesicht war rot wie das Blut, das er spuckte, soll er da? Und er zog wie jeden Tag seine Stiefel an und ging zum Bergwerk. Sie hatten ihn in die Verwaltung versetzt. Hier wartet er jetzt auf den Sensenmann, waren die Worte des Großvaters nach dem ersten Tag am Schreibtisch, aber immerhin hatte er sich überreden lassen, nach der Arbeit wieder ins Nachtsanatorium zu gehen. *Ida fährt eine Runde und noch eine*, und sie sieht die Ohm, die neben dem Brunnenmädchen auf der Parkbank sitzt, und die Blumen, mit denen sie das Sanatorium betreten hat, liegen auf ihrem Schoß. Ich geh allein, hat sie zu Ida gesagt, und dass es nicht gut um ihn steht, und ihr einen Teller Linsensuppe mit zerlassenem Speck auf den Tisch gestellt, und zum ersten Mal waren Ida die tiefen Falten im Gesicht der Ohm aufgefallen. Die Leichenträger kamen in Bergmannstracht und trugen den Sarg aus dem Sanatorium heraus, zum Friedhof, in die Kapelle. Auf der Beerdigung eine Woche später, nachdem der Pfarrer seine Grabrede beendet hatte, sangen die letzten vier aus Großvaters Brigade und der einbeinige Marenke, der Preuß, der seit seinem Unfall im Berg in der Küche vom Wilden Mann steht, das Steigerlied, wie es Tradition ist. Die letzten vier vom Wismutadel, wie Ohm sie nennt, und *Uhiessche*, alles *Uhiessche*, fügte sie dann immer noch hinzu. In der letzten Strophe nahm die Ohm Idas Hand und stimmte in den Gesang ein: «*Denn wir tragen das Leder vor dem Arsch bei der Nacht, denn wir tragen das Leder vor dem Arsch bei der Nacht und saufen Schnaps und saufen Schnaps.*» Ihre Stimme übertönte die der Kumpel, bis die Kumpel verstummten. Dann sah sie die vier an, und es war ein Vorwurf in ihrem Blick: «Ja, der Schnaps. Gegen die Angst vor dem Schatten auf dem Röntgenbild haben wir die Talons genommen und sie gegen Schnaps getauscht, fünf Liter Kumpeltod pro Monat, und gegen die Angst, die noch übrig war, haben wir das Stalinpaket genommen, eingemachtes Obst: zwölf Gläser Apfelmus oder Kirschen; Quark: ein Kilo;

Zigaretten: zwanzig Stück; und Scheine für den Fleischer, und gegen die Angst, die dann noch übrig war, haben wir die Ferienschecks genommen: Zimmer mit Meerblick im Gewerkschaftsheim jeden Sommer drei Wochen. Und gegen die Angst, die dann immer noch übrig war, haben wir die Mangelware auf Spezialausweis genommen, mussten nie Schlange stehen, nicht für die Butter während der Butterkrise, nicht für den Gefrierschrank, nicht für den Farbfernseher mit Fernbedienung, und stur seid ihr gewesen», Ohm sah die Kumpel an. «Ich bin Bergmann, wer ist mehr, habt ihr getönt. Ich bin doch nicht unter Tage, um Regeln gegen die Strahlen einzuhalten, habt ihr getönt, sondern um Geld zu verdienen, habt ihr getönt, ein neues Auto, ein neues Dach, ein neuer Bungalow, und jetzt, schaut euch an, vier jämmerliche Gestalten, von einer Tracht zusammengehalten. Und als er dann da war, der Schatten auf dem Röntgenbild, haben wir genickt, als der Arzt gesagt hat, glauben Sie bloß nicht, dass der Krebs in Ihrem Fall aus dem Berg kommt, so oder so, hatte der Arzt gesagt, wären Sie krank geworden, da schien er sich sehr sicher zu sein, der Arzt, denn schließlich hatte ihn die Wismut ja bezahlt. Und wir haben genickt, genickt haben wir. *Kreuzbrave Leut wir Bergleut sein, kreuzbrave Leut.*» Die Blumen der Ohm schlugen auf dem Sargdeckel auf, und der Pfarrer, Idas Vater, die Mutter, Marenke und die vier vom Wismutadel sahen die Ohm an, und niemand wagte, etwas zu sagen. Ida vermaß unterdessen mit den Augen die Tiefe des Grabes, und eine fahle Sonne schien auf den Sarg. S kommt alles vom Bergwerk her.

Als sie am Abend in der Küche saßen und die Küchenuhr, die der Großvater zuletzt noch repariert hatte, in die Stille tickte, fragte Ida die Ohm, wie tief das Grab sei und ob der Großvater wohl wiederkehren würde. Die Mutter hat sie am Arm gezogen, und ein Entsetzen lag in ihrem Blick, und die Ohm hat ihr über den Kopf gestrichen, gelächelt und gesagt: «So ein Unfug», bevor sie nach unten in die Werkstatt ging und für die nächsten Tage nicht wieder nach oben kam. Als Ida nach ihr sah, saß sie an der Werkbank und starrte auf die unzähligen Uhren, die der Großvater über die vielen Jahre gesammelt und in die Vitrine gehängt hatte. Ida und die Ohm zählten die Uhren, es waren mehr als zweihundert Stück, jede von ihnen zeigte die Ortszeit irgendeiner Stadt irgendwo auf der Welt an. *Und Ida fährt eine Runde und noch eine*, und die Luft ist lau, und die Sonne fällt auf das Parkrondell. Aus dem Krug des Brunnenmädchens ergießt sich das Wasser des vergangenen Jahres, und in den Hecken lärmen die Spatzen. Sie knöpft ihre Jacke auf, spürt den lauen Fahrtwind auf ihrer Haut, und sie fährt durch Pfützen, die in der ersten Hitze des Frühlings trocknen. *Ida fährt eine Runde und noch eine*, und die Veilchen blühen nach dem langen Winter. Der Frühling kommt spät im Gebirge. Die Sonne scheint von einem blauen Himmel, und die Männer liegen wieder auf den Liegestühlen, spielen Schach oder Volleyball, und im Briefkasten sind zwei Postkarten; eine aus Las Vegas von den Eltern und eine von Switlana aus Prypjat. Dorogaja moja Ida, meine liebe Ida. Sie schreibt, wie sehr sie sich auf Ostern freue, dass sie zu den Großeltern nach Tschornobyl fahren, dass dort Großmutters Apfelbäume sicher schon blühen, dass sie den Großen Tag am Fluss verbringen und picknicken werden, dass Onkel Jewhen und Tante Jelena Ida und ihre Familie sehr vermissen und sie alle herzlich grüßen lassen, dass sie die Mathearbeit schon wieder verhauen hat und jetzt auch am Wochenende übt, Jewhen sie bei jeder Gelegenheit mit Kopfrechenaufgaben quält und dass sie jetzt Schluss machen muss, weil sie Jelena versprochen habe, mit ihr Ostereier zu bemalen. Tseluju tebja. Ich küsse dich. Switlana. PS: Jewhen und Jelena küssen dich auch. *Und Ida fährt eine Runde und noch eine*, und der Wind kommt von Ost. Er bringt den zarten Duft der Apfelblüten mit, und sie breitet die Arme aus, legt den Kopf in den Nacken, schaut, wie das frische Grün der Kastanien vorüberfliegt, und zweitausend Kilometer entfernt, im Kontrollraum einer Atomstation, haben sich die Irrtümer an den Schaltknöpfen gesammelt, und ein Reaktor ist geborsten, und er glüht himbeerfarben und bildet Kristalle, hinreißende Kristalle, wie sie nirgendwo auf der Welt existieren, und es leuchtet schön, und der Wind kommt von Ost und treibt unerbittlich Wolken übers Land, und die Spatzen in den Hecken schweigen, und Idas Lippen schmecken nach Blei an diesem sechsundzwanzigsten April neunzehnhundertsechsundachtzig.

AM TIEFEN GRUND

Aach; im erzgebirgischen Dialekt auch: Auge. Der Fluss ist so
alt wie die Berge. Er floss schon durch den rauen, den un-
wirtlichen, den finsteren Wald, den Mirinquidi silva, wie der
Landstrich hieß, als Fuhrleute mit ihren Karren und Schlitten
voll Salz die ersten Saumpfade über den Gebirgskamm tram-
pelten. Nach Böhmen hin und in die Donauländer. Bis einer
der Fuhrleute zurücksah, bemerkte, dass der Trampelpfad
silbern glänzte, und begriff, dass es nicht auf den Wald ankam,
sondern darauf, was unten in der Erde verborgen lag. Das erste Berggeschrey tönte durchs Land, und mit dem Ruf begann
das Siedeln, begann das Graben, das Teufen, das Suchen nach
dem Schatz im Berg, im Erzberg, in den Erzbergen, im Erzgebirge. Unten. Im Stein. Der Fluss aber blieb das verlässliche
Element, auch dann noch, als die Berge nicht mehr waren,
was sie schienen. Der Fluss war immer da: auf den alten Postkarten, Radierungen, Ölgemälden, Karten. Noch immer führt
er sein Wasser im gleichen Bett, und an den großen Steinen
bilden sich Wasserwirbel, die wie tausend Augen jeden begleiten, der an seinem Ufer entlanggeht. «Steck da nicht die Füße
rein», sagt die Ohm, wenn Ida zum Fluss läuft. Die Ohm weiß,
dass nichts ist, wie es scheint, auf den alten Postkarten, Radierungen, Ölgemälden, Karten. Dass nichts beständig ist. Dass
der Fluss nichts halten will. Dass die Wasser alles forttragen.

Solange sich Ida erinnern kann, ist zu Hause dort, wo das orangene Licht der Lichterketten scheint, die am Kopfende ihrer Betten hängen. Sie hängen im Wohnwagen über ihrer Matratze, wenn sie die Eltern auf Tournee begleitet, sie hängen über dem Kinderbett im Wohnheimzimmer, das sie in der Winterpause des Zirkus bewohnen, und seit fünf Jahren hängen sie bei den Großeltern im Haus Edith in der Leninstraße in einem Zimmer, das Ida gehört. Allein der Umstand, ein Zimmer nur für sich zu haben, verschafft Ida ein Gefühl, das ist wie ein Löffel Sirup auf der Zunge. Haus Edith, eine eierschalenfarbene Zuckersiederei mit Granitsockel. Zum ersten Mal bemerkte sie das Sirupgefühl kurz nach ihrem Einzug im Frühjahr vor der Einschulung. Die Großmutter hatte sie zum Einkaufen mitgenommen. «Wir müssen dich doch den Leuten vorstellen», hatte sie gesagt, ihr den Pony gekämmt und versucht, die widerspenstigen Locken mit Zuckerwasser aus der Sprühflasche und einer Haarklemme zu bändigen.

An der ersten Station, auf der anderen Seite der Leninstraße, am Zaun des Betriebsgeländes, erzählte sie ihr, wie es ausgesehen hatte, «bevor die Russen kamen»: Marktplatz mit Blumenrabatten, Konzertpavillon, das Freilichtkino, dahinter die Kirche, auf der anderen Seite das alte Rathaus und das legendäre, von der Bäckerei Trültzsch betriebene Café Trutilo mit der großen Terrasse zur Chaussee hin, wo die Schlagsahne Schlagobers hieß, weil die Frau vom Trültzsch aus der Ostmark kam, wie die Ohm sagte. Sie erzählte es, als wollte sie Bilder eines brennenden Nitrofilms retten, denn alles, was aus dieser Zeit geblieben ist, ist die Palmengartenpromenade, also nicht die Promenade selbst, sondern der Name des Fußwegs, und alles, was Ida hinter dem Zaun sah, waren ein staubiges Betriebsgelände, Loren auf Schienen und das riesige Förderband, das unablässig Gestein an den Hang der Wolfshöhe kippte. Unter der Ostmark stellte sie sich eine Steppenebene vor und unter der Frau vom Trültzsch eine Reiternomadin. Die eigentliche Tour durch die Tanner Gesellschaft begann aber weiter oben, hinter dem Silberbach, der Unter- von Obertann trennte. Sie kehrten in der HO ein, wo die Großmutter mit Talons statt Geld bezahlte, beim Elektro-Schettler, der für seine große Auswahl an Schallplatten bekannt war, in der Apotheke, die schwer nach Jod, Tee und Kampfer roch, und natürlich in der Bäckerei & Konditorei Trültzsch, wo die Ohm nicht nur die Torte für Idas Schulanfang bestellte, sondern seit jeher den allweihnachtlichen Stollen backen ließ, dessen Teig sie wie alle Kuchen nach einem Familienrezept knetete, das außer ihr keiner kannte. Die Gespräche in den Läden glichen einem Ritual. «Ach, de Edith mit dr klee Kokosch», «Haste des Enkele do», «Gruß isse wurn, de Mäd. Ne richtsche Kokosch». Und die Ohm legte die Hand auf Idas Schulter und erklärte über ihren Kopf hinweg und nicht ohne Stolz, dass das Kind in Tann zur Schule kommt und ab jetzt bei ihnen wohnt. «Is wuhl bessr so», sagten die Frauen in den verschwitzten Dederonschürzen, lächelten milde und drückten der klee Kokosch etwas in die Hand: die HO-Elli ein Tütchen Ahoi-Brausepulver, die Päßlerin eine Scheibe Leberkäse, beim Trültzsch bekam sie auf ihr Erdbeereis eine Extraportion Schlagsahne, wie Schlagobers jetzt wieder hieß, und durfte sich die Dekoration für ihre Einschulungstorte aussuchen. Nur der Elektro-Schettler beließ es beim Kopfwuscheln und rückte die Märchenschallplatte nicht raus, die Ida die ganze Zeit über andächtig angestarrt hatte. Ne richtsche Kokosch. Auf dem Rückweg, als sie mit schweren Einkaufsnetzen in jeder Hand wieder nach Untertann hinabliefen, grübelte sie darüber nach, was die Leute wohl meinten, wenn sie das sagten. Ne richtsche Kokosch. Sie sah die Ohm von der Seite an und dachte an ihren Vater und hätte nicht sagen können, was es war. Die beiden sahen sich nicht einmal besonders ähnlich. Vater hatte viel mehr mit dem Großvater gemein. So gesehen war er eher ein Schulze. Ida ahnte, dass die Versipptheit ein Privileg war, das nicht alle Tanner Familien teilten, die meisten waren ja Uhiessche, Zugezogene, in den Ort Eingefallene, die in fremder Erde liegen werden, wie die Ohm sagte und betonte, dass dieses Schicksal ihr, Gott sei's getrommelt und gepfiffen, erspart bliebe, und dass es solche wie die Päßlers, die Kokoschs oder die Schettlers, zu denen auch die HO-Elli gehörte, oder die Trültzschs, die wiederum über die Urgroßmutter mit den Kokoschs verwandt waren, nicht mehr viele gebe. Deswegen, das verstand Ida später, hat die Ohm den Großvater nicht geheiratet. An einen Uhiesschen wollte sie den Namen ihrer Familie nicht verlieren, obwohl der Name Kokosch in der sächsischen Provinz mehr noch als der Name Schulze die Frage aufwarf: Wer hat ihn dorthin gebracht. Die *Hiesschen* erkannten sich an Codes, die sie in ihrem Dialekt versteckten. Sie sagten nicht *Karl-Marx-Stadt*, sondern *Chamz*, nicht *Parteisekretär*, sondern *Dar kaa uns viel drzehln, dar Ormlechtr*, und nicht *Leninstraße*, sondern *Schossee*. Sie waren die letzten Verbindungen in eine Vergangenheit, in der es im Ort statt des Betriebsgeländes ein Kurbad, ein Palmenhaus, eine Konzertmuschel, ein Freiluftkino und ein Café gab, das Trutilo hieß und legendär genannt wurde. An der Leninstraße. An der Chaussee. In der Kindheit ihres Vaters hieß die Chaussee Stalinstraße, in der Kindheit der Ohm Kurbadstraße, in der Zeit zwischen Kurbad- und Stalinstraße Adolf-Hitler-Straße, und in ein paar Jahren wird aus ihr – mit großem Pomp zelebriert – die «Straße der Einheit». Die Ohm wird die Hand des Ministerpräsidenten schütteln, der gleichzeitig – frisch gekürt – der erste *Krawattenmann des Jahres* im wiedervereinigten Land sein wird. «Das klingt doch nicht», wird sie dem Krawattenmann sagen, «Straße der Einheit», und dabei den Mund verziehen. «Das klingt doch nicht. Adolf-Hitler-Straße», hatte sie auch Gauleiter Mutschmann gesagt und den Mund verzogen, schließlich handelte es sich nicht um irgendeine Straße, sondern um jene, die zum Kurbad führte, auf der nicht irgendwer, sondern die Hautevolee, wie die Ohm sagte, vorfuhr. «Und was glauben Sie, wer das hier alles ermöglicht hat», hatte Mutschmann, dem augenblicklich die Zornesröte ins Gesicht geschossen war, geantwortet und seine Hand ganz langsam an der Wandelhalle, dem Palmenhaus, der frischen Fassade des Kurbads, am Konzertplatz und dem Musikpavillon, der einer überdimensionierten Venusmuschel glich, vorbei geführt. König Muh. So hatten sie Gauleiter Mutschmann in leisen Sätzen genannt, und König Muh hatte die Ohm angeschaut, dass ihr schauderte. Dann eher noch Böhmische Landstraße oder, wie die Leute sagten, die Beemsche. So hat die Straße zu Zeiten von Ohms Großvater geheißen, dem alten Kokosch, dem letzten Bergmann von Tann. Bis neunzehnhundertzehn war der alte Kokosch Am Lämmchen auf Eisenerz. Als er seinen letzten Hunt in der Tempergießerei in Georgenthal abgegeben hatte, waren die Tanner Schächte längst geschlossen. Eine Munitions-, eine Buntpapier-, eine Blaufarben- und eine Nudelfabrik hatten die Bergwerke ersetzt, und mit den neuen Fabrikantenvillen in den Berghängen, dem Café Trutilo, den Konfektions- und Fotogeschäften am Marktplatz wechselte das Klima im Ort von dörflich auf kleinstädtisch. Die städtischen Arbeiter aber blieben so arm wie die Bergleute im Dorf. Sie waren Häusler mit einer Kate, so niedrig, dass ihnen bereits die Turmspitze ihrer Dorfkirche von der Nähe zu Gott erzählen konnte, einem Fetzen Acker mit ein paar Hühnern, Kaninchen, einer Ziege, und wer Glück hat, dem kündet ein zartes, beständiges Klackern aus der Stube von einem Zubrot, das Frau und Kinder mit dem Klöppeln von Spitzendeckchen erbringen. Geglaubt wird pietistisch, und wenn die Tanner am Sonntag nach dem Gottesdienst durch den Forst wandern, erkennen nur noch wenige, dass die hügeligen Waldböden von einem jahrhundertelangen Graben zeugen. An den Hängen legen sie die Hand an die Stirn, schauen durchs Tal und haben das Erz, den Schatz unten im Berg, schon beinahe vergessen. Die Stellen, von denen aus sie besonders weit schauen können, heißen jetzt Aussichtspunkte, und an den Aussichtspunkten entdecken sie, dass die Landschaft, in die die Schlote der Fabriken ragen, treu ist und der Wald nicht rau, unwirtlich und finster, sondern *schie*.

Es müsse doch möglich sein, denkt auch der junge Bürgermeister Erwin Wiehler, als er in der Karwoche neunzehnhundertzwölf mit dem Pfarrer den neuen Passionsweg einweiht, statt aus dem Erz unter Tage aus der Landschaft über Tage Kapital zu schlagen. Am Denkmal für die verunglückten Bergleute, einem bis zur Hälfte eingegrabenen Kehrrad, treten die sonntäglich gekleideten Tanner von einem Bein aufs andere und warten auf den Ruf des Pfarrers zum Weitergehen. Trügerisch fliegt die Sonne über die Gebirgshänge. Ein eisiger Wind fällt von Ost über den Bergkamm ins Tal. Hier in der Höh beginnt der Frühling im Mai, nicht im April. Der Pfarrer aber ist noch mit dem Kokosch beschäftigt, der sich, seit er seinen Stollen geschlossen hat, im Pfarrhaus als Hausmeister verdingt, und der den Sonntagsschülern gern vom Bergmönch erzählt, dem er in der Tiefen Grube einmal begegnet sein will, Geschichten, mit deren erregendem Schauer das Memorieren des Luther'schen Katechismus nicht mithalten kann.

«Dein Bergmönch», sagt der Pfarrer und drückt seinen dürren Körper in die Höhe, «ist nichts anderes als der Teufel selbst, und gegen den helfen keine wilden Exorzistengeschichten, sondern allein der wahre Glaube, sola fide, sola scriptura, Kokosch!» Und gerade als er glaubt, seinen widerspenstigen Hausmeister so weit zu haben, dass er auf neuen Widerspruch verzichtet, spürt er die teigige Hand des Bürgermeisters auf seiner Schulter. «Männer, eine Bestandsaufnahme. Was meint ihr, unser Tann ist *schie* genug für den Sonntagsspaziergang, aber ist es auch *schie* genug für den Fremdenverkehr?»

Der Bürgermeister zieht eine Zigarette aus dem Etui, klopft den Tabak zurecht, zündet sie an, richtet den Blick in die Ferne und bläst den Rauch hinterher.

«*Schie scho*, aber nicht beschaulich, wenn du weißt, was ich meine», sagt Kokosch, noch etwas belustigt von der Gardinenpredigt des Pfarrers.

«*Schie scho*, aber Bad Gastein wird es wohl nicht werden», sagt der Pfarrer, noch gereizt von Kokoschs religiöser Minderbegabung.

Ein paar Jahre zuvor hatte sich der Pfarrer für seine rheumatischen Hände eine Kur im Gasteiner Heilbad zusammengespart und war dort Kaiser Franz Joseph begegnet. Seitdem gilt ihm Bad Gastein als das Maß der Dinge, und es versetzt ihm ein eifersüchtiges Ziehen in der Brust, wenn er nur an seinen Gasteiner Pfarrkollegen und die Christopheruskirche denkt. Allein der Kirchenbau, die Glasfenster vom königlichen Institut für Glasmalerei, der Predigerstuhl, die Orgelempore, die Dreiecksgiebelfassade, die Türe, der Windfang, alles feinste Neugotik. Den Segensspruch zur Grundsteinlegung hat Wilhelm eins persönlich geschrieben, und beim Gedanken an das Geläut ergreift den in Askese geübten Körper des Pfarrers ein heißer Schauer, der unter dem Talar aufwärts wandert und jäh erkaltet, als sein Blick an der zweiten Kreuzwegstation auf das Passionsbild fällt – auf den Jesus mit der Dornenkrone, den die angehenden Konfirmanden ohne erkennbares Talent gemalt hatten.

Das Jesusauge hängt ein bisschen.

Was hat er sich bemüht, denkt der Pfarrer, den Blick nun gen Himmel gerichtet. Gott sei sein Zeuge. Er sieht den Kokosch, den Bürgermeister, das kahle Geäst der Bäume, das in seiner ganzen Trostlosigkeit hinter den Schneehauben hervortritt, hebt die rechte Hand, um abzuzählen, was in Tann an der Aach seiner Meinung nach für den Fremdenverkehr fehlt, und beim Aufbeugen eines jeden Fingers fährt ihm ein reißender Schmerz in die Gelenke: durchgängig befestigte Straßen, auf denen man nicht nach jedem Regenguss bis zu den Knien im Schlamm versinkt, Wanderwege, über die die Bauern nicht sommers wie winters ihr Vieh treiben, dazu etwas Spektakuläres; Thermalquellen eventuell, ein Wasserfall, ein Bergmassiv oder wenigstens ein paar schöne Felsformationen. Der Rote Kamm ist schon nett, aber doch eher was für den Geologen als für den Ausflügler, und a bisserl Sezessionsstil wär fürs Aug ned schlecht – jetzt verfällt der Pfarrer ins Pongauerisch, das er sich bei seinem Gasteiner Pfarrkollegen abgeschaut hat –, und außerdem werden sie in Bad Gastein schon bald wieder Gold aus dem Berg holen, während es hier nur noch Pechblende gibt, und ein Fürst oder ein Kaiser gar – der Pfarrer schraubt seine Stimme in kastratenhafte Höhen – sei hier auch noch nie gewesen. Der Pfarrer lässt die Hand sinken und wendet sich ab, schließlich hat es keinen Sinn, den Blinden etwas von der Farbe zu erzählen. Er ruft die Gemeinde zum Weitergehen auf, den Friedbergweg entlang, hoch zum Lämmchen. Stumm schreitet er auf seiner Via

Dolorosa voran, die knotigen, steifen Hände auf dem Rücken verschränkt, und der Ostwind bauscht ihm den Talar.

«Pechblende», ruft dagegen der Bürgermeister aus, als sie an der nächsten Kreuzwegstation ankommen. Die Gemeinde starrt ihn an. Der Bürgermeister nimmt die angehenden Konfirmanden ins Schlepptau, tritt vor den Konfirmanden-Jesus, der nun mit seinem hängenden Auge unter der Last des Kreuzes fällt, und setzt zu einer Rede an, die einen Bogen spannt von der Pechblende, die so heißt, weil sie den Bergleuten signalisiert, dass die Silberader versiegt ist und sie umsonst gegraben haben, zum fallenden Jesus unter dem Kreuz, zur Konfirmation als der Passage von der Kindheit ins Erwachsenenalter, zum Pfarrer, der ihnen in dieser Lebensphase ein spiritueller Begleiter ist, aber in einem müsse er dem Pfarrer faustisch widersprechen, sagt er und legt ihm nach einer kunstvollen Pause die Hand auf die Schulter: Im Anfang ist nicht das Wort, sondern die Tat. Dann übergibt er dem Pfarrer das Wort und mischt sich auf der Suche nach dem Kokosch unter die Leute. Denn eigentlich ist ihm ein Artikel eingefallen, den er vor einiger Zeit in der Sächsischen Zeitung gelesen hat und der von einer Chemikerin aus dem fernen Paris handelte, die in der vom Pfarrer so verachteten Pechblende Elemente entdeckt und dafür den Nobelpreis bekommen hat, hinreißende Elemente, die in der Dunkelheit leuchten und mit denen Blinde wieder sehen und Lahme wieder gehen. Elemente, die es sogar in Sankt Joachimsthal gibt, und wenn es in Joachimsthal Quellen mit auch nur einem dieser Elemente gibt, dann gibt es sie auch in den Tanner Bergen, denkt der Bürgermeister. Er zieht an seiner Zigarette, sieht auf den verschlossenen Stolleneingang Am Lämmchen und stößt den Kokosch in die Seite.
Heureka.

Es kostet den Bürgermeister eine Einladung zur Pirsch, einen französischen Jahrgangswein und die Aussicht auf eine attraktive Wette, seinen alten Schulfreund, einen Hüttenkundler von der Bergakademie Freiberg, nach Tann zu lotsen. Über taunasse Wege schleichen sie durchs Revier, und wie der Bürgermeister feststellen muss, ist Lautlosigkeit keine Frage des Körpergewichts, sondern eine der Technik. Seinem athletischen Schulfreund jedenfalls scheint jedes Talent dafür zu fehlen. Vielleicht liegt es auch daran, dass sie seit der Schulzeit zum ersten Mal wieder gemeinsam in den Jagdgründen ihrer Kindheit unterwegs sind und den Takt füreinander verloren haben. Sie laufen durch den Silberwald und die Hänge der Wolfshöhe hinauf. Rehe sehen sie nur einmal aus der Ferne, was nicht nur an der Ungeschicklichkeit des Freundes liegt. Es ist vielmehr ein mäßiger Nackenwind, der jedes Flüstern, jedes noch so zarte Rascheln, jedes Knacken unter den Schuhsohlen über die Flur trägt. Aber der Bürgermeister ist auch nicht so sehr auf Beute aus, sondern auf eine Bank, von der aus man einen guten Blick auf die gegenüberliegende Talseite, die weitläufigen Wiesen, das Lämmchen und den Friedberg hat.

An der Bank angekommen drückt er dem Schulfreund ein Fernglas in die Hand und skizziert, wie das alles schon in zehn Jahren aussehen könnte: «Dort an der Aach das Kurhotel. Modern muss es sein, geradlinig, funktional, wie eine Quelle eben, klar und einfach, nicht so verbrecherisch ornamental und kitschig wie dieser ganze Sezesssionsschmarrn, von dem der Pfarrer immer erzählt. Daneben bauen wir das Kurhaus mit einer Verbindungsbrücke, einer Skybridge, damit die Gäste auf dem Weg vom Hotel zur Kuranwendung nicht nach draußen müssen und sich verkühlen. Dort, wo die Gäste ankommen, wird eine parkähnliche Terrasse sein, die sich zur Beemschen hin öffnet, mit Rosenstöcken, einem Palmenhaus,

Liegestühlen, Sonnenschirmen, und auf der anderen Seite der Straße, hinter der Kirche, ein Musikpavillon und hinter dem Kurhotel ein Kurpark mit einer künstlichen Grotte und Kneippbecken. Ein Fremdenviertel wäre nicht schlecht. Tausend Zimmer sollten wir schon zusammenbekommen oder besser zweitausend. Die Häuser nur zweistöckig, mehr nicht, die sollen den Blick auf das Kurhotel und die Landschaft nicht verstellen, Fassaden eierschalen- und ockerfarben bis ins Rötliche, wie das Herbstlaub, und wildgrün. Und alle Häuser haben einen Sockel aus Granit, schließlich ist das eine Bergbauregion, und das soll auch jeder sehen. Wer es sich leisten kann, geschliffen, wer nicht, grob behauen. Vielleicht ist grob behauen eh besser, im Berg wird ja auch grob gehauen. Was meinst du?»

Der Bürgermeister schaut seinen Schulfreund an. Die Sonne brennt ihm auf den Scheitel, das Herz klopft ihm bis zum Hals. Der Freund sitzt unbewegt, schaut durch das Fernglas, lässt ein sonores «Hm-hm» verlauten, schraubt an den Okularen herum und scheint etwas entdeckt zu haben.

«Sag mal, ist das nicht dein Kokosch dort drüben in den Wiesen?», fragt er nach einem langen Schweigen und hält dem Bürgermeister das Fernglas hin.

Er nimmt es, und tatsächlich stapft Kokosch auf der anderen Seite des Tals mit einer Wünschelrute durchs Gras.

«Wonach wünschelt der da?»

«Nach einer Idee», antwortet der Bürgermeister. «Kokosch jagt einer Idee nach, die ich ihm, wie es scheint, erfolgreicher habe einpflanzen können als dir gerade.»

Tatsächlich hat er Kokosch nicht davon überzeugt, dass es mit der Pechblende etwas auf sich hat. Er wusste aber, dass Kokosch nichts, was den Berg angeht, auf sich beruhen lassen würde.

«Und du, wem jagst du nach?», fragt der Schulfreund.

«Wetten, dass die stärkste Radonquelle der Welt in Tann liegt?», antwortet der Bürgermeister und hält ihm die ausgestreckte Hand hin. «Wetteinsatz wie immer.»

Der Freund grinst siegesgewiss und schlägt ein, und als sie wieder zu den Wiesen auf der anderen Talseite hinüberschauen, ist Kokosch verschwunden. Sie gehen hinab, nehmen Proben aus den Brunnen und Quellen entlang der Lichtlöcher des alten Marx-Semler-Stollns, aus der Aach und dem Silberbach, und vom Silberbach aus lotst der Bürgermeister seinen Schulfreund noch einmal durch sein Revier. Er hat eine Pirsch versprochen, und der Wind hat gedreht.

«Die Jungen erkennt man an den großen Lichtern, wie bei einem Kind – und wie schön das Fell leuchtet», flüstert er, nimmt sein Gewehr, legt an, hält die Luft an, und noch bevor der Schuss verklungen ist, sinkt der Bock ins hohe Gras. «Der Erwin, ein Mann der Tat», sagt der Schulfreund, als er sich wieder aus seiner Starre gelöst hat, und klopft dem Bürgermeister auf die Schulter. «War ja schon damals so.»

Der Bürgermeister richtet sich auf. Es kostet ihn jedes Mal einen tiefen Schmerz, gerade bei den Jungtieren. Er tut es, weil er wenigstens in einem, in dieser eigentümlichen Empfindungsarmut, so wirken will, als sei er wie die anderen. Er legt sich den Jungbock über die Schulter, spürt die letzte Sonnenwärme des Tages, die letzte Körperwärme des Tieres, die ihm unter die Haut zieht. Ihn nicht zu schießen, hätte Unglück gebracht, auch wenn er nicht hätte sagen können, wie er darauf kommt.

Bereits zwei Wochen später liegen die Ergebnisse der Wasseranalyse im Briefkasten des Bürgermeisters. Sie markieren den unteren Teil des Marx-Semler-Stollns, zwischen Lichtloch dreizehn und fünfzehn, um genau zu sein, als den wahrscheinlichsten Fundort für starke Radonquellen, wenn es denn tatsächlich welche gibt, die für einen Kurbetrieb ausreichen. Diesen Nebensatz hat der Professor zweifach unterstrichen. Der Freund ist im Gegensatz zum Bürgermeister kein Mann der Tat, sondern ein Mann des nagenden Zweifels, und aus diesem Grund hat er auch noch nie ein Reh geschossen und immer gegen die Ideen seines Freundes gewettet, egal, worum es ging. Der Bürgermeister trägt das Papier augenblicklich zu Kokosch und schleppt ihn, obwohl der Bergwissenschaft für Kokolores hält und sich keinen Jota für die Analyse der Tanner Wässer interessiert, am nächsten Tag nach Freiberg in die Kartensammlung der Bergakademie. Seine Wünschelrute hatte das gleiche Ergebnis geliefert, auch ohne Professor und Labor. Wieder und wieder beugt sich der Bürgermeister über Karten aus den alten Revieren, tut, als könne er ihnen eine Erkenntnis entlocken.

«Da kannst du noch so lange die Karte anstarren. Wir müssen da rein und Wasser holen, Bürgermeister. Anders geht es nicht.»

Dem Bürgermeister schießt eine Übelkeit in den Magen. Er weiß, dass Kokosch recht hat.

Am nächsten Tag holen sie Kokoschs altes Zechenzeug aus dem Schrank und brechen auf, in den alten Schächten nach dem verheißungsvollen Wasser zu suchen, das dem, der darin badet und davon trinkt, ewige Jugend verspricht. Der Berg hats gegeben, der Berg hats genommen, s kommt alles vom Bergwerk her, gelobt sei der Berg, sagt der Kokosch und drückt ihm einen Lederhelm in die Hand. Es ist Kokoschs Gebet, denn der glaubt nicht an Gott, er glaubt auch nicht an den Bergmönch, wie ihm der Pfarrer vorwirft. Er glaubt an den Berg, den Totmacher in den nassen Gruben, dem *de Leit* so viel geopfert haben, zuletzt die Hanauke-Liesl ihren Mann, den Kokosch noch selbst ausgebildet hat und der schon mit siebenunddreißig Jahren bergfertig war.

Kokosch bemüht sich, dem Bürgermeister auf dem Weg zur ersten Einfahrt einen Schnellkurs in Bergmannskunde zu verpassen. «Regel Nummer eins, ein Bergmann fährt, auch wenn er läuft oder eine Fahrt – so heißt die Leiter – hinuntersteigt, wie wir gleich. Will er rein, fährt er ein, will er raus, fährt er aus, schafft er Gestein weg, fährt er auf, und so weiter. Der Stolln liegt unter der Stadt und der Jung-König-David-Flügel dort, wo die Wiesen sind. Da unten gibt es Granit, Phyllite, Glimmerschiefer, Gneise. Wir schwimmen auf einem Ozean aus Geröll und Fels, das sächsische Meer, wenn du so willst.» Kokosch zeigt auf die markante Felsrippe, die neben der Huthausschenke aus dem Berghang herausragt. «Es ist Millionen Jahre alt und wiegt uns sanft. Meine Meinung. Wenn du immer nur oben bist, spürst du das nicht. Wenn du die Tage unterhalb der Grasnarbe verbringst, kannst du es sehen, und spüren kannst du es auch. Irgendwann jedenfalls. Nichts steht still in einem Berg, alles ist in Bewegung. Gesteinsschichten brechen, falten sich auf wie Wellenberge, sie kippen und überkippen. Altes Gestein schiebt sich über jüngeres, dazwischen ist das Erz.»

Kokosch erzählt das mit dem gleichmütigen Einverständnis, dass man an diesem Ort, im Getriebe der Erde, eh nur zuschauen könne, wie etwas passiert, dass es keinen Sinn ergebe, etwas zu wollen, was der Berg nicht hergebe, und dass es keinen Sinn ergebe, sich darüber aufzuregen. Der Gedanke, dass sich der Berg nicht alles abtrotzen ließe, kam in den Plänen des Bürgermeisters bislang nicht vor und bohrt sich nun

mit Kokoschs Stimme in seinen Kopf. Er schaut auf den Roten
Kamm, wie die Felsrippe genannt wird, und auf den Stolleneingang, der daneben liegt und in dessen felsiger Dunkelheit
er damals, im Sommer achtzehnhundertneunundachtzig,
Julius gezeigt hatte, wie man ein Mädchen küsst. Du bist das
Mädchen, hatte er gesagt und auf einem Stein sitzend Julius
auf seinen Schoß gezogen, seine Hand genommen, sich um
den Hals gelegt, die eigene an Julius' Hüfte, und sie sahen
wahrscheinlich aus wie Auguste Rodins Skulpturenpaar *Le
baiser*, das er ein paar Jahre zuvor gesehen hatte, als er mit
seinem Vater in Paris war. Der Vater hatte Rodins Skulptur
obszön gefunden. Er nicht, und er beugte sich über Julius' Gesicht und drückte ihm einen Kuss auf die Lippen. Julius war
daraufhin aufgesprungen, aus dem Stolleneingang gewankt
und weggelaufen. In den Wochen danach ging Julius ihm aus
dem Weg, und er verstand nicht, warum. Für ihn fühlten sich
Julius' Lippen warm und weich und ganz selbstverständlich
an. Er war damals noch lange zwischen den Felsen sitzen geblieben, um den Geschmack von Julius' Lippen zu konservie-
ren, wer weiß, hatte er sich gefragt, ob der zweite, zwanzigste,
hundertste Kuss auch noch so wäre. Ein paar Jahre später
wurde dort, wo er zum ersten Mal einen Menschen geküsst
hatte, eine Frauenleiche gefunden. Seitdem ist der Stolln bis
auf ein paar Meter Mundloch zugemauert.

«… Mangan und Roteisenerzen gefüllt», hört der Bürgermeister Kokosch sagen.

Er spürt Kokoschs Blick und fühlt sich in seiner gedankli-
chen Abwesenheit ertappt. «Also, es ist so», Kokosch setzt zu
einer Wiederholung an. «Die Erde hat sich abgekühlt, damals,
und durch die Abkühlung ist die Oberfläche geschrumpft,
verstehst du, verschrumpelt wie ein alter Apfel.»

«Gebirge sind schrumpelige Äpfel?»

«Schrumpelige Äpfel. Genauso ist es. Am Roten Kamm ist die Oberfläche des schrumpeligen Apfels gerissen, und die Spalte hat sich mit Mangan und Roteisenerzen gefüllt, die von unten aufgestiegen sind, und dort, wo Tann liegt, ziehen die Gesteine in die Tiefe. Dort ist Granit, da Schiefer. In den Schiefer müssen wir.»

In die Tiefe, die Gedanken des Bürgermeisters kleben noch immer am Roten Kamm, der sich Hunderte Kilometer lang durch Thüringen, Sachsen und Böhmen zieht, eine klaffende Wunde, aus der wild wucherndes Narbengewebe quillt. Die Tote war die Tochter des Huthauswirts. Der Wirt hat den Stolleneingang zugemauert. Kokosch und der Bürgermeister stehen vor Lichtloch vierzehn.

«Das, was darunter ist, ist jetzt unser Revier», sagt Kokosch. «Stell dir vor, es wäre dein Jagdrevier.»

Der Bürgermeister sieht Kokosch an, die grünen Augen, die sonnengebräunte Haut. Er hält sein Gesicht in den milden, blauen Septemberhimmel, es ist ein letztes Lichttanken vor dem Abtauchen in die Dunkelheit.

«Na los», sagt er.

Und mit diesem *Na los* begibt sich der Bürgermeister in Kokoschs Hände. Er weiß, dass er jetzt ganz auf Kokosch angewiesen ist, und Kokosch weiß es auch. Der Bürgermeister steigt als Erster die rostigen Eisenleitern hinunter. Über mehrere Etagen geht es fünfzig Meter in die Tiefe. Er springt von der letzten Stufe der Leiter, spürt den felsigen Untergrund, bleibt im Lichtkreis stehen. Es ist einige Grad kühler als oberhalb der Grasnarbe. Außerhalb des Lichtkreises wird es schnell schwarz. Er entzündet eine dieser neuen Karbidlampen, die er für sich und Kokosch noch besorgt hat, und beleuchtet die Felswand. Sie ist rötlich, mit einer weißen Maserung durchzogen, glänzt ein wenig und sieht aus wie ein aufgeschnittener Schinken. Vor ihm öffnet sich ein Gang, wie ein enger Schlauch, wie ein Gedärm, denkt der Bürgermeister, und er muss feststellen, dass es eine Welt unter dem Grün gibt, die ihm bisher verborgen geblieben ist, eine Welt mit einer Topografie, die der einer Landschaft mit ihren Wegmarken sehr ähnlich ist, nur dass die Wegmarken, wenn er Kokosch richtig verstanden hat, unten im Gebirge vollkommen andere sind als oben und dass sie nicht nur eine räumliche Orientierung ermöglichen, sondern eine zeitliche. Je tiefer, desto älter, außer auf den Wellenbergen, wenn sich das alte Gestein über das jüngere geschoben hat. Bei dem Gedanken, in einen Ozean gesprungen zu ein, wird ihm ein wenig schwindlig. Er stützt sich an der Felswand ab, spürt die kühle Härte des Gesteins und hört das Geröll unter Kokoschs Schuhen knirschen.

«Den Gang entlang?», fragt er.

«Bevor wir losgehen», sagt Kokosch, der seine Lampe auf Gesichtshöhe hält und gespenstisch aussieht, «ein bisschen Fachjargon, damit wir uns hier unten auch verstehen.»

«Der Boden heißt Sohle, die Decke First, eine Wand ist ein Stoß, und das da», Kokosch winkt mit der Lampe in Richtung des steinernen Schlauches, «ist kein Gang, sondern ein Stolln. Einen Gang zeig ich dir später.»

Kokosch schiebt sich am Bürgermeister vorbei und geht mit eingezogenem Kopf voran. Der Bürgermeister folgt ihm. Das Licht, das wie Marienseide in den Schacht fällt, die letzte Verbindung zur Welt über Tage, verschwindet leise, und als sich die hohle Dunkelheit hinter ihnen schließt, glaubt der Bürgermeister, das ganze Gewicht des Berges auf sich zu spüren. Die Felsen drängen sich ihm kühl, feucht, feindselig entgegen. Die Welt unter Tage und der Bergbau waren ihm schon immer suspekt. Er mag die Dunkelheit und die Tiefe und die Beengtheit nicht, vielleicht, weil er schon körperlich so wenig an diesen Ort passt. Hier unten scheint alles an ihm zu lang, zu breit, zu ungelenk zu sein. Mehr noch aber fremdelt er mit der ritualhaften Ernsthaftigkeit, die all diesen Berggeschichten anhaftet, obwohl die Zeit des Silbers längst vorbei ist, spätestens seitdem das Reich auf Goldwährung umgestellt hat. Schon das *Glick aaf,* das klingt, als würden die Leute hoffen, dass sich – Sesam, öffne dich – der Berg noch einmal auftut, bringt er nur schwer über die Lippen. Tatsächlich will kaum einer zurück in den Berg, den Totmacher, wie Kokosch immer sagt. Die legitimen Erben der *Berg- und Hüttenlüüt* wollen sie sein, deren Trachten tragen, deren Licht als Schwibbogen ins Fenster stellen, die alten Lieder singen, und wenn sie dabei ein Gesicht ziehen, als hätten sie all das selbst erlitten, ist die Tradition zur Folklore verkommen. *Glick aaf* war ihr Erkennungsruf, und insofern war *Glick aaf* tatsächlich ein Sesam-öffne-dich, und als Bürgermeister kam Erwin Wiehler nicht umhin, so zu tun, als wären auch seine Vorfahren im Berg gewesen. Tatsächlich war kein einziger Wiehler je im Berg, und wenn Vater Wiehler, der Nudelfabrikant und Alterspräsident der Bergbrüderschaft Tann siebzehnhundertvierundsechzig, das Hohelied auf die Bergarbeit, auf den Mut, die Treue, den Glauben, die Kameradschaft, all die Tugenden der Bergleute singt, plappert er nur nach, was er glaubt, in dem hundert Jahre alten Eingericht zu sehen, dass auf seinem Schreibtisch steht und auf drei Etagen die göttliche Ordnung im Bergwerk zeigt. Ganz unten, am Flaschenboden, die Hauer, Bergknappen, Truhenläufer.

Kokosch hatte den Bürgermeister an das Krankenbett von Hanauke-Liesls Gustav geschleppt. Er hatte so getan, als wäre der Besuch zufällig, beiläufig, auf dem Weg liegend. Nichts davon war Zufall. Kokosch wollte ihm, dem Bürgermeister, zeigen, worüber nicht gesprochen wurde. Gustav hatte Geburtstag. Der siebenunddreißigste. Der letzte. Kokosch brachte Kartoffeln aus seinem Garten mit, Äpfel von der Obstwiese, Fleisch von der gerade geschlachteten Ziege und einen Kuchen, den seine Frau noch gebacken hatte, um ihr Gewissen zu beruhigen, weil sie es nicht über sich brachte, den Gustav zu besuchen. Gott hab ihn selig, sagt sie, sie wolle ihn so in Erinnerung behalten, wie er war, und nicht so, wie er jetzt ist, und trieb damit dem Kokosch die Zornesröte ins Gesicht. «Er ist immer noch der Gustav, genau so, wie er ist. Fauliges Fleisch sind wir alle, aber sie will es nicht sehen. Was mit dem Gustav passiert, ist nicht gottgegeben, das erzählen sie nur den Hauern, Bergknappen, Truhenläufern, und sie geht nicht hin, weil sie das nicht wahrhaben will. Halt den mal», hatte Kokosch zum Bürgermeister gesagt und ihm den Kuchen in die Hand gedrückt, der, wie er gleich sehen musste, wie die Kartoffeln, die Äpfel, das Fleisch eher für die Hanauke-Liesl und die Kinder waren – ein Mädchen, neun Jahre alt, und ein Junge, vier Jahre alt – als für den Gustav. Die Hanauke-Liesl schüttelte nur den Kopf, als sie die beiden hineinließ. Die Kinder sprangen auf. Der Bürgermeister stellte den Kuchen auf den Tisch. Auf dem Sofa neben dem Ofen lag der Gustav, lag ein Skelett, dachte der Bürgermeister. Er sah an ihm jeden Knochen, die Sehnen, wie sie an den Knochen ansetzten, die Gelenke, über denen die erdfahle, fiebrige Haut spannte, und die Beulen im Gesicht, am Hals, am Oberarm. Ein Todgeweihter auf einem Laken, das längst nicht mehr frisch war, zurückgelassen in einer Welt, der das Mitleid fehlte, und sein Atem war flach, seine Brust hob die Decke kaum an. Gustav wandte Kokosch das Gesicht zu. Sein Blick war glasig und trüb, und die Haare klebten ihm schweißnass an der Stirn. Kokosch nahm sich einen Stuhl und setzte sich an das Bett. Er nahm

Gustavs Hand, und der Bürgermeister sah, wie Gustavs Finger Kokoschs Hand umschlossen, und seine Augen begannen zu flackern, für ein Wort reichte der Atem nicht.

Er bewunderte Kokosch, der am Bett des Sterbenden saß, der nichts sagte, der die Hand seines Freundes hielt, seinem Blick nicht auswich, akzeptierte, dass es das Einzige war, das er tun konnte. Als sie wieder draußen waren, schwiegen sie lange, bis der Bürgermeister ein «Wie?» herausbrachte.

«Es sind die Nebel im Berg und der Staub. Die bösen Wetter. Sie verätzen die Lungen, zerreißen die Adern, erregen die Hitze, bringen Fäulnis. Zuerst ist es ein Husten, nicht schlimm, eine Erkältung, die aber nicht mehr weggeht. Zwei Jahre lang hat der Gustav gehustet, dann kamen die Rückenschmerzen dazu. Rheuma, hat der Arzt gesagt und ihn in die Apotheke geschickt, ein teures Pulver kaufen, das nicht geholfen hat. Dann die Schmerzen in der Brust, das Keuchen nach Luft, die Lungen, die sich anfühlten wie zwei geballte Fäuste. Dann kommt die Angst, die in alle Glieder kriecht, dass es die Schneeberger Krankheit sein könnte, dann der Auswurf, der die Fäulnis in den Kehlkopf, in den Mund, in den Magen bringt, erst ist er gelbgrün, dann mischt sich Blut in den Schleim, und die Fäulnis zieht weiter in die Leber und in den Kopf. Der Gustav weiß nicht mehr, wo er ist, er erkennt mich nicht, die Liesel auch nicht, deswegen hat sie so mit dem Kopf geschüttelt. Er findet keine Worte mehr und kann sich nicht erinnern, dass er im Berg gewesen ist. Nur manchmal, wenn die Liesel ihm sein Eisen in die Hand gibt, das er nicht mehr halten kann, weil die Muskeln fehlen, dann rinnen die Tränen über sein Gesicht. Der Gustav war in den tiefen Gruben. Dort ist es schlimmer. Für neunhundertsiebzig Mark im Jahr.»

Die bösen Wetter.

Am nächsten Tag war der Gustav tot.

Die Leichenträger kamen in Bergmannstracht, trugen den Gustav zum Friedhof, und vier Bläser aus der Bergbrüderschaft Tann siebzehnhundertvierundsechzig spielten auf. *«S is Feieromd, des Tagwerk is vollbracht. S geht alles seiner Heimat zua, ganz sachte schleicht de Nacht.»*

«So is eben», sagten die Bläser der Hanauke-Liesl.

Glück auf. Und nimmst, vollbring' ich meinen Lauf, mich gütig in den Himmel auf stand über der Friedhofskapelle, und zurück blieben die Hanauke-Liesl und ihre Kinder und der Büchsenpfennig.

Die bösen Wetter.

Die Tradition.

So is eben am Flaschenboden der göttlichen Ordnung des Bergwerks.

Über all das werden die prachtvollen Habite des Schweigens gelegt, die die Landesfürsten und Herren über den Berg genau dafür erfunden hatten – bis ins Detail reglementierte Paradeuniformen, dazu einen feingliedrigen Kanon aus Rangabzeichen und Accessoires, der denen, die es wissen wollen, die Statusunterschiede am und im Berg bis in die feinsten Verästelungen anzeigt. Eine feudale Ständeordnung, die allen Aufständen und Revolutionen trotzt, denn in der Tracht ist selbst der Truhenläufer wer. Ich bin Bergmann, wer ist mehr. Kein Wunder, denkt der Bürgermeister, dass die ihrem *Keenich* so treu ergeben sind. Der Bürgermeister schaut auf Kokoschs Grubenhose, die Kniebügel, das Hemd, in denen Kokosch sicher schon Dutzende Male eingefahren ist, und er denkt an seine maßgeschneiderte Paradeuniform, die in seinem Kleiderschrank hängt, mit der er noch nie eingefahren ist, in der er aber als Bürgermeister und Ehrenmitglied der Bergbrüderschaft Tann jede Bergparade abnimmt. Und die, die dort in Reih und Glied und mit ordentlich Ufftata marschieren, fahren zwar auch nicht ein, tragen aber jede Menge ganz traditionellen Korpsgeist unterm folkloristischen Schachthut. Anlässlich seiner Einweisung als Bürgermeister hatte er sich in einem Freiberger Fotostudio, bei einem Meister seines Fachs eine Carte de Visite anfertigen lassen. Sie zeigt ihn in ebenjenem absolutistisch anmutenden Gewand, mit weißer Steghose, Gamaschen, glänzendem Leder an den Knien, einer Joppe, schwarz wie der Stollen, golden bestickt mit den Insignien der bergmännischen Hierarchie. Und als der Fotograf abdrückte, hatte der Bürgermeister längst vergessen, was sie alle bedeuteten. Die Requisiten hatte ihm die Brüderschaft zusammengestellt. In der einen Hand trug er eine Karbidlampe, in der anderen den Steigerhaken des höheren Beamten. Und so stand er, das rechte Bein wie auf den höfischen Porträts etwas ausgestellt, in einem efeuumrankten hölzernen Pavillon, den der Fotograf extra für diese Art Fotografie hatte anfertigen lassen, vor einer aufwendig gemalten Kulisse, die eine arkadische Hügellandschaft mit Birkenwäldchen und Zwölfender zeigte.

Der Bürgermeister sieht Kokoschs sehnige Muskeln, die sich unter dem Stoff seines Hemdes abzeichnen, und sieht, wie er sich in diesem Berg bewegt, als ob er alles, die Felskanten, Bodenwellen, Hindernisse, schon zwei Meter vorher wahrnimmt, als habe er in der Dunkelheit einen Extrasinn entwickelt, einen, der ihm selbst fehlt, und ihn überfällt eine Scham angesichts der grotesken Unsinnigkeit dieser Carte de Visite, auf der nicht mehr zu sehen ist als die Lust an der exotischen Selbstinszenierung, so wie als Kind beim Fasching, auch damals war er als Steiger gegangen, und die Eltern hatten ihn zu einem Fotografen geschleppt.

«Die Luft im Bergwerk heißt Wetter», hört er den Kokosch sagen. «Matte Wetter gleich dicke Luft. Böse Wetter, na, du weißt schon. Der Gustav.»

Der Bürgermeister hängt noch seinen Gedanken nach und sieht Kokosch an, der sich nach ihm umgedreht hat.

«Ich bin der Erwin», sagt er und hält Kokosch die Hand hin.

Kokosch schaut auf die Hand, nimmt sie zögerlich. «Ich bin der Kokosch», und nach einer Pause: «Alles klar, Bürgermeister?»

Der Bürgermeister nickt wie ein Schuljunge. Er wendet sich um, blickt in die Dunkelheit, die hinter ihnen liegt und ihm jede Orientierung nimmt. Er könnte nicht sagen, in welcher Tiefe sie sind, ob seit dem Einstieg eine, zwei oder mehr Stunden vergangen sind. Wenn sie jetzt an einem dieser Lichtlöcher vorbeikämen und es fiele das kalte Licht des Mondes herunter in den Berg, er würde sich nicht darüber wundern. Matte Wetter, böse Wetter, er zieht noch einmal die Luft durch die Nase, sie ist anders als die Luft über Tage, ihr fehlt der süßliche Geruch nach etwas Lebendigem, das Fluide, das jedes Werden, Wachsen, Vergehen in sich trägt.

«Gibt es etwas, das lebt im Berg, Kokosch?»

Kokosch wendet sich um. «Hier und da eine Nordfledermaus.»

«Ist sie nur zum Schlafen im Stolln, oder findet sie auch ihr Futter hier?»

«Futter, nein. Futter gibt's hier für niemanden.»

Der Bürgermeister zieht die Luft durch die Nase. Sie riecht nach dem Felsen, der fest und ewig und unerbittlich ist, der gebrochen oder geschliffen werden kann, vielleicht wogt er sanft, wie Kokosch erzählt, aber sein Wesen verändert er nicht. Es gibt für ihn keine Stunde der Geburt, und es wird keine Stunde des Todes geben, und genau deshalb kann man keine Verbindung mit ihm eingehen, das ist anders als in seinem Forst. Der Fels ist da, und es ist ihm egal. Ihm ist auch egal, dass er und Kokosch hier unten sind, ihm ist egal, wonach sie suchen. Der Bürgermeister zieht Luft durch die Nase. Blut. Sie riecht nach Blut, Eisen vielleicht, sicher Eisen, der Kokosch hat ja von Eisenerz gesprochen.

«Und trotzdem es im Berg nichts gibt, was lebt, gibt es doch etwas, das jeden, der zu viel Zeit hier unten verbringt, tötet.»

«Wie den Gustav», sagt der Bürgermeister.

«Wie den Gustav», flüstert der Kokosch. «Aus dunklen und unheimlichen Höhlen wird etwas hervorkommen, das das ganze Menschengeschlecht in große Nöte, Gefahren und zu Tode bringen wird.»

Der Bürgermeister prallt gegen einen Felsvorsprung. Ein Schmerz tobt in seinem Kopf.

«Da Vinci», sagt Kokosch.

«Da Vinci», sekundiert der Bürgermeister.

«Hier», Kokosch hält seine Lampe an die Felswand. «Du wolltest einen Gang sehen, hier ist ein Gang.»

Der Bürgermeister hält seine Lampe neben Kokoschs Lampe. In seinem Kopf hallt noch immer der Aufprall nach und benebelt ihn mehr noch, als es die Dunkelheit eh schon tut. Er starrt auf den marmorierten Stein, fährt mit der Hand über den Fels, der sich kalt und feucht anfühlt, überlegt ohne Erfolg, welcher Wochentag ist, vorausgesetzt, dass sie weniger als ein Tag hier unten sind. Ihm will nicht einfallen, in welche Richtung sie sich bewegen, eher zum Bahnhof hin oder zu den Zwillingsbergen. Er fährt noch einmal mit der Hand über die Steinwand, so, als wolle er einen Schleier wegwischen, aber einen Gang kann er nicht erkennen, und wenn er ehrlich ist, weiß er auch nicht, wonach er schauen soll. In seinem Forst kann er jedes Anzeichen einer Veränderung detektieren, da macht ihm kaum einer etwas vor, aber für Gestein hat er einfach keinen Blick. Er tritt einen Schritt zurück und lehnt sich gegen die Felswand, den Stoß, so hat es Kokosch genannt, und er ist froh, dass ihm der Begriff einfällt, und nimmt es als Zeichen, das sein Kopf noch funktioniert.

«Ein Morgengang, hora drei bis hora sechs», fachsimpelt Kokosch, dem der Bürgermeister bisher kein Latein zugetraut hat, aber er hat ja auch lernen müssen, dass sich sein Bergfreund mit Volksschulabschluss besser mit da Vinci auskennt als er selbst.

«Hier.» Kokosch hält den Zeigefinger auf eine feine bleischwarze Linie.

Der Bürgermeister schiebt seinen Körper wieder näher an die Gesteinswand.

«Wegen diesem Fitzelchen das ganze Geschrei?»

«Dafür würde man die Eisen nicht ansetzen, kann aber sein, dass der Gang noch breiter wird. Was du hier siehst, ist ein Pechblendegang. Wir sind also auf dem richtigen Weg. Folge dem schwarzen Strich und der Temperatur der Felsen», ruft Kokosch, der schon wieder vorangeht und nicht gesehen hat, dass der Freund taumelt. «Drei Grad pro hundert Meter Tiefe. Jetzt sind wir auf fünfzig Meter Teufe.» Kokosch wendet sich um. «Teufe heißt Tiefe, Bürgermeister.»

Temperatur ist im Gegensatz zu den marginalen Farbunterschieden im Gestein etwas, das sich der Bürgermeister zutraut, unterscheiden zu können. Er hält noch einmal die Hand an den Stein.

«Warm ist gut», ruft Kokosch ihm zu. «Da vorn. Da kommt ein Abzweig, da hocken wir uns hin.»

Endlich, denkt der Bürgermeister.

Sie kommen an eine Strecke, die nach rechts von der Haupt-
strecke abbiegt und leicht abfällt. Der Bürgermeister setzt sich
neben Kokosch. Sie packen ihre Brote aus und essen schweigend.

«Das, wo wir hocken, wird Abbau genannt», sagt Kokosch
nach einer Weile in die Stille hinein.

Er scheint seinen Lehrgang in Bergmannskunde fortset-
zen zu wollen, und obwohl der Bürgermeister nicht einmal
die Hälfte von dem behält, was Kokosch ihm erzählt, ist er
froh über dessen Vortrag, er wüsste nicht, worüber sie sonst
sprechen sollen. Außer dem Berg haben sie wenig gemeinsam,
obwohl sie seit einem halben Jahr die Suche nach den Radonquellen verbindet. Nur einmal, an dem Tag, als die Zahlen
aus Freiberg kamen und Kokosch ihn später zu Gustav mitgenommen hat, ist er bei ihm gewesen. Die Haustür war offen,
und der Bürgermeister stand auf der Türschwelle, unschlüssig, ob er eintreten dürfe, als Kokosch von oben bis unten mit
Farbe bekleckert aus der Küche kam. «Komm rein, Bürgermeister», hat er gesagt, als ob er ihn erwartet hätte. Seine Frau
kam durch die Diele, grüßte scheu, eine schmale Gestalt in
Schwarz, dunkel wie der Schiefer, mit dem Kokosch das Haus
verkleidet hatte. Das Haus steht am Hang, an der Aach, in Untertann, drei Etagen, wenn man den Keller dazurechnet. Eine
Tochter haben sie. Er hörte ihre Stimme durchs Haus hallen.
Sie rückte ein schweres Buffet mit einem jungen Mann, wahrscheinlich der Zukünftige. Kokosch hatte den Bürgermeister
in die Küche gelotst. In der Mitte stand ein Tisch, darauf auf
einem Brett ein angeschnittenes Brot, ein Messer, ein Zipfel
Wurst. Kokosch wusste, wie er durchkam. Er war ein Meister
des Tauschgeschäfts und des Handels mit kleinen Gefällig-
keiten, einer, der alles konnte, um in der Unbill des Lebens
zu bestehen. Als einstiger Bergmann und Hausmeister in der

Pfarrei hatte er aus einer Kate ein Haus für seine Familie gebaut, und einen Hektar Wiese haben sie auch, genau dort, wo der Bürgermeister das Fremdenviertel plant, so ein Glückspilz, der Kokosch, dachte der Bürgermeister in der Küche sitzend, als er in die Wurstschnitte biss, und er ahnt noch nichts davon.

«Wie hältst du es aus in der Dunkelheit?»

«Ich mag sie lieber als das Licht. Das war schon immer so. Der Abend ist mir lieber als der Morgen, die Nacht lieber als der Tag. Am Ende der Nacht droht das Ende des Schlafs, droht das Ende des Traums. Die Dunkelheit ist unendlich», sagt Kokosch und zeigt auf den Schein der Karbidlampe. «Wenn du aus dem Licht hinaustrittst, schiebt sie sich zwischen dich und mich. In der Dunkelheit ist der Mensch allein. Das ist ehrlich, das ist, was er ist. Die Dunkelheit will nichts, sie ist Stille, sie ist Frieden, sie ist Trost. Der Tag ist das alles nicht. Der Tag ist Kampf, der Tag ist Krieg. Dein Cello passt viel besser in den Berg als das ewige Ufftata der Pauken, Hörner, Trommeln auf den Paraden und das Knallen der Stiefel auf dem Pflaster.»

Der Bürgermeister sieht ihn an.

«Du spielst doch Cello? Ich bin an deinem Haus vorbeigegangen, ich hab ein Cello gehört.»

«Ich versuche mich an Bach. Suite Nummer sechs. Keiner kann das Stück spielen. Bach hat es für ein Streichinstrument geschrieben, das eine Saite haben soll, die eine Quinte über der a-Saite liegt. Hat das Cello aber nicht. Kein Mensch weiß, für welches Instrument Bach das Stück komponiert hat. Komisch, oder?»

«Vielleicht hat er ein Instrument erfunden, und das ist verloren gegangen.»

Der Bürgermeister sieht sich um. Die Dunkelheit fällt auf ihn herab. Er kämpft nicht mehr gegen sie an, versucht nicht mehr, seine inneren Tagbilder, seine Begriffe von Ordnung – Tag, Stunde, oben, unten, links, rechts – gegen das mäandernde Schwarz zu verteidigen. Mit dem Loslassen hebt sich die Last von seinen Schultern, von seinem Brustkorb. Im schwachen Licht der Karbidlampe starrt er auf Kokoschs Hand, die das Brot hält und aussieht wie damals in der Küche. Er ist zu Gast in Kokoschs Welt. Dort wie hier.

«Die Abbaue können kleine Aushiebe an den Stößen oder am First einer Gangstrecke sein oder auch fünfzig lang und dreißig hoch, so geräumig wie ein Tanzsaal», Kokosch hebt die Arme und wiegt seinen Oberkörper wie zu Musik, die nur er hört.

Der Bürgermeister muss einen Teil der Erklärungen verpasst haben, aber mit dem Begriff Tanzsaal ist er, der aus Tann nichts weniger als einen europäischen Kurort machen will, wieder hellwach.

«Gibt es solche Tanzsäle auch nahe der Oberfläche?»

«Ich kenne keinen», antwortet Kokosch. «Ach so, Regel Nummer zwei in einem Bergwerk, folgt direkt auf *Der Bergmann fährt*: Alles ist ein Ort. Am Füllort steht die Fördertonne, am Haspelort steht die Haspel, am Kübelort, na du weißt schon. Wenn es heißt, eine Strecke geht vor Ort, dann endet sie im Gestein, dann wird nicht mehr weitergetrieben. Das Ende der Strecke ist die Ortsbrust. So wie das hinter dir.»

Der Bürgermeister wendet sich um, sieht Geröll und Dunkelheit. Eine Ortsbrust erkennt er nicht. Er hört Kokosch, der ihm zu erklären versucht, was taubes Gestein von Erz unterscheidet, woran man die ausstreichenden Erzgänge erkennt, ab welcher Stärke sie für einen Bergmann interessant werden, wie Kobalt, Nickel, Wismut, Eisenerz aussehen, was eine Störung ist und was sie für den Abbau bedeutet, dass sie in den alten Stolln sind, dass alles schon da ist, dass man das nur lesen muss, dass die Alten, Kokosch sagt Altvorderen, das schon markiert haben.

«Das meiste davon findest du nicht in deinen Freiberger Karten», sagt er.

Kokosch nimmt die Finger des Bürgermeisters und führt sie über die Felswand. Er zeigt ihm die Fährten, die Kerben im Fels, die Prunnen, an denen sich die Richtung ablesen lässt, in die der Schlägel einst das Eisen getrieben hat, die Nischen, in denen Lampen standen, die Fundtafeln, die das Jahr des Fundes und den Namen des Gangs anzeigen, die Quartalswinkel mit dem Streckenfortschritt und der Vortriebsrichtung, die Markscheiden an den Grubengrenzen. Der Bürgermeister vernimmt das alles, und trotzdem die Finger erspüren, was der Kokosch ihm erzählt, im Lichtkegel seiner Karbidlampe scheint ihm all der elende Fels noch immer gleich. Er kann ihn im Gegensatz zum Kokosch nicht lesen. Wieder ringt er nach Luft, und sein Herz tobt. Allein würde er aus diesem Labyrinth nie herausfinden. Er weiß nicht, wie der Flügel eines Stollns aussieht und woran man erkennt, dass das der Jung-König-David-Flügel ist.

«Also, wonach suchen wir, Bürgermeister?»

Es ist still, der Bürgermeister hört sein Herz schlagen.

«Wonach suchen wir?», fragt Kokosch noch einmal.

Die Frage verursacht ein wattiges Gefühl im Kopf, denn was in seiner Tasche steckt, ist eine Analyse der oberirdischen Gewässer, da stehen Zahlen, die ihm hier unten nichts nützen, und auf allen vieren kriecht er Kokosch in die Seitenflügel hinterher. Der First hängt nur noch einen halben Meter über ihnen. Der Bürgermeister taucht hinunter in das sächsische Meer, in den Griebsch des verschrumpelten Apfels, von dem Kokoksch gesprochen hat, bis sie nach zwanzig Metern oder fünfzig oder hundert, er kann das nicht schätzen, ein leichtes

Plätschern hören, das erste Geräusch im Berg, das nicht ihr eigenes ist. Der Bürgermeister spürt, wie seine Hose an den Knien feucht wird, und Kokosch winkt ihn heran. Im trüben Licht der Karbidlampe sehen sie ein kleines Rinnsal. Kokosch holt ein Glasfläschchen aus seiner Tasche, streckt sich über das Geröll, um an das Wasser zu kommen.

«Wird Zeit», sagt er, und trotzdem er da ausgestreckt liegt, ist sein Ton feierlich, «dass der Berg wiederemol was zurückgibt.»

Und der Berg gibt zurück. Siebzigtausenddreihundertdrei Becquerel pro Liter. Drei Jahre und einige Erkundungen und Wasserentnahmen später flattert die Urkunde der Behörde auf den Schreibtisch des Bürgermeisters, die die stärkste Radonquelle der Welt nun ganz offiziell in Tann verortet, und der Bürgermeister kann seiner Trophäensammlung endlich die Phiole Radonwasser hinzufügen, die er damals mit dem Kokosch aus der Grube geholt hat. Das Kanarienglas der Phiole fluoresziert gelblich grün auf dem Tischchen unter dem Geweih des Zwölfenders, und der Bürgermeister wird nie wieder auf Trophäenjagd gehen, nie wieder sich überwinden müssen, denn das ist nicht mehr zu übertreffen. Wie damals, als die Analysen der oberirdischen Wasser aus Freiberg kamen, führt ihn der erste Weg zum Kokosch, der die Nachricht aber nur mit halber Aufmerksamkeit aufnimmt. Die andere Hälfte gilt dem kleinen Mädchen, das er auf dem Arm hält.

«Schau, Bürgermeister, die kleine Edith, und wenn das Kurhaus fertig ist, wird sie unser Brunnenmädchen.»

Stärkste Radonquelle der Welt.

Ein neues Berggeschrey.

Auch wenn die Quelle vorerst weiter einsam in der Tiefe sprudelt, allein die Nachricht von ihrer Existenz trägt eine

Energie in den Ort und aus dem Ort hinaus, und sie legt sich wie ein Nimbus über die Köpfe, und wenn einer sagt, er komme aus Tann, dann sagt er es jetzt in einer besonderen Weise intoniert. Mit dieser neuen Tonlage wird aus den Tanner Bergen die reizende Tanner Erzgebirgslandschaft, aus der Tanner Luft die würzige Tanner Waldluft und aus der Radonquelle der sagenumwobene Jungbrunnen, so werden es die Werbebroschüren des späteren Kurhauses ankündigen, und als der Kokosch das nächste Mal in die St. Anna kommt, entfährt ihm ein «Halleluja, der Herr hat's gegeben».

Kokosch zieht seine Mütze vom Kopf, bekreuzigt sich und setzt sich in die Kirchenbank, während der Bürgermeister gedankenverloren mit dem Bleistift die ersten Planungen in sein Liedbuch skizziert. Gutachten zur Rentabilität des Kurbetriebs in Auftrag geben, Gründung einer Badgesellschaft (der Trültzsch, der Blaufarben-Taz und der Platzpatronen-Anersch müssen mitmachen), aus dem Dorfarzt wird ein Bäderarzt, die Gemeinde muss Grundstücke sichern, ein Bauplan muss her, aber vor all dem soll sich der Anersch mit seinen Beziehungen ins Ministerium um die staatliche Genehmigung für den Verkauf von Radonwasser kümmern. Der Bürgermeister atmet tief und blickt zur Seite. Er hat nicht bemerkt, dass sich Kokosch, der mit zerfurchten Händen seinen Hut knetet, neben ihn gesetzt hat. Und der Kokosch, unser letzter Bergmann, ist jetzt der alte Kokosch und wird Tanner Original und Vortrinker. Der Bürgermeister schlägt das Liedbuch zu und lauscht der dröhnenden Orgel und dem schiefen Gesang der Gemeinde, und mit den Schlägen der Orgel breitet sich ein wohliges Vibrieren in ihm aus, das vom Herzen kommt und bis in alle Körperenden zieht. Als Orgel und Gemeinde verstummen, sagt der Pfarrer: Lasst uns beten, und der Bürgermeister starrt auf den Talar und das Beffchen, dann faltet er seine Hände und versucht, all das Vibrieren dort hineinzulegen, und in der Stunde, da eintausend Kilometer weiter südlich ein bosnisch-serbischer Revolutionär den habsburgischen Thronfolger und seine Frau erschießt, neigt der Bürgermeister den Kopf und betet, es möge ein deutsches Bad Gastein gelingen.

«Wir Deutschen fürchten Gott, sonst nichts», steht auf der Postkarte vom alten Kokosch, die der Bürgermeister einige Wochen später in den Händen hält und die ein Bild von der Eröffnung des Leipziger Völkerschlachtdenkmals zeigt. In ihm wächst eine Ahnung. Er weiß, dass Kokosch derlei Motive nur aussucht, um sich über die Patrioten lustig zu machen, die sich auf dem Blachfeld einen Koloss hingesetzt und nicht verstanden haben, dass sich unter der dröhnenden Architektur auch nur ein Grab verbirgt, so beklagenswert wie jedes Grab. Der Bürgermeister erinnert sich, dass Wilhelm zwo bereits bei der Einweihung des Denkmals im vergangenen Jahr den Österreichern willfährig Unterstützung gegen das Expansionsbestreben der Serben angeboten hatte. Er starrt auf die Patrioten vom Blachfeld, die ihr Leben so wortgewaltig an Kaiser, Volk und Vaterland zu verschenken gedenken. Kokosch weiß, wie der Tod aussieht, wie er sich anhört, wie er riecht. Dass die letzten Worte nie ans Vaterland, den Kaiser, die Tradition gerichtet sein werden, sagt er, und dass er nicht eine Sekunde daran glaubt, dass das bei einem Bauchschuss anders ist als bei der Schneeberger Krankheit.

Der Bürgermeister schaut auf das Rentabilitätsgutachten, das am Morgen mit Kokoschs Postkarte in der Post gelegen hat, ein orangefarbener Hefter. Er legt sich eine von Bachs Cellosuiten auf, gießt sich einen Kognak ein und starrt aus dem Fenster, das offen steht. Ein milder Sommerwind bauscht die Vorhänge, Vogelgezwitscher mischt sich in die Musik. Am Ende der Suite, am Ende des Kognaks zieht er die Schublade seines Schreibtischs auf. Es ist die linke Schublade, die er «Zur Wiedervorlage» beschriftet hat. Er lässt das Rentabilitätsgutachten hineinfallen, dorthin, wo bereits seine Einladung ans Königliche Konservatorium für Musik liegt, die er vor drei Jahren im Nachlass seines Vaters gefunden hat. Wenn er diese Schublade öffnet, wird die Stimme des Vaters laut. Kunst! So etwas habe es in der Familie noch nie gegeben, damit erschaffe man nichts, man verschwende sich, tobte der Vater. Man müsse schon Sohn von Beruf sein, und einen Sohn auf Lebenszeit könnten sie sich nun wirklich nicht leisten, wobei es ihm weniger ums Geld als um das Ansehen ging. Leute wie sie müssten etwas Richtiges tun. Und bei diesen Worten ballte er die Faust und spannte die Muskeln an, und weil er das, was er meinte, nicht ausdrücken konnte, fielen ihm nur zusammenhanglos Phrasen wie *du musst doch ... zeig doch mal ...* aus dem Mund, und er meinte damit, dass der Sohn etwas tun solle, das robust sei und in der Unbill des Lebens Bestand habe und nicht etwas, dass so flüchtig und *so, so, so weich* sei, *so, so, so, wie, wie, wie ...* Cello! Da könne er gleich Schnitzen, Klöppeln und Posamentieren studieren. Und je mehr sich der Vater aufregte, umso fester wurde sein Körper, bis er dastand wie ein Granitblock. Ein Granitblock, der diesem Sohn nur noch ein ... *weibisch* entgegenspeien konnte. Diese kindlich anmutende Hilflosigkeit, in der die Tiraden des Vaters immer endeten, ließ im Kopf des Bürgermeisters die Antithese gedeihen, dass sich körperliche Festigkeit und Intelligenz irgendwie ausschlossen, eine These, die er zwar nicht beweisen kann, die er aber bis zu seinem Lebensende hegen und pflegen und immer dann zum Besten geben wird, wenn er sich unbehaglich fühlt im Kreise der

Herren in ihren schmal geschnittenen Anzügen, neuerdings in Waffenröcken und Pickelhauben; nach dem Krieg dann in ihren Stresemannhosen, Westen und Zylindern; noch später, als die Tanner – der Trültzsch vornedran – zur nationalen Revolution blasen, in ihren Breecheshosen, blank gewichsten Stiefeln, Uniformjacken, Kampfbinden, sehr braun, sehr militärisch und mit noch mehr Korpsgeist unterm steifen Mützenkorpus, als unter eine Pickelhaube oder einen Schachthut je gepasst hätte. Der einzige Mensch, den der Bürgermeister aus seiner Theorie ausnimmt, ist der alte Kokosch, der für ihn der festeste und intelligenteste Mensch ist, den er kennt, und an den er später, als er, nur noch ein Schatten seiner selbst, auf der Pritsche im KZ Sachsenburg liegt, oft denken muss.

Der Bürgermeister blickt von seinem Schreibtisch auf, sieht auf das Geweih des Zwölfenders und auf die Phiole mit dem Radonwasser, schmeißt die Schublade zu, und augenblicklich verstummt die Stimme des Vaters, des Nudel-Wiehlers. Er hat immer gewusst, dass der Vater seine Post abgefangen hatte. Damals reichte ihm die Genugtuung, zu wissen, dass die ausbleibende Antwort des Konservatoriums nur bedeuten konnte, dass er den Studienplatz bekommen hatte. Das positive Rentabilitätsgutachten verschafft ihm zwar auch Genugtuung, vor allem dem rheumatischen Pfarrer mit seinem ewigen Bad Gastein gegenüber, aber im Gegensatz zum Studium am Konservatorium ist ihm das Kurhaus weit mehr als ein pubertäres Aufbegehren. Dennoch findet er, dass das Gutachten in dieser Schublade vorerst genau am richtigen Platz ist, in der neben der Studienzusage noch etwas liegt, was den väterlichen Granitblock zur Explosion gebracht hätte, nämlich die *Jahrbücher für sexuelle Zwischenstufen*. Zusammengenommen ist also das, was in dieser Schublade ruht, das Leben des Erwin Wiehler, wie es ohne den kakofonen Ruf nach etwas Robustem, Gehärtetem und Gestähltem sein könnte. Kurzum: zur Wiedervorlage.

Der Bürgermeister blickt auf Kokoschs Postkarte vom Völkerschlachtdenkmal, stöhnt auf, erhebt sich, geht nach oben, packt ein paar Sachen zusammen und zieht für die nächsten Tage ins Rathaus. Da ihn die imperialen Ränkespiele nie interessiert haben – auf Anhieb bekäme er weder die Entente noch die Mittelmächte zusammen –, hat er auch in diesem Jahr die aktualisierten Mobilmachungsanweisungen für Bürgermeister, die den Vermerk «Geheim!» tragen, ungelesen in irgendeinem der Metallschränke in seinem Büro verschwinden lassen. Er weiß nicht einmal, in welchem er zuerst suchen soll, weiß nur, dass da etwas auf ihn zukommt und dass er nicht warten kann, bis das Kriegsministerium eine Kriegsgefahr ausgerufen hat und die Generalmobilmachung an den Telegrafenstationen des Landes eingegangen ist und sich Menschentrauben auf dem Marktplatz vor seinem Rathaus bilden und sich die Leute die Nasen am Schaufenster der Zeitungsredaktion nach den neuesten Bekanntmachungen platt drücken und der Bürgermeister bei der Verkündung dessen, was die meisten dann ohnehin ahnen oder zu wissen glauben, die Hälfte vergisst. Er verbarrikadiert sich in seinem Büro, gießt sich den zweiten Kognak ein und beginnt, die Schubladen und Schränke zu durchwühlen. Auf dem Boden sitzend, mit einem leichten Rausch, muss er feststellen, dass die patridiotischen Granitblöcke des Landes ihre Dummheit zumindest hervorragend organisiert haben.

Erstens: Solange noch Frieden ist, die Musterung von Fahrzeugen, Pferden und Gespannen vorbereiten; den Pferdeverteilungsplan erstellen, außerdem einen Überwachungsplan für den Bahnhof, das Telefon und die Telegrafenanlagen.

Einen Zeitplan (geheim!) für den Gemeinderat schreiben, Schutzpersonal namentlich benennen.

Zweitens: Sobald die drohende Kriegsgefahr verkündet ist, Bewachungsplan für den Bahnhof umsetzen.

Drittens: Wenn der Mobilmachungsbefehl eingetroffen ist, Kaiserliche Proklamation an die Litfaßsäulen kleben, Bekanntmachungen aushängen, das Ausfuhrverbot für Pferde und Fahrzeuge und die Abgabepflicht für aufgefundene Brieftauben bekannt machen. (Abzugeben bei wem? Beim Bürgermeister.)

Viertens: Im Krieg sind Quartiere für Soldaten und Stallungen für Pferde zu beschaffen, außerdem Nahrungsmittel, Futter, Feuerungsmaterial und Lagerstroh. Transportmittel und Gespanne sind abzugeben. Personal als Gespannführer ist zu stellen, außerdem Wegweiser, Boten, Arbeiter für die Infrastruktur. Kriegsnotwendige Grundstücke und Materialien zum Erhalt und zum Ausbau der militärischen Infrastruktur sind zu überlassen, ebenso wie Dienste und Gegenstände von militärischem Interesse, Bewaffnungs- und Ausrüstungsgegenstände, Arznei- und Verbandsmittel.

Der Bürgermeister legt das Papier beiseite. Er schaut auf das Paket von der Direktionsverwaltungsbehörde, das ungeöffnet auf seinem Schreibtisch liegt. Das müssen die Armbinden für das Schutzpersonal sein. Der Kognak hebt ihm ein bisschen die Schädeldecke an, und er überlegt, wer in den Adelshäusern eigentlich mit wem verwandt ist, und aus welcher Richtung der Feind denn käme, wenn er den Tanner Bahnhof angriffe.

Ein paar Tage später, es ist der zweite August, ruft Friedrich August *seine Söhne und Brüder* zu den Waffen, und ein Land, in dem kaum noch einer wen kennt, der schon einmal im Feld gestanden hat und hätte erzählen können, wie das ist, auch der *Keenich* nicht, fantasiert sich den Krieg aus den Soldatenspielen der Kinder zusammen – *Es kämpft der Soldat mit kräftiger Hand. Jeder Tritt ein Britt, jeder Stoß ein Franzos, jeder Schuss ein Russ. Tschinderatabum.* Endreim gegen Endgegner. Der erste Schuss jedoch trifft keinen Russ, sondern einen Magdeburger Leutnant im grünen Waffenrock und schwarzen Dragonerhelm mit Adler, der in Joncherey, im Department Territoire de Belfort, zweiundzwanzig Jahre alt, robust und tot vom Pferd auf die Straße kippt. Tschinderatabum. Abgerechnet wird später. Im Frieden. Und der Himmel wird blau gewesen sein.

Der Bürgermeister erkennt auch in dieser Stunde eine Gunst. Mit dem Versprechen, diejenigen, die aus der großen Menschenschule Krieg herausgekommen, nicht nur wieder zusammenzuflicken, sondern mithilfe der Tanner Wunderwasser – siebzigtausend Becquerel! – als Soldaten und Arbeiter in voller Manneskraft wieder ins Feld des Lebens zu stellen, treibt er den Aufbau des Kurbades voran. Er lässt ein Kurhaus bauen, den Floßgraben sanieren und den Hangweg befestigen, den er Panoramaweg tauft. Die Broschüren preisen ihn als den König unter den Spazierwegen, auf dem die Kurgäste – auf die Wunderkraft des Radonwassers hoffend – um die reizenden Erzberge herumgehen. Siebzigtausend Becquerel, die der alte Kokosch, der Gräber aus dem erzgebirgischen Klondike, mit seiner Wünschelrute aufgespürt hat. Kokoschs Wünschelrutengang ist im Vergleich zu den Freiberger Wasseranalysen, die der Bürgermeister mit seinem Schulfreund angestellt hat, eindeutig die bessere Geschichte, davon hat er ihn überzeugen können, und aus Kokosch, dem letzten echten Bergmann von Tann an der Aach, wird das Tanner Original, der Vortrinker, der Geschichtenerzähler, der in seiner Bergmannstracht nun jede Broschüre ziert. Dem alten Kokosch ist es recht. Er hat sein erstes Leben im Berg verbracht, er hat ihm alles zu verdanken, und Hokuspokus ist ihm jedenfalls lieber als Staublunge und Schneeberger Krankheit, und er spendiert dem Panoramaweg eine Bank, schließlich werden auch die Kokoschs bald in Tourismus machen. Sie haben ihre Wiesen an die Gemeinde verkauft. Mit dem Geld bauen sie den Stall zu Wohnräumen um, reparieren das Dach, verblenden den Haussockel mit Granitstein, reißen den Schiefer ab, streichen die Fassade eierschalenfarben, wie es die Gemeinde vorgegeben hat, das sichtbare Band des Fremdenviertels. In der ersten Etage richten sie eine Ferienwohnung ein. Die *Bäll Edaasch* – wie der alte Kokosch jetzt immer sagt und dabei etepetete den Mund spitzt und den Pfarrer nachahmt, wie der von seinem Bad Gastein schwadroniert – bleibt von nun an den Gästen vorbehalten. Die Familie zieht in den Keller, der trotz der Tünche noch nach Ziegenstall riecht. Der alte Kokosch führt die rheuma-, gicht- und neuerdings kriegsgeplagten Kurgäste zum Lämmchen, setzt ihnen Helme auf, drückt ihnen eine Karbidlampe in die Hand, zeigt ihnen seinen alten Stolln und bringt ihnen Bergmannssprache bei. Regel Nummer eins, der Bergmann fährt, auch wenn er läuft. Regel Nummer zwei, alles im Bergwerk ist ein Ort. Er erzählt jede Menge Bergmannsgarn, und es ist saubere Arbeit, gute Arbeit, eigentlich keine Arbeit im engeren Sinn. Man braucht dafür Manieren und Bildung, und der alte Kokosch beginnt nachzulesen, wie man Wein trinkt und woran man eine gute Zigarre erkennt, und er lernt, wie man dies und jenes auf Englisch und Französisch sagt. Als die klee Edith in die Schule kommt, geben sie dem renovierten Haus ihren Namen. Haus Edith. Die Gäste kommen. Sie haben Geld, beziehungsweise sind sie zu Geld gekommen, wie der Pfarrer gern betont, das sei ein kleiner, aber feiner Unterschied, denn die wirklich feinen Leute führen noch immer nach Bad Gastein und nicht nach Tann an der Aach. Denn hier sei die Beletage eben doch nur eine *Bäll Edaasch*, und die Bauern treiben ihr Vieh noch immer über den Panoramaweg. Daran ändern auch die Forellen im Floßgraben nichts.

Noch immer ist Tann *schie*, aber nicht beschaulich.

Noch immer ist *schie* zu wenig für Weltniveau.

«Es war nicht alles schlecht», so beginnt die Ohm, die *klee Edith*, wenn sie von früher erzählt, wenn es draußen dunkel ist, wenn sie ein Glas Rosenthaler Kadarka in der Hand hält. «Am Anfang war es sogar gut. Arbeit schafft Brot, hat er immer gesagt, und das zumindest stimme doch. Was denkst du, die ganzen Arbeitslosen, das könnt ihr euch ja nicht vorstellen. Die hat er weggemacht. Der hat sich das Geld nicht in die eigene Tasche gesteckt. Der hat investiert. Arbeit und Brot. Das ist doch nicht schlecht. Bei Stalin gab's nur Arbeit. Aber der Krieg, ach der Krieg, wenn er nur den Krieg nicht gemacht hätte. Der Pole, na ja, der Pole. Aber der Franzose, der war doch auch selbst schuld. Hitler hat ihm den Frieden angeboten, aber der hat ihn abgelehnt, der wollte ja nicht. Und hätte Stalin den Krieg verloren, würden wir jetzt über die Gulags reden und nicht über Konzentrationslager. Der hat genauso viele umgebracht. Das könnt ihr glauben. Da spricht nur keiner drüber. Leben ist Kampf, ohne Kampf kein Leben. So war das damals. So haben die Leute geredet. Wir haben die Nazis nicht gewählt. Wir haben die Sozialdemokraten gewählt. Lass die doch erst mal machen, hieß es dann. Das haben viele gesagt, auch der alte Kokosch hat das gesagt. Und die Arbeitslosen damals. Das könnt ihr euch nicht vorstellen. Die hatten keine Angst davor, rote Zahlen zu schreiben. Die haben schon was von der Wirtschaft verstanden. Die Linken nicht. Vielleicht sind die Linken sympathischer, so im Einzelnen, aber von der Wirtschaft verstehen die nichts. Das ist doch immer noch so. Siehst du doch. Wie das hier aussieht. Die Arbeitslosen hat er weggekriegt. Endlich machte jemand was. Billige Kredite hat er den Leuten gegeben. Von der Wirtschaft hat er was verstanden. Er hat nicht nur den großen Fabriken Geld gegeben. Auch den kleinen Leuten. Wir haben für die Pension ein Bad eingebaut, alles Geld aus dem billigen Kredit. Ein eigenes Bad für die Kurgäste. Das war doch was. Mit den Krediten haben sie die Wandelhalle, das Palmenhaus, den Konzertplatz und einen Musikpavillon gebaut und alles renoviert. Das modernste Kurhaus im Land gab es in Tann an der Aach, stell dir vor. Und die Bahn, die fuhr von Berlin und Hamburg direkt nach Tann. Die Leute sind morgens in Berlin in den Zug gestiegen, haben sich hier ins Bad gelegt, saßen dann beim Trültzsch im Café Trutilo, tranken ihren Verlängerten zu Linzer Torte und Strudel, und weil die Frau vom Trültzsch aus der Ostmark war, gab's das alles mit Wiener Schmäh. Das kam wahnsinnig gut an. Jeder wusste, wo Tann war. Die stärkste Radonquelle der Welt. Siebzigtausenddreihundertdrei Becquerel pro Liter. Und zum Abendessen waren sie wieder in Berlin, im Gepäck Radiumzahnpasta für strahlend weiße Zähne, Radiumwaschpaste gegen Pickel, Radiumschokolade zum Schlafengehen, Radiumbier, Radiumkondome, Radiumkörperpuder, Radiumzwieback und Radiumzäpfchen zur Potenzsteigerung. Gekauft auf Vorrat. Das war doch was. Und bei uns war das auch nicht so, dass die Geschäfte mit Parolen beschmiert waren wie in euren Lehrbüchern. Das war so nicht, hier in Tann. Ja gut, die Frau vom Arzt, die ist wohl nach Amerika gegangen. Sie hat's doch aber geschafft. Ja gut, der Bürgermeister ... Aber ach, das mit dem Krieg. Das hätte er nicht machen dürfen. Das war schlimm.»

Fetzen von Gauleiter Mutschmanns schnarrender, Goebbels imitierender Stimme dringen durch das offene Fenster in Erwin Wiehlers privates Arbeitszimmer. «Anwesenheit nicht vorgesehen», hatte Mitzi, seine ehemalige, noch immer loyale Sekretärin – Mutschmanns Goebbels imitierende Stimme imitierend –, auf die Frage geantwortet, ob er denn auch eingeladen wäre. Sie hatten gelacht. Gegen die Angst hatten sie angelacht. Erwin Wiehler ist jetzt Privatier, wie er sagt. «Anwesenheit nicht vorgesehen.» Nicht, dass er Wert darauf legt, neben König Muh auf der Tribüne zu stehen und das neue Straßenschild mit dem Aufdruck *Adolf-Hitler-Straße* zu beklatschen, das macht der Trültzsch, der ist jetzt der erste Mann im Ort, und der passt auch viel besser auf den Posten. Erwin Wiehler will nur wissen, wie tief die Ungnade reicht, in die er gefallen ist, und ob sie es wissen oder nicht. Als er das Rathaus verlassen hat, hat er nur die Druse mitgenommen, den Wetteinsatz seit Kindertagen, die ihm sein Freiberger Freund damals mit der Urkunde *Stärkste Radonquelle der Welt* und einem französischen Jahrgangswein zugeschickt hatte. Es war eh alles nur geborgt, hat er gedacht, als die Rathaustür hinter ihm ins Schloss gefallen war. Es ist ihm nicht schwergefallen. Die Tanner nennen ihn noch immer *den Bürgermeister.* Trültzsch *den Neuen.* Als er die Druse in die Schublade «Zur Wiedervorlage» gelegt hatte, hatte er bemerkt, dass eines der *Jahrbücher für sexuelle Zwischenstufen* fehlte. «Anwesenheit nicht vorgesehen.» Er glaubt, König Muh zu hören, wie er ihm von der Tribüne aus etwas zuruft.

Am frühen Morgen werden sie kommen, denkt er, wenn das Ende des Schlafs, wenn das Ende des Traums droht. Die silbern, violett glitzernde Druse hatten Erwin und sein Freund, als sie Kinder waren, in Nudel-Wiehlers Revier im Silberwald unter einer Baumwurzel gefunden. Weil sie sich nicht einigen konnten, wem sie gehörte, war sie Wetteinsatz geworden. *Wetten, dass ich bis in die Krone des Baumes klettern kann.* In all den Jahren waren die Rollen gleich verteilt gewesen. Erwin dafür, der Freund dagegen. *Wetten, dass ich die Zusage vom Konservatorium bekomme.* Es wird Abend. Das Ufftata verklingt. Erwin Wiehler spielt Cello. Er spielt Bachs Suite Nummer sechs, wieder und wieder, versucht, die Saite zu ersetzen, die er nicht hat. Es wird Nacht. Erwin Wiehler schläft nicht. Er spielt Cello bis zum Morgengrauen, und als sie auf seinen Hof marschieren, gelingt es ihm für einen Moment. Er weiß nicht, wie, aber er hat die fehlende Saite gespielt. Erwin Wiehler legt das Instrument zur Seite, schließt die Augen, summt das Spiel vor sich hin, wieder und wieder, er memoriert es, und er hört nicht, wie sie an seine Tür hämmern, hört nicht, wie sie die Tür eintreten, hört nicht die beschlagenen Stiefel auf dem Parkett, hört nicht die Lust in der Stimme des Kriminalkommissars, der vor einem Jahr noch Kommunist war und Kellner beim Trültzsch. Der Kellner hält das *Jahrbuch für sexuelle Zwischenstufen* in der Hand und blättert darin. «Ein Hundertfünfundsiebzger, ich hab's immer geahnt, Radon-Wiehler, das ist ja ekelhaft», brüllt er, und aus seinem Mund wird aus dem Radon – mit der Betonung auf dem o – Radonn, mit zwei donnernden N. Hinter dem Kellner warten SA-Leute auf sein Zeichen. Erwin Wiehler öffnet die Augen und sieht, wie der Kellner die Hand hebt und den Daumen senkt, wie ein römischer Imperator in der Arena, und er explodiert vor Lachen, sodass er die ersten Schläge kaum spürt, die ihn treffen. Sie schleppen ihn in ihren Polizeikeller. Unter der Pritsche in seiner Zelle fließt ein Bach aus Urin. Er ist jetzt

Schutzhäftling, und die nächsten kommen, die schnell Karriere gemacht haben, und schleppen ihn auf die Sachsenburg, ihn und vierzig andere aus dem Konzentrationslager Plaue und aus den Polizeigefängnissen. Täglich marschieren sie von der Burg ins Tal in die Fabrik, demontieren Maschinen in den riesigen Hallen, bauen Betten und Tische zusammen, eintausendfünfhundert Betten, besser zweitausend. Fremdenbetten, Radonn-Wiehler, damit kennst du dich doch aus, hatte der Kellner zum Abschied gesagt. Erwin Wiehler aber hört ihn nicht, er hört die Cellosuite. In seinem Kopf ist nichts anderes mehr; nicht beim Appell auf dem Lagerhof, nicht beim Marschieren zur Fabrik, nicht beim Zusammenschrauben der Betten, nicht beim Löffeln der wässrigen Suppe, nicht im Schlaf, nicht bei den Verhören. Er sieht auf ihre Uniform, wenn sie ihn schlagen. Ihr seid nicht radikal, sagt er ihnen. Es ist nicht radikal, eine Uniform anzuziehen, radikal ist es, eine Cellosuite so oft zu spielen, bis die Art, sie zu spielen, eine fehlende Saite ersetzt, und sie schlagen ihm den Kopf ein, bis er nur noch ein Schatten seiner selbst ist, bis er die Augen schließt, bis da ein Licht ist, das nicht mehr das Ende des Schlafes, das nicht mehr das Ende eines Traums bedeutet, und er denkt an den Kokosch, dem er das so gern erzählen und dessen Hand er so gern halten würde, so wie Hanauke damals auf seinem Sterbebett. Anwesenheit ist nicht vorgesehen.

Nur der Krieg, ach, der Krieg, wenn er nur den Krieg nicht gemacht hätte, so endet die Ohm, wenn sie von früher erzählt, wenn es draußen dunkel ist, wenn der Rosenthaler Kadarka zur Neige geht. Der Krieg kommt in Gestalt von geschlechtskranken Wehrmachtssoldaten nach Tann. Die Kokoschs wohnen wieder in der Beletage mit neuem Bad. Sie haben die Bahnhofskneipe gepachtet und *Chez Edith* genannt. Bei ihnen im Keller wohnen Nathalie und Claire, die, aus Paris nach Tann verschleppt, im Kurhotel an den Betten deutscher Soldatenkörper wachen müssen, die nach Hass und nach Angst stinken. Ach, wenn er doch den Krieg nicht gemacht hätte, sagen die Leute bei *Chez Edith* am Tresen.

Am Ende des Kriegs ziehen die Elenden durchs Dorf, die Vertriebenen, die Polacken, wie Edith sagt, aus Schlesien oder Pommern, mit ihren Koffern oder auch nur dem, was sie am Leibe tragen. Elende Gestalten, sagt sie zum alten Kokosch. Aber die sind nicht so elend wie die Elenden, die im April die Adolf-Hitler-Straße entlangkommen. Es sind polnische und tschechische Zwangsarbeiter, sowjetische Kriegsgefangene, französische Widerstandskämpfer, deportierte Juden, deutsche Antifaschisten – Inhaftierte aus dem Außenlager Mülsen St. Michel. Aus der Tiefe des Hauses heraus haben die Edith und der alte Kokosch das schleppende Klappern der Holzpantinen auf dem Straßenpflaster gehört. Edith hat zum Fenster gewollt, um nachzusehen. Aber der alte Kokosch hat sie festgehalten. Sieh da nicht hin, hat er gesagt. Sieh da nicht hin. Aber das Geräusch, so ein Geräusch hat sie noch nie zuvor gehört, und dann die Schüsse, also, sie hat nicht gewusst, dass das Schüsse sind, das hat sie sich erst später zusammengereimt. Die Schüsse waren vom Lämmchen her zu hören, gibt Edith bei der Befragung zum «Sondervorgang Tann» zu Protokoll. Und dass es kurz darauf an der Tür geklopft hat. Der Kokosch hat die Tür aufgemacht und mit dem Polizeimeister geflüstert, dem Kellner vom Trültzsch, sagt die Edith. Dann hat der Kokosch seine Jacke genommen und ist mit dem Kellner mitgegangen, Richtung Lämmchen, und als er wiederkam, ist er ganz bleich gewesen. Er hat darüber nicht gesprochen. «Ich weiß nicht, was da war. Ich weiß nicht, was Sie von mir wollen. Ich habe das nicht gesehen.»

Einen Tag nach Ediths Vernehmung fahren amerikanische Soldaten mit Jeeps durch den Ort. Edith steckt frische Gartenblumen in die noch warme Fahnenhalterung des Küchenfensters und hofft, dass das nun ein Ende hat mit dem Krieg und den Polacken und den Elenden, dass die alten Straßenschilder wieder angebracht werden und die Kurgäste wiederkommen ins Haus Edith an der Aach. Doch die Amerikaner sind nur auf Patrouille. Sie sammeln Waffen und Fotoapparate ein. Bis die Russen kommen, geben ein Sozi und ein Kommunist, der das Tausendjährige Reich im Kohlenkeller des Sozis überdauert hatte, den Ton an. «Itze sei mir ämol drah», sagt der Kommunist, als er die sozialdemokratische Kellertreppe emporsteigt und die Sonne ihm die Augen verbrennt. Und als die Russen im Juni mit Pferden und Panjewagen über die *Beemsche*, wie die Hitler-Straße provisorisch wieder heißt, in die Stadt einziehen, sind die Blumen in Ediths Fahnenhalterung längst welk. Die Heiligenbilder des Führers brennen in den Tanner Öfen und die, deren Vergangenheit sich nicht so einfach verheizen lässt, fliehen in die Berge. Die Russen richten im Kurhotel eine Kommandantur ein. Sie holen den Trültzsch, den Kellner vom Trültzsch und König Muh aus dem Hochmoor, setzen sie in den Zug nach Moskau, ernennen den Kommunisten zum Bürgermeister, und während der neue Bürgermeister und die Sowjets die Adolf-Hitler-Straße mit großem Pomp in Stalinstraße umbenennen, beugen sich sowjetische Geologen auf Weisung des N K W D über die Akten der Bergämter und die geologischen Karten der Silberreviere. Mit Schlägel, Eisen, Pressluft und größter Verschwiegenheit suchen sie in den alten Grubenauen nach Uranerz und finden es genau dort, wo sie es vermuten; unter dem Palmenhaus. Der N K W D zieht einen Bretterzaun mit Stacheldraht um das Kurviertel, stellt Posten mit Hund, Kalaschnikow und aufgepflanztem Bajonett davor. Sie sprengen das Kurhotel, das Palmenhaus, den Kurpark.

Ein neues Berggeschrey, sagen die Leute, als die ersten Detonationen durchs Tal dröhnen, und schon gehen die Quartierssucher um, und neben dem Fremdenviertel wird in aller Eile eine Barackensiedlung in den Berghang gezimmert. Zwischen den Häusern und Gärten wachsen die Schachtanlagen in die Höhe. Kumpel, zusammengekratzt aus den Lagern, Gefängnissen und Arbeitsämtern des Landes, ziehen in die Baracken, schlafen auf durchgelegenen Matratzen. Edith schließt das Wirtshaus am Bahnhof wieder auf. Der erste Gast ist ein sowjetischer Soldat. Er setzt sich an den Tresen, säuft, und als er gehen will, zieht er einen goldenen Ring aus der Hosentasche, packt Ediths Arm, schau, hier, und versucht, ihn ihr auf den Zeigefinger zu stecken. Nimm ihn! Na los, dummes Weib! Ein Stuhl fliegt über den Tresen in das Regal mit den Gläsern, und ein paar Glassplitter verpassen Edith eine Schnittwunde quer über dem Unterarm. Tage später wird der Soldat tot im Wald aufgefunden. Edith tauft das Wirtshaus um. Aus *Chez Edith* wird *Der Wilde Mann*.

Ach, hätt er doch den Krieg nicht gemacht. «Ich gehöre meinem Geliebten, und mein Geliebter gehört mir» lautet die hebräische Inschrift des Rings. Ich hab das doch nicht gewusst. Ach, hätt er doch den Krieg nicht gemacht. Die neuen Bergleute schieben sich auf ihren Wegen zwischen Baracke, Wildem Mann und den Schächten im Pulk auf der Palmengartenpromenade entlang. In den ersten Jahren, als sie das Erz trocken aus dem Stein bohren, sehen sie aus wie die Mehlsäcke, von oben bis unten mit weißem Staub bedeckt. Die Mehlsäcke sind die Hautevolee im neuen Staat, gerufen und gekommen, um das Erz für den Frieden aus dem Berg zu schlagen, und vier von ihnen stehen nun vor dem Haus

Edith. Jeder von ihnen mit einem Einquartierungsschein in der Hand: ein KPD-Funktionär, ein Ritterkreuzträger, einer, der sich als Schulze vorstellt und aus Charkiw, Dnipropetrowsk, Perwouralsk, Jekatarinburg kommt – wie er umständlich formuliert, um das Wort Gefangenschaft nicht sagen zu müssen –, und einer, der schon für Stalin an der Kolyma nach Gold gegraben hat, dem es nichts ausmacht, in eintausendachthundert Metern Tiefe bei fünfundsechzig Grad Gesteinstemperatur in den Uranschächten zu schwitzen. Hauptsache nicht frieren, das ist alles, was er dazu sagt, das ist alles, was die Ohm überhaupt von ihm erfährt. Schulze ist der Einzige, mit dem der Goldgräber spricht. Russisch. Im Uranberg fragt keiner nach. Wer die Norm erfüllt, bekommt Essen – etwa große ukrainische Graupen mit roten Rüben und zerlassener Butter, gezuckerten Kuchen, eine Scheibe Brot und ein großes Stück Hering zum Mittag, Lebensmittelkarte und Zigaretten für den Schwarzhandel obendrauf. Wer sonst hat schon so viel. Und Edith kann ihren Blick nicht abwenden, wenn Schulze russisch spricht, seine Stimme ist dann dunkler, ernster, er scheint ein anderer zu sein, und Schulze kann seinen Blick nicht von Edith lassen, die er die mürrische Donja nennt, weil sie die vier mit dem Einquartierungsschein barsch begrüßt hatte: «Schuhe vor der Haustür ausziehen, einmal in der Woche das Zimmer nass wischen, und getrunken wird im Wilden Mann.» Ediths wasserblaue Augen sind für Schulze Grund genug, jeden Tag seine Stiefel zu fetten, den Schuhspanner in die Spitzen zu schieben, damit sie ihre Form behalten, sie alle paar Jahre neu besohlen zu lassen und mit ihnen zum Bergwerk zu gehen, auch noch, als die anderen drei Tann längst wieder verlassen haben.

Edith rührt, wie sich Schulze um diese Stiefel sorgt, und sie lässt ihn in ihre gute Stube, weil sie denkt, er geht mit allem in seinem Leben so um. Sie hat ihn nie gefragt, welches Parteiabzeichen er getragen hat. Als Georg zur Welt kommt, bekommen sie Familienkarte vier, und der alte Kokosch erzählt dem Schwiegersohn sein Bergmannsgarn und hat sein Vergnügen mit ihm, dem Unkundigen, dem Gast im Berg, der die Welt unter Tage nicht kennt. Schulze bleibt fremd im Berg, wie er fremd bleibt im Haus Edith, auch als seine Habseligkeiten längst in Ediths Schränken liegen. Die Fremdheit zeigt sich in den Dingen, an die er nicht denkt: Pflaumen ernten, Äpfel einkochen, Kartoffeln einkellern, die Bäume im Garten verschneiden, den Kaminkehrer bestellen, das Haus winterfest machen, und als Donja Edith merkt, dass ihre Ehe kein Paar Stiefel ist, gibt sie ihrem Mann mit der Uhrenwerkstatt ein Refugium im Keller. Edith beschließt, dass die Bewirtschaftung des Eigentums Frauensache bleibt, das wird sie auch dem Mädchen, Ida, beizubringen versuchen. Dass du mal unabhängig bist, wird sie ihr ins Ohr flüstern. Ida wird das erst später verstehen und sich zunächst an die bourgeoisen Tischmanieren der Ohm halten und schon als Sechzehnjährige die klassische Menüfolge kennen, wissen, was die Gabel- und die Messerlinie eines Gedecks sind, wie man eine Forelle filetiert, welcher Wein zu welchem Fleisch passt und in welcher Temperatur.

Nur den Krieg, ach, wenn er nur den Krieg nicht gemacht hätte. Donja Edith beweint das Kurhaus und den Palmengarten. Sie beweint nicht die Frau des Arztes, von der sie nie wieder gehört hat, deren Namen sie vergessen hat, sie beweint nicht den toten Bürgermeister, nicht die Toten am Lämmchen, die im Stollen des alten Kokosch liegen, und sie tobt, als sie auf einem Bild in der Zeitung sieht, dass Stalins Leichnam unter Palmwedeln aufgebahrt ist, während die Russen ihre Palmen in die Luft gesprengt haben. Keine Kultur, die Bolschewisten, sagt sie und betet bei jeder Sprengung, wenn die guten Weingläser in der Vitrine klirren, dass die Uranvorkommen endlich versiegen mögen.

Doch die Uranvorkommen versiegen nicht. Auch die Söhne und Enkel der Mehlsäcke sind noch im Berg, glauben, dass der Dreck, der an ihnen klebt, fruchtbar sei. An den Wochenenden gehen sie zum Fußball. Der Verein spielt Oberliga. Wenn sie jung sind, treffen sie sich mit der Clique an der Parkbank auf dem Hügel vor dem Kulturhaus, der Hollywood Hill heißt, weil Boney M. hier mal aufgetreten sind, schrauben an ihren Motorrädern, an die außer ihnen – ich bin Bergmann, wer ist mehr – in diesem Alter kaum einer im Land rankommt, rauchen, trinken Bier und Fusel, reißen zotige Witze, und wo die Jungs sind, sind auch die Mädchen, sogar die, die in Georgenthal auf die Erweiterte Oberschule gehen. Und die Mädchen steigen zu ihnen auf die Motorräder und schlingen schüchtern die Arme um die Lederjacken, und die Jungs fahren mit der wertvollen Fracht übers Land, das sie besser kennen als die Mädchen. Sie ahnen, dass sie nicht wegkommen werden, und sie hoffen insgeheim, dass auch die Mädchen bleiben, doch die Mädchen verlassen das Drecknest, wie sie es nennen, gehen in die Städte auf die Fachschulen und auf die Universitäten. Am Anfang kommen sie noch jedes Wochenende zurück, wie sie es den Jungs versprochen haben, und wenn sie da sind, sagen sie: zu Hause. Aber nach und nach werden die Abstände größer, und irgendwann treffen die Jungs die Mädchen aus der Stadt nur noch zufällig an den Feiertagen, wenn sie ihre Eltern besuchen. Und die Jungs lungern an den Sonntagnachmittagen noch immer auf dem Hollywood Hill, an der Parkbank vor dem Kulturhaus herum, zum Schrauben und Saufen, und sie beginnen zu ahnen, dass der Dreck an ihren Arbeitshosen nicht fruchtbar ist, dass er sie krank macht, sonst nichts.

Als die Uranmine am ersten Januar neunzehnhundertein-
undneunzig tatsächlich schließt, hofft die Ohm, ihre Straße
würde nun endlich wieder zur Kurbadstraße ihrer Kindheit.
Erste Gerüchte gehen um, dass ein neues Kurbad gebaut wird,
sicher nicht so vornehm, wie es war, dafür haben der Bürgermeister und seine Projektierer nach zwei Generationen real
existierendem Sozialismus nicht mehr den richtigen Stallgeruch, wie die Ohm immer wieder zu Ida sagt, aber immerhin. Doch auf ausdrücklichen Wunsch des frisch gewählten
Ministerpräsidenten und Krawattenmannes wird aus der
Hitler-, Stalin-, Leninstraße die Straße der Einheit und nicht
die Kurbadstraße. Das klingt doch nicht, Straße der Einheit,
sagt die Ohm dem Landesvater, als der ihr die Hand schüttelt,
und auf seiner Krawatte sind mit goldenem Zwirn Eisen und
Schlägel gekreuzt auf pechschwarzem Grund eingestickt.

Ich bin Bergmann. Wer ist mehr?

Aach. Nichts will der Fluss halten.

WIR WOLLEN NICHT MEHR
ARTIG SEIN

«Freundschaft», ruft Ida aus der vierten Bankreihe des Biologiekabinetts in Richtung Lehrertisch.

Längst ist das Läuten der Schulklingel in den Fluren verhallt, und noch immer stecken die Blinowa und Bianca ihre Köpfe über dem Schnittmuster für die Satinbluse mit dem Mandarinkragen zusammen. Die Blinowa hinter dem Lehrertisch. Bianca davor, und sie ist umringt von ihren Anhängerinnen, die ihre Köpfe recken, um auch einen Blick auf den Sommertrend neunzehnhundertneunundachtzig zu erhaschen. Bianca dreht sich zu Ida um und kichert. Die anderen drehen sich auch um, kichern aber nicht.

«Sei nicht so vorlaut, Ida Kokosch, ich habe mit Bianca noch wichtige Dinge zu besprechen», sagt die Blinowa, die nicht nur Russisch und Biologie gibt, sondern auch seit vier Jahren die Klassenlehrerin ist, und klappt die Modezeitung zu. *Mode aus Peking* prangt es vom Umschlag der *Sibylle*.

Bianca und ihr Gefolge zerstreuen sich in Richtung ihrer Plätze. Die Blinowa holt einen Stoß Papier aus ihrer schwarzen Aktentasche und baut sich vor dem Lehrertisch auf, der im Biologiekabinett erhöht auf einem Podest steht. Für einen Augenblick kehrt Ruhe ein.

«Freundschaft!», ruft die Blinowa in die Klasse.

«Freundschaft», murmelt die Klasse zurück.

«Wie die sich bei der Blinowa einschleimt», zischelt Karsten in das kollektive Stühlerücken hinein, der wieder neben Ida sitzt, seitdem er bei Bianca abgeblitzt war.

Wochenlang hat die halbe Schule darüber spekuliert, wer wohl das Laken mit dem Herz und dem Schriftzug *Bianca* darin an die Tanner Eisenbahnbrücke gehängt hat. Sogar die Lokalzeitung hatte darüber berichtet. Und obwohl niemand genau wusste, wer der Unglückliche war, waren sich doch die meisten darin einig, dass eigentlich nur Karsten infrage kam. Bianca und ein Herz aus Acrylfarbe. Für sie hat er natürlich mit mehr aufwarten müssen als nur einem bleistiftgeschriebenen Zettel im Russischbuch.

Wie jeden zweiten Donnerstag eröffnet die Blinowa die erste Stunde mit dem Verkünden der Arbeitsergebnisse aus dem PA-Unterricht im VEB Werkzeugbau und Zerspanungstechnik am Tag zuvor. Sie entrollt ein paar Blätter und beginnt mit großer Sanftheit in der Stimme und einem Lächeln auf den Lippen die Namen derer vorzulesen, die die Norm übererfüllt haben. Darauf folgen die Hundertprozentigen, dann die Achtzigprozentigen, die Fünfundsiebzigprozentigen, die Sechzigprozentigen. Nach denen lässt die Blinowa eine dramatische Pause, in der sie das Papier wieder zusammenrollt und die Arme vor ihrem grünen Samtpullover verschränkt, sodass ihr Busen ein wenig aus dem Ausschnitt quillt.

«Und dann haben wir noch eine Schülerin, die mit Abstand zu allen anderen die Langsamste ist, den meisten Ausschuss produziert, die Pausen überzieht ...»

Auf der Suche nach der Angesprochenen wandern die Blicke der Klasse in den Bankreihen auf und ab.

«... und die in ihrem Arbeitskollektiv den Verdacht nährt, sich für etwas Besseres zu halten, für eine, die sich nicht die Hände schmutzig machen wolle, sondern sich auf die Privilegien verlasse, die sie durch ihre Eltern hat.»

Die Blicke bleiben an Ida kleben, und sie spürt, wie eine Hitze in ihr aufsteigt. PA. Produktive Arbeit, das bedeutet, jeden zweiten Mittwoch vier Stunden lang Metallwürfel feilen, Metallplättchen bohren, Gussteile entgraten, Kartons falten. Gestern war Ida an der Standbohrmaschine eingeteilt. Sie erinnert sich, dass die Norm eintausend hieß – je ein Loch in eintausend Metallplättchen bohren. Was sie allerdings vergessen hat, ist, in welcher Zeit sie das schaffen sollte und ob sie die Plättchen überhaupt gezählt hat.

«Deine Brigadekolleginnen haben deine Plättchen noch einmal bohren müssen», hört Ida die Blinowa, und sie wundert sich, dass sie so genau informiert ist. Zu ihr hat gestern, als sie die Metallspäne unter der Bohrmaschine zusammengekehrt hat, keine der Frauen aus der Brigade etwas gesagt. Ida sieht die Blinowa an, rote Flecken wandern über ihr Dekolleté. Sie erinnert sich an die Arbeiterinnen in den fliederfarbenen Dederonschürzen, riecht die Bohrmilch, die Metallspäne, den Schweiß, den Zementboden. Sie hatte im Umkleideraum auf der Holzbank gesessen und ihr Brot gegessen. Ida sitzt in den Pausen lieber dort als im Frühstücksraum, weil der Umkleideraum abseits der Werkhalle liegt und es dort still ist und weil sie die Schuhe so interessant findet, die unter den Stahlspinden auf dem Zementboden stehen. Um genau zu sein, interessiert sie sich für dieses eine Paar Schuhe, das zwischen all den ungeputzten, mit abgewetztem Leder und abgelaufenen Absätzen hervorsticht. Es sind hochhackige Pumps im Sommer oder Stiefeletten im Winter, die aussehen wie die, die Frauen in amerikanischen Fernsehserien tragen. Ida hat in all den Monaten nicht herausfinden können, welcher Frau aus der Brigade diese Schuhe gehören. Sie sehen so gleich aus unter dem gelben Licht der Neonröhren, mit den Schürzen und Haarnetzen, und die

Bewegungen ihrer Leiber verschmelzen mit dem Rotieren der Wellen, dem Stampfen der Maschinen, dem Ruckeln der Fließbänder.

«Damit», hebt die Blinowa nach einer weiteren Pause an und wedelt mit der gerollten Liste in ihre Richtung, werde sie scheitern: «So läuft das *chier* nämlich *niicht*, Fräulein. Und schon gar nicht für jemanden, der auf die EOS delegiert werden will.»

Nach diesem letzten Satz in ihrem Plädoyer drehen die anderen ihre Köpfe wieder nach vorn zur Tafel, und eine bleierne Stille legt sich über die Klasse. Die Blinowa lässt die Zettel mit den Arbeitsergebnissen auf den Lehrertisch fallen, geht um den Lehrertisch herum und schreibt mit quietschender Kreide die Überschrift für die Stunde an die Tafel.

Bianca, die vor Ida sitzt, kippelt weit nach hinten, sodass ihre Lehne an Idas und Karstens Schulbank stößt, und verdreht komplizenhaft die Augen. «Die ist ja wieder drauf», sagt sie und legt Ida einen Zettel ins Federmäppchen.

«Haste schon mal Petting gemacht?», steht auf dem Zettel.

Ida spürt Biancas erwartungsvollen Blick.

«Was soll'n das sein?», flüstert Ida.

«Rummachen.»

«Hast du denn schon mal rumgemacht?»

«Klar.»

«Ich auch. Klar», stottert Ida.

Bianca grinst und kippt mit ihrem Stuhl wieder nach vorn, und Ida denkt an die bebende Stimme der Blinowa, den plötzlichen russischen Akzent, den sie sonst nie hat, an die roten Flecken in ihrem Dekolleté und an die Brigadefrauen und daran, dass sie ihnen in der nächsten Woche wieder an der Werkbank begegnet, ihre Leiber wieder gleich aussehen werden unter dem Neonlicht, und dass nur noch wenige Wochen bis zu den Sommerferien bleiben, um herauszubekommen, wem diese Schuhe gehören.

Am Ende des Sommers tanzen Ida und Bianca auf dem menschenleeren Tanner Bahnsteig vor der Ruine der alten Munitionsfabrik Mambo. Ida in Gedanken mit Hollerbusch. Bianca mit imaginärem Tanzpartner. Es ist noch früh, und nach verregneten Tagen scheint die Sonne von einem taubenblauen Himmel. Der Duft des klebrig-süßen Haarsprays aus Biancas auftoupiertem Pony zieht zu Ida herüber. In ihrer schwarzen Bluse mit Mandarinkragen und den roten, gepunkteten Karottenjeans sieht sie aus wie ein Marienkäfer, aber bei ihr hat das Stil. Bianca könnte einen alten Kohlensack tragen, innerhalb kürzester Zeit liefe die halbe Schule so herum. Vier Mal haben sie *Dirty Dancing* im Kino in Georgenthal gesehen. Ida behauptet immer, dass ihr der Film total auf die Nerven gehe, dass sie ihn nur deswegen so oft gesehen habe, weil sie eine Choreografie mit Hollerbusch plane, weil die Leute darauf so abfahren und der Zirkus gar nicht anders könne, als den Mambo ins Programm aufzunehmen, nur deswegen, also aus beruflichen Gründen, dienstlich sozusagen, sei sie im Kino gewesen. Und doch hat der Film auch ihr ein Gefühl eingepflanzt, mit dem sie aber im Gegensatz zu Bianca noch nicht so recht etwas anzufangen weiß.

«Öffnen. Schließen. Öffnen. Schließen.»

And I owe it all to you!

Ein metallisches Kreischen durchbricht Biancas Hüftschwung. Mitten in der schwierigen Drehung schiebt der Zug seinen langen Schatten über den Bahnsteig. Ida applaudiert kurz, dann werfen sie sich ihre Jägerrucksäcke über die Schultern und steigen in den Waggon.

«Du denkst, das merkt er nicht?»

«Ach was.»

Bianca lächelt unbekümmert. Sie hat ihrem Vater gesagt, dass sie zur Cousine fährt, und obwohl der Vorwand genauso fadenscheinig ist wie der, den Ida der Ohm aufgetischt hat, muss Bianca deutlich weniger besorgt sein, ertappt zu werden. Für sie ist es leicht, den Vater zu überzeugen. Sie hatte ihm lediglich Bier und Klaren hinstellen und bis zum dritten Gedeck warten müssen, dann konnte sie ihm unterschieben, dass das doch lange ausgemacht sei und ob er das denn nicht mehr wisse. Na klar wisse er das noch, hat der Vater erwidert. Klappt immer, sagt Bianca und lässt sich auf den Sitz fallen. Der Zug fährt an und rumpelt aus den Bergen hinaus Richtung Zwickauer Talaue, dorthin, wo man den Blick schon etwas schweifen lassen kann, ohne dass er an einem Berghang oder einer Halde abprallt oder vom dumpfen Grün der Wälder verschluckt wird.

Am Zwickauer Bahnhof sehen Ida und Bianca auf dem Nachbargleis bereits den orangefarbenen Zug stehen. Er sticht aus dem schmutzigen Grün der normalen Züge hervor und wird der Funktionäre wegen, die eine schnelle Verbindung nach Berlin zu schätzen wissen, auch Bonzenschleuder genannt. Sie steigen um und laufen auf der Suche nach Thomas an den Abteilen vorbei, in denen an diesem Sommerferientag statt der Bonzen vor allem alte Leute mit Thermoskanne, Eiern und Äpfeln sitzen.

Thomas springt auf, als er Bianca sieht. Er öffnet die Abteiltür und küsst sie, noch bevor sie das Abteil betreten kann. Binca lässt ihre Jeansjacke von der Schulter rutschen. Er fängt sie auf. Sie dreht sich zu Ida um und grinst. «*Now I've had the time of my life*», singt sie ihr flüsternd zu.

Obwohl Thomas drei Jahre älter ist, eine MZ ETZ 250 fährt und Facharbeiter für Bergbautechnologie lernt, benimmt er sich wie ein Siebtklässler. Am letzten Schultag vor den Sommerferien hat er mit seinem Motorrad und einer roten Rose in der Hand vor der Schule auf Bianca gewartet. Bianca hat ihn schon vom Klassenzimmer aus gesehen. Als es zur Pause klingelte und sie ihre Hefter und Bücher zusammengepackt hatten, schnappte sie sich Ida und zog sie durch den Seitenausgang der Schule nach draußen. Noch bevor Thomas Notiz von ihr nehmen konnte, versteckten sie sich hinter einem Gebüsch. Dort hockten sie und beobachteten Thomas durch die Zweige hindurch, wie er an sein Motorrad gelehnt dastand, eine Rose in der einen, den Helm in der anderen Hand, und die Mädchen beäugte, die aus der Schule kamen, und immer wieder auf die Uhr sah. «Ist der nicht süß», sagte Bianca, und Ida war ein bisschen neidisch, weil Bianca sich die Jungs aussuchen konnte wie den leckersten Drops aus dem Bonbonglas, während für sie, wenn überhaupt, nur die verschmähten übrig blieben. So wie Karsten. «Wenn er nur nicht so klammern würde», schob Bianca unvermittelt hinterher. Ida war sich nicht sicher, ob Bianca es so meinte oder ob sie sich ein Gefühl herbeiredete, das leichter zu ertragen war als die Verwirrung, die Ida an Bianca zu sehen glaubte. Noch bevor Ida eine Antwort fand, war Bianca dem süßen Thomas entgegengerannt, und Ida sah die Erleichterung in seinem Gesicht und Bianca, die tat, als hätte sie so gar nicht mit ihm gerechnet. Bianca nahm die Rose und schwang sich auf das Motorrad. Bevor sie davonfuhren, winkte sie Ida noch einmal zu.

Und genauso, wie Thomas damals am letzten Tag vor den Ferien vor der Schule gestanden hatte, hat er gerade Biancas Jacke aufgefangen.

«Du bist also Ida», sagt dieser Thomas, den Ida bis gerade eben nur durch das Gestrüpp des Schulgebüschs hindurch kannte.

«Sie ist die Beste», sagt Bianca, noch bevor Ida reagieren kann, und hakt sich bei ihr unter. «Die Einzige, die nicht alles nachmacht, was ich tue. Und weißt du, wer ihre Eltern sind? Jutta und Georg Kokosch», quiekt sie. «Die auf den Briefmarken.»

In Idas Ohren dröhnen die rhythmischen Schläge des Waggons an den Schienenstößen, und sie bemerkt die Verwunderung in Thomas' Blick. Ausgerechnet sie soll die Tochter von *der* Jutta Kokosch sein, das kann sie ja selbst nicht glauben.

Thomas lächelt, holt eine Thermoskanne aus seinem Rucksack, stellt drei Becher auf das Tischchen am Fenster und beginnt einzugießen. Duft von Kaffee und Alkohol mischt sich in die kühle und mit Sprelacartaromen getränkte Luft des Abteils.

«Willst du auch?», fragt er und hält Ida einen Becher Kaffee hin.

«Ist da Schnaps drin?», fragt sie.

«Goldkrone. Kaffee mit Schuss, fast wie in Frankreich», sagt Thomas und schaut sie auf eine Art an ... Jetzt, da ist sich Ida sicher, würde er Biancas Jacke nicht mehr auffangen.

«Apropos Französisch, Ida hat schon mal Petting gemacht», sagt Bianca in die Stille hinein.

Ida spürt, wie ihr Gesicht unter Thomas' Blick zu glühen beginnt. Bianca steht auf, verlässt das Abteil, zwinkert Ida zu, als sie die Abteiltür zuschiebt. Ida hört ihr Herz klopfen, sie sucht nach etwas, das sie sagen kann. Dabei hat sie gelogen, sie hat noch nie rumgemacht, das würde ihr, wie sie hier sitzt, mit der weißen Spitzenbluse, sowieso niemand glauben, was aber egal ist, denn auch ihre Unerfahrenheit hätte Bianca ausgeplaudert, und Ida hätte mit den gleichen heißen Wangen vor Thomas gesessen. Bianca hat ihr eine Falle gestellt, und sie ist hineingetappt. Ida drückt ihren Körper in das dunkelrote Kunstleder der Sitze. Unter Thomas' Blick wird ihr eng in dem Abteil, sie kann die Wärme seines Körpers an ihren Knien spüren. Ida pustet in den Kaffeebecher, der längst leer ist, und zählt die Schläge ihres Herzens. Als sie bei hundertdreiundachtzig angekommen ist, kehrt Bianca zurück. Sie hat ihren Pony nachtoupiert, trägt jetzt riesige Kreolen in den Ohren und schwarzen Lippenstift und riecht nach noch mehr Haarspray.

«Komm, gib noch ne Runde aus», raunt sie Thomas zu, setzt sich wieder, schlägt die Beine übereinander. «Und erzähl uns endlich, wo diese Party ist.»

Thomas gießt die Becher voll, holt ein zerknittertes Stück Packpapier aus der Hosentasche und beugt sich zu den Mädchen. Bianca hat sich wieder bei Ida eingehakt.

«Heute könnt ihr mal was Richtiges erleben.» Thomas faltet das Blatt auseinander, sieht immer wieder ganz konspirativ zur Abteiltür. Auf dem Packpapier ist ein Linoldruck abgebildet, rot, schwarz, die Silhouette eines Gitarristen mit Iro, das Datum: vierundzwanzigster August neunundachtzig, daneben Bandnamen: Schleimkeim, Feeling B, MWV aka Machwerkeverfasser, wie Thomas weiß.

«Glaubt nicht, dass das legal ist», raunt er.

Als der Schaffner die Abteiltür aufzieht, faltet Thomas den Zettel zusammen und steckt ihn in seine Hosentasche.

«Die Fahrkarten, bitte», sagt der uniformierte Mann mit rotfleckigem Gesicht.

Seine Mütze sitzt tief, die Schulterstücke hängen, die Hosenbeine stoßen auf den schweren Schuhen auf. Der Mann, der nun wortlos seine Zange zieht und die Fahrkarten knipst, die Ida, Thomas und Bianca ihm hinhalten, sieht aus wie ein alter Flusskrebs, dem das Außenskelett zu groß geworden ist. Biancas Fahrkarte ist die letzte. Der Flusskrebs schaut auf, stiert auf ihre schwarzen Lippen, nuschelt etwas in seinen faltigen Panzer hinein und gibt ihr die Fahrkarte zurück. Bianca schaut an sich herunter. Der Flusskrebs geht. Bianca sieht ihm nach. Ida wendet sich ab, lehnt den Kopf an die Fensterscheibe und lässt den Blick schweifen. Sie sitzt entgegen der Fahrtrichtung, hat das Gefühl, rückwärts durch die langatmige Landschaft zu fallen, die mit ihren Hainen, Wiesen, von Heugarben überrollten Stoppelfeldern an ihr vorbeizieht – Hejo, spann den Wagen an. Dann schiebt sich am Horizont eine Stadt in ihr Sichtfeld, Asphalt zerschneidet die berührte Natur, zurechtgestutzte Alleebäume, die aussehen wie auf einer Kinderzeichnung, weisen schnurgerade den Weg in ein Häusermeer, zu den Schornsteinen eines Kombinats. Ida lauscht dem gleichmäßigen Klopfen des Zuges, und ein Kaffeeschwindel mit Schuss breitet sich in ihrem Kopf aus und drückt ihr die Augen zu, und sie fällt in einen Schlaf, bis sie das Quietschen der Zugbremsen zurückholt.

«Los, Mädels, wir sind fast da», sagt Thomas.

Eine Stunde Busfahrt später stehen sie in der Brandenburger Pampa, wie Thomas sagt. Die Pampa ist ein lichter, sandiger Kiefernwald, durch den das Sonnenlicht fällt wie durch ein Sieb und der ein wenig nach dem Badezusatz riecht, den die Ohm im Keller hortet. Es knackt und zirpt, ein Specht ist zu hören, und hin und wieder dringt das Klirren übersteuerter Gitarrenverstärker zu ihnen. Die Kiefernnadeln und der Sand, der in Idas Sandalen reibt, erinnern sie an Feriën im Hotel Roter Oktober in Zinnowitz, als der Großvater noch lebte. Einmal, in den Sommerferien nach der ersten Klasse, hatte sie einen Preis bei einem Malwettbewerb gewonnen, weil sie die Wellen mit Gischt gemalt hatte und der Jury dieses Detail so gut gefiel.

Sie holen eine Gruppe Punks ein, die einen Bollerwagen mit Bierkisten über die alte Kopfsteinpflasterstraße ziehen, an deren Ende eine Lichtung zu sehen ist. Ida zupft an ihrer weißen Bluse mit der Plauener Spitzenstickerei, die in Tann noch zu ihren Lieblingsblusen gehörte, die ihr aber auf dem Weg hierher seltsam zu klein geworden ist, und sie fragt sich, wann das begonnen hat, dass sie sich schämt für etwas, das sie gerade noch gemocht hat, und die Dinge so viel mehr bedeuten als den Zweck, den sie erfüllen; die gefütterten Lederstiefel, die wärmen im Winter, die Gummijacke, die trocken hält bei Regen, die kurzen Hosen im Sommer und die weiße Bluse für den Ausflug, und wenn der Ausflug etwas Besonderes ist, ist auch etwas Besonderes an der Bluse, zum Beispiel Plauener Spitze. Und eigentlich findet sie, dass Gitarren und Schlagzeug nicht die schlechteste Mucke zu Plauener Spitze sind. Sie öffnet die unteren Knöpfe, verknotet die Bluse über der Taille, bauchfrei kommt sie sich ein bisschen verwegen vor. *You broke my heart, cause I couldn't dance.*

Das Erste, was Ida am Ende der Pflasterstraße von der Party sieht, ist ein Banner, das zwischen zwei Kiefern aufgespannt ist und aussieht wie der Flyer, den Thomas ihnen gezeigt hat. Unter dem Banner, auf einer aus Paletten zusammengezimmerten Bühne, spielt eine Band, Jungs mit freiem Oberkörper, Strom aus der Autobatterie. Davor springt eine Horde Punks gegen die Mucke an, Wildschweinpunks aus dem Thüringer Wald, wie Ida später erfährt.

«Ey, wieso bringst du Kinder mit?», ruft eine Punkerin mit geflochtenem rotem Iro, Leopardenhose und Jeansweste, die übervoll ist mit Plaketten. Thomas stottert irgendwas von der

Liebe, die irgendwo hinfällt, und legt seinen Arm um Biancas Schultern. Bianca knickt ein unter dem Gewicht von Thomas' Arm.

«Na jut», sagt die Punkerin und wendet sich Ida zu.

«Ick bin Jacke.»

«Ida», sagt Ida und starrt Jacke an, ihr rundes, freundliches Gesicht, und noch nie hat sie so moosgrüne Augen gesehen.

«Sag mal, Ida», flüstert Jacke ihr ins Ohr. «Wieso geht Thomas mit so ner Tussi, und wieso läuft die Tussi rum wie ein chinesischer Marienkäfer?»

Ida lacht.

«Komm, ich stell dich ein paar Leuten vor, oder willste bei den beiden den Anstandswauwau spielen?», sagt Jacke und nimmt sie, ohne eine Antwort abzuwarten, ins Schlepptau.

Sie laufen an der Bühne vorbei, durch Gruppen von Punks, Langhaarigen, Bluesern, Trampern, die Jacke Kunden nennt und die aussehen wie Idas Vater auf den alten Bildern im Fotoalbum. Neben der Bühne sitzt ein Typ mit NVA-Jacke im Sand und trinkt Bier. Ida sieht auf die Bierflaschen, Jeanswesten, Nieten, dreckstarrenden Jeans, Hirschbeutel und Zehen in Jesuslatschen, die aussehen wie die Zehen des Vaters.

«Das sind Pitti, Wampe, Ratte, Stöcki, Aule. Leute, das ist Ida, die Freundin von Thomas' neuer Tussi.»

Ratte, der einen Rock über einer engen Jeans trägt, der aussieht wie Idas Jugendweiherock, macht einen Knicks vor Ida und grinst, Aule prostet mit seinem Bier in ihre Richtung, die anderen reagieren nicht.

«Mach dir nichts draus, die sind immer etwas schüchtern, wenn sie ein Mädchen mit Spitzenbluse treffen», sagt Jacke, holt ein Bier aus dem Rucksack und hält es ihr hin.

Ida nimmt die Flasche. Sie hat noch nie Bier getrunken, nur

einen Sekt zur Jugendweihe, Eierlikörreste aus dem Schoko-
becher, wenn Ohm Geburtstag hat, und den Kaffee mit Goldkrone vorhin im Zug.

«Sag mal, ihr geht doch noch zur Schule?»

«In die Neunte, also bald in die Neunte.»

«Ach du …» Jacke nimmt ihr das Bier wieder ab und hält
ihr eine Zigarette hin.

«Rauchen darfste, aber trinken nich.»

«Danke. Und du?», fragt Ida, wendet sich Jacke zu und
sieht noch aus dem Augenwinkel, wie Aule wankend auf sie
zukommt.

«Eh, Ida, willste nen Spruch hören? Lieber schlau in die
Bluse schielen, als dumm aus der Wäsche gucken», lallt Aule
und kippt mit dem Kopf in Idas Ausschnitt.

Aule riecht nach Schweiß, Bier und ungelüfteter, feuchter
Ausbauwohnung.

«Eh, Aule, hau ab, dit is jetzt meene kleene Schwester, du
Perverser.»

Jacke schiebt Aule von Ida herunter. Aule trollt sich zurück
zu den anderen, die die Szene beobachtet haben und ihn grö-
lend empfangen.

«Wenn's nach meinen Eltern ginge, wär ich jetzt in der
Zwölften.»

«Echt?»

«Ja, immer nen Einserschnitt und der Vater n Bonze.»

«Ein Bonzenvater kommt hier wahrscheinlich nicht so
gut», sagt Ida und blickt sich um.

Jacke lacht auf. Sie rückt an Ida heran, legt einen Arm um
ihre Schultern, zieht an ihrer Zigarette, stößt eine nicht enden
wollende Rauchfahne aus und zeigt mit der Kippe auf Aule.

«Der Alte von Aule – der grad uff dir drufflag – is Kapitän
zur See bei der NVA. Der hat ihn ausm Haus geprügelt, als er

mit nem Iro nach Hause kam, und ihm ein Berlinverbot verschafft. Aule wohnt jetzt in Cottbus.»

Jacke zeigt nacheinander über die Iros der Clique, ihre Plaketten klappern an der Jeansweste.

«Wampes Alter ist Generaldirektor vom Petrolchemischen Kombinat, der wechselt die Straßenseite, wenn er seine Tochter sieht. Dafür schickt die Mutter heimlich Geld und Briefe, und siehst du den Typen mit dem schwarzen Stachelkopp, den Großen, Dünnen? Seine Alten wohnen hier gleich ums Eck: zehn Zimmer, Küche, Bad und Swimmingpool in Bonzenhausen.»

«Warum bist du runter von der Schule?», fragt Ida.

«Ick brauch keen Abi. Wenn hier alles den Bach runtergeht, hau ick ab und werd Rentierhirtin in der Tundra», antwortet sie.

Ida glaubt, ein Flackern in Jackes grünen Augen gesehen zu haben. Jacke wendet sich ab, sieht zu Wampe, die bei den anderen steht, lacht und wild gestikulierend etwas erzählt.

«Dass Wampe so lacht, als ob es die Geschichte, die ich dir gerade erzählt habe, nicht gäbe, verdankt sie Faustan und Blauem Würger», sagt sie, drückt ihre Kippe aus, nimmt einen Schluck Bier und gibt Ida Feuer, die ihre Zigarette noch immer unschlüssig in der Hand hält. Ida, die nicht nur noch nie Bier getrunken, sondern auch noch nie eine Zigarette geraucht hat, hält die Kippe an die Flamme und zieht, bis ein brennender Schmerz ihre Lunge durchfährt. Sie schließt die Augen und unterdrückt den Husten, der zuerst kommt, dann den Schwindel, dann die Übelkeit. Sie hat schon gehört, dass es ein paar Züge braucht, bevor man etwas am Rauchen finden kann. Das sei wie beim Kaffee und beim Alkohol und eigentlich bei fast allem, was Erwachsene so tun. Nach dem dritten Zug jedenfalls kann sie noch immer nichts daran finden. Ihr ist noch immer flau im Magen, aber der Husten und der Schwindel haben sich gelegt, und die Handbewegungen, die das Rauchen erfordern, dieses Hin- und Wegführen der Zigarette, das sich in so vielen Facetten variieren lässt, fühlen sich noch verwegener an als die hochgeknotete Bluse. Mit einer Zigarette zwischen den Fingern vergisst sie für einen Moment die vier Jahre, die sie von Jacke und den anderen trennen. Ida beschließt, vorerst Backe zu rauchen, und im Grunde ist es auch nicht schlimmer als die Thekenluft im Wilden Mann nach neun, wo Ida, wenn sie Gläser spült, in letzter Zeit immer öfter hört, dass alles den Bach, oder vielmehr die Aach, runtergehe. Meist ist es die Schlussformel einer Kaskade, die mit dem Eingeständnis einsetzt, dass das natürlich alles eine Sauerei sei, aber dass der Bergbau schon immer so war, da mache das Metall, wie sie das Uran meist nennen, keine Ausnahme. Ihr habt das Erz, und ihr baut es ab, habe damals der Russe gesagt, und wir bauen die Bombe daraus. Für den Frieden, und das habe ja auch geklappt und was denn hier wäre ohne das Erz, nichts, tot, die Region wäre tot, sagen die Kumpel dann und nicken sich zu. Nach dem dritten Bier ist man sich einig, dass es aber so nicht weitergehen könne und dass seit Gorbatschow und Tschornobyl mit den Russen sowieso kein Geschäft mehr zu machen sei, und am Boden des letzten Glases reift die Erkenntnis, dass es sich aber nicht lohnt, darüber unglücklich zu werden, die ein bis zwei Jahre kann man nun auch noch abwarten. Vielleicht sollte man beginnen, Fotos für die Nachwelt zu machen, bevor der letzte Hunt Erz aus dem Berg geschafft wird und alles die Aach runtergeht, denn so behält man wenigstens den Durchblick, und Leute mit Durchblick werden immer gebraucht, vor allem dann, wenn am Berg das große Aufräumen und Reinemachen beginnt. So ist ungefähr die Dramaturgie des politischen Gesprächs im Wilden Mann. Aber nicht einmal im Vollrausch, dann, wenn sie Ida alles, wirklich alles erzählen, hat je einer geflüstert: Ich hau ab. Denn auch darüber ist man sich mit Blick auf die, die jetzt rübermachen, einig: Im Westen ist auch nicht alles Gold, was glänzt, und wenn die hören, dass du Uran für die Russenbombe geschürft hast, dann ist aber Schluss mit lustig. Und bei den Russen? Die werfen ihren Schweinen das frische Brot in den Trog, weil es billiger ist als Schweinefutter. Schöner Kommunismus! Jenseits der Tanner Werkstore verliert man leicht den Durchblick, und ein Bergmann – Ich bin Bergmann, wer ist mehr? – will keinesfalls den Durchblick verlieren. Deshalb tauchen sie dorthin ab, wo sie sich auskennen, in ein viertausendzweihundert Kilometer langes und eintausendachthundert Meter tiefes Bergwerk, statt ihre Sehnsüchte in die Ferne zu richten.

Jemand wie Jacke aber ist aus einem anderen Holz geschnitzt. Sie würde gehen und in der Tundra ganz sicher den Durchblick verlieren. Aber ihr scheint das nichts auszumachen.

«Warum willst du in die Tundra und nicht in den Westen wie die andern?»

«Durchn Zaun? Wat jibt det denn da? Modern Talking, Jacobs Krönung und Helmut Kohl? Kiek mich doch mal an», sagt sie, und ihre Pupillen flackern.

Ida starrt auf die Plaketten und die Klokette, die sie um den Hals trägt.

«Den Rentieren is dat egal.»

Jacke hat ihren Blick gesehen.

«Kennst du dich denn mit Rentieren aus?», fragt Ida.

«Hab alles über sie gelesen. Außerdem war ich schon mal in der Tundra, am Jenissej, mit dem Fahrrad. Unerkannt durchs Freundesland, wenn du weeßt, wat ick meene.»

Ida weiß es nicht, aber es hört sich unerhört an, und sie bekommt eine Ahnung davon, dass es neben den Löchern im ungarischen Zaun und einer Karriere als Aushängeschild des Sozialismus andere Ausgänge aus der Konservendose DDR gibt, Wege, die sie, wer weiß, vielleicht noch brauchen würde.

«Hier war ooch mal ne Tundra», schiebt Jacke hinterher und klingt ein bisschen unsicher, als wolle sie Ida beweisen, wie durchdacht ihr Plan ist. «Nach der letzten Eiszeit gabs hier keene Bäume, nur kleene Sträucher, Flechten, Moose und Permafrostboden.»

Ida greift in den Sand, der in der Tiefe noch kühl ist, lässt ihn durch ihre Finger rieseln. Auf der Bühne fängt die nächste Band an.

Wir woll'n immer artig sein.

Die Wildschweinpunks grölen. *Denn nur so hat man uns gerne.* Und Jacke neben ihr aus vollem Hals: *Jeder lebt sein Leben ganz allein, und abends fall'n die Sterne.* Und Ida sieht, wie ihre Halsschlagader schwillt und das Blut darin unbändig schlägt, und Ida drückt lässig die Zigarette im Sand aus und denkt über die vier Jahre nach, die sie trennen, und dass Jacke, die Einserschülerin, vielleicht auch einmal Spitzenbluse getragen hat, wenn sie mit der Bonzenfamilie auf Ausflug war, und was augenscheinlich in vier Jahren alles passieren kann. Auch Ida hat einen Einserschnitt auf dem Zeugnis und Eltern, die zwar keine Bonzen sind, die aber von Bonzen verehrt werden, so wie Katarina Witt, die auch immer artig ist und neben der die Eltern hin und wieder stehen, wenn im Staatsrat irgendwelche Orden verteilt werden.

Ab der nächsten Woche wird sie jeden Morgen mit dem Schulbus nach Georgenthal fahren, in die Erweiterte Oberschule. Im Gegensatz zu Jacke hat sie nie abgewogen, was dafür oder dagegen spricht, dorthin zu gehen. In Idas Vorstellung werden solche Entscheidungen woanders gefällt, in einer Art Plankommission, die für ihr Leben das Abitur als die nächste Stufe bestimmt hat. Delegation nennt sich dieses Auf-die-Schiene-gesetzt-Werden, und die Schule, die dafür vor-gesehen ist, liegt im Nachbarort und heißt Juri Gagarin. Den hatte die Plankommission immerhin ins Weltall geschickt, auf ihrer Schiene geht es nach der EOS zur Ausbildung in den Tierpark Berlin, dann in die Dressurausbildung, danach folgt ein Engagement beim Staatszirkus, obwohl, was das angeht, ihr Gefühl gar nicht gut ist. Schließlich haben die Eltern, seitdem es eine Briefmarkenedition mit ihrem Konterfei gibt, schon alles erreicht. Da kommt sie im Leben nicht hin. Viel-leicht wird sie auf die Revuetreppe bei Dagmar Frederic ein-geladen, wenn raus ist, dass die Tochter von Georg und Jutta Kokosch ihre erste Elefantendressur im Staatszirkus zeigt. Je-denfalls, so überlegt Ida, sind die Möglichkeiten für eine jun-ge Frau mit Elefantenanschluss begrenzt, und um der Plan-kommission entgehen zu können, muss man einen eigenen Plan haben und schnell und fest entschlossen sein. Das wie-derum ist nicht ihre Stärke. Sie blickt zur Seite und sieht Jacke im Sand liegend ganz selbstversunken mit Wampe knutschen. Nach dem ersten Goldkronekaffee, der ersten Zigarette nun zum ersten Mal zwei knutschende Frauen. Sie tut, als wäre es für sie das Normalste der Welt, beugt sich über die beiden, fischt die Zigarettenpackung aus Jackes Tasche, nimmt sich eine und zündet sich die zweite Zigarette ihres Lebens an, während der NVA-Typ auf der Bühne ans Mikro tritt, seine Uniformjacke aufreißt, die nächste Band in die Instrumente greift und der Gitarrist – Ida erkennt den Stachelkopp aus Bonzenhausen – brachial seine Akkorde in die pogende Men-ge wirft. Jacke und Wampe springen auf, reißen Ida mit vor die Bühne und werfen sich in den Pulk. Der Sänger schleudert seine Uniformjacke in die Menge und brüllt: *Wir sind schuld. Ein Schrei, der gellt. Aber draußen liegt die Welt. Wir sind ganz alleine. Und hören nur dies eine.* «Kaserne! Kaserne! Sonne, Mond und Sterne! Achtung! Richtung! Vordermann! Du – bist – dran!» Die Punks kicken die Uniformjacke durch den Sand. Ida hüpft und schreit. An der Plauener Spitze klebt Schweiß und unter ihren Füßen eine NVA-Jacke.

Erst spät, als der Mond tief durch die Kiefernreihen scheint, ist Ida aufgefallen, dass sie Bianca seit ihrer Ankunft nicht mehr gesehen hat. Sie hat sie schlicht vergessen und wundert sich, wie leicht das ist. Normalerweise ist ihre Aufmerksamkeit, wenn sie mit Bianca unterwegs ist, sehr auf die Freundin gerichtet, auch weil sie noch immer nicht recht weiß, warum Bianca ausgerechnet sie, Ida, zu ihrer Freundin auserkoren hat. Ida läuft das Gelände ab, findet die beiden nicht. «Lass doch, die haben sich in die Büsche geschlagen, wenn du weißt, was ich meine», sagt Jacke. «Kannst bei uns schlafen.» Ida folgt den Mädchen zu ihrem Zelt, ein gelbes Fichtelbergzelt, wie auch der Vater eines hat, kriecht hinein, legt sich an den Rand. Jacke hat ihr ihre Kutte geborgt. Ida liegt eine Weile da und starrt ins Dunkel, bis das Flüstern von Jacke und Wampe, die noch draußen sitzen, und das besoffene Lachen derer, die kein Ende finden, sie in einen klebrigen Schlaf wiegen. Sie träumt von Bianca, die auf dem Tanner Bahnsteig mit Thomas Mambo tanzt. Thomas sieht aus wie Johnny Castle und trägt ein schwarzes Muskelshirt. Jacke haut mit einer Spitzhacke auf den Brandenburger Sand ein, der gefroren ist. Ihre Augen sind moosgrün, und der Boden taut, er rutscht, und Ida wendet sich um und sieht, wie sich ein Riss durch die Leninstraße zieht, durch das Haus der Ohm, den Garten, die Häuser der Nachbarn, die Schule, den von Pappeln gesäumten

Sportplatz, die Trauerweide auf dem Wieseneck vor Karstens Wohnblock, durch den Hollywood Hill und das Kulturhaus am Berghang, den Wilden Mann, den Tanner Bahnsteig, auf dem Bianca und Thomas noch immer Mambo tanzen, durch die alte Munitionsfabrik und das Denkmal für die toten Antifaschisten am Lämmchen, vor dem sie ein paar Wochen zuvor, an einem kalten Tag im Frühling, der Ida vorkommt wie aus einer anderen Zeit, zitternd ihr Jugendweihegelöbnis abgelegt hat. Alles zerreißt wie ein Stück Papier und fliegt auseinander und wird in einen gähnenden Abgrund geweht, der den Blick auf die Schächte freigibt, ein Berg wie ein Schweizer Käse, hört Ida den Großvater sagen.

Ida schreckt schweißüberströmt aus dem Schlaf hoch; sie kann sich kaum bewegen, dreht den Kopf. Wie Sardinen in der Büchse liegen sie zu dritt in dem kleinen Zelt, und draußen singt ein Star. Ida braucht einen Moment, um sich zu orientieren. Sie riecht das abgestandene Bier, kalte Zigaretten und die Hitze des Vortags, spürt die Wärme und den Schweiß der Körper, die neben ihr liegen.

Ida richtet sich auf.

Jackes Arm liegt auf Wampes Hüfte. Die beiden scheinen fest zu schlafen, sehen aus, als wären sie einfach auf ihre Matratzen gekippt und eingeschlafen, haben nicht einmal ihre Schuhe ausgezogen. Ida schiebt Jackes Kutte beiseite, sammelt ihre Sachen zusammen und kriecht, so leise es geht, aus dem Zelt. Neben dem Zelt lehnen zwei bepackte Rennräder an dem nackten Stamm einer Kiefer. Jacke und Wampe scheinen auf Reisen zu sein. Die Luft ist noch frisch und feucht und riecht bereits nach dem nahenden September. Vereinzelt liegen Leute unter Bäumen oder in Hängematten, die zwischen den Bäumen aufgespannt sind. Die letzte Band sitzt noch immer oder schon wieder auf der Bühne herum, der Gitarrist mit dem Stachelkopp packt Verstärker und Instrumente in einen Barkas.

Auf der Suche nach Bianca und Thomas kommt sie an den See, der ganz in der Nähe ist. Ida zieht ihre Hose und die Sandalen aus, geht mit gleichmäßigen Schritten und ohne zu zögern ins Wasser, das kühler ist, als sie es erwartet hat.

Ins kalte Wasser zu gehen, ohne sich anzustellen und herumzuquieken, wie es die anderen Mädchen tun, die meisten zumindest, ist eine von Idas Übungen im Fassadentraining. So wenig wie möglich von sich preiszugeben, hat sich bereits an unzähligen Tresenabenden im Wilden Mann bewährt, denn die Kumpel verloren bald die Lust daran, sie, die klee Kokosch, aufzuziehen. Ida schwimmt hinaus, hört das Plätschern des Wassers, sie legt sich auf den Rücken, breitet die Arme aus, lässt sich vom Wasser tragen, liegt regungslos wie auf einer überdimensionierten Matratze. Sie wartet, bis es still ist um sie herum. Dann formt sie mit ihren Lippen ein *Ja*, erst leise, dann lauter, was ihr schwerfällt. Die Zigaretten haben ein Kratzen im Hals hinterlassen.

«Ja.»

«Ja, das geloben wir.»

«Ja, das globen wir.»

«Globen wir.»

«Globen mor.»

Ida ruft die Formel in die Stille des Augusthimmels und versucht, das Vibrieren der Stimmbänder zurückzuholen, das sie gespürt haben muss, als sie das Gelöbnis gesprochen hat. Aber sie kann sich weder daran erinnern, was sie da gelobt hat, noch an ein Vibrieren, nur daran, dass sie mit den anderen (zehn Schüler in einer Reihe) vor dem Gedenkstein mit dem Sowjetstern gestanden hat, der Wind zu kalt für die dünne Strumpfhose war, an die Fahnen, an den Kranz, den sie niedergelegt haben, an die Urkunden und die Blumen der Pioniere mit den weißen Kniestrümpfen, weißen Hemden und blauen Halstüchern, an die verklemmte Stimme des Parteisekretärs, der ihnen nach seiner Ansprache (oder davor?) das Gelöbnis abgenommen hat, und an das Buch *Vom Sinn unseres Lebens*, das sie mit den Blumen geschenkt bekamen. Dieser Lebenssinn kam an jenem Nachmittag wie das Märchenstück daher, das sie in der vierten Klasse aufgeführt haben. Bianca hatte die Goldmarie gespielt, so schönes Haar, hatte die Lehrerin bei der Vergabe der Rollen gesagt. Ida war der Ofen, sie hatte hinter der Bühne gestanden und gegen das alte Bettlaken gesprochen, auf das die Lehrerin den Ofen gemalt hatte: *Zieh uns raus, zieh uns raus, sonst verbrennen wir.* Dieses Mal aber hatten alle denselben Text. *Ja, das geloben wir*, eine Formel, von der, als es so weit war, trotz der vielen Probedurchläufe in den Jugendstunden nicht mehr übrig geblieben war, als ein *Ja* mit einem breiigen *A*, das ihnen im Hals klebte, und *globen mor* statt *geloben wir*. Ein verstocktes Murmeln im Chor, Höhepunkt einer Bekenntnisliturgie, die die achtundzwanzig *jungen Freunde*, wie der Parteisekretär sagte und dabei seinen trüben Blick auf sie richtete, in das Kollektiv der Staatsbürger aufnahm. Kein inneres Vibrieren, kein Brennen für das revolutionäre Erbe, von dem immerzu die Rede gewesen war.

Den Rest des Tages hat Ida eher wie einen Geburtstag in Erinnerung, nur sehr viel größer, und in den Schulpausen nach der Jugendweihe überschlugen sich die, die jetzt mit Sie angesprochen wurden, mit Angebereien über die Alkoholmengen, die sie getrunken, und die Geldsummen, die sie bei der Verwandtschaft abgeräumt hatten. Tausend Mark waren die Schallgrenze für die treuen Söhne und Töchter des Arbeiter-und-Bauernstaates.

Wir haben euer Gelöbnis vernommen. Und die Plauener Spitze schwimmt auf der Brandenburger See.

«Ach was», sagt Jacke und hält Ida einen Kaffee hin, als sie wieder vor dem Zelt sitzt. «Thomas passt schon auf, ist n guter Kerl.»

Wie so vieles an diesem Wochenende nimmt sie auch den Kaffee, als ob es für sie selbstverständlich wäre, morgens erst einmal einen Kaffee zu trinken und den Zigarettengeschmack des vergangenen Abends wegzuspülen. Nach dem Kaffee bauen sie das Zelt ab, packen es zusammen und schnüren es auf Jackes Rennrad. Die Räder sind Marke Eigenbau, wie die beiden betonen, alles selbst geschraubt. Sie laufen mit den anderen zur Bushaltestelle, können den Busfahrer überreden, ihre Räder mitzunehmen, und fahren nach Berlin, um Ida zum Bahnhof zu bringen. Jacke steckt ihr zum Abschied eine ihrer vielen Plaketten an die Spitzenbluse, die älteste, die erste, wie sie sagt. Sie ist aus Suralin, schwarz mit rotem *A*. Wer mit Spitzenbluse zu einer Punkerparty kommt, ist schließlich echt anarcho, sagt sie, als sie die Sicherheitsnadel durch den Stoff schiebt, und Ratte knickst zum Abschied und lächelt so, dass Idas Wangen unwillkürlich zu brennen beginnen.

Ida steigt in den Zug. Mit der Bonzenschleuder zurück, nur einmal umsteigen bis Tann, und der Flusskrebs schiebt sich, ohne die Fahrkarten zu knipsen, an ihrem Abteil vorbei. Als Ida wieder in Tann ankommt, bringt sie Brandenburger Flugsand mit, der noch zwischen den Zehen knirscht, Jackes Plakette, die an der Plauener Spitze steckt, einen fahlen Tabak- und Kaffeegeschmack, der ihr im Mund klebt, und verfilzte Haare, die nach See riechen. Sie hat den Durchblick verloren, und auf der Bank an der Bahnstation sitzt Bianca.

«Wo warst du denn?»

Sie laufen an der Aach entlang. Der Asphalt flimmert noch in der Hitze, obwohl es schon Abend ist. Bianca rupft das hochgewachsene Gras, das am Straßenrand hinter den Leitplanken wächst. Ida hat versprochen, sie nach Hause zu bringen. Zum ersten Mal ist ein langes Schweigen zwischen ihnen.

«Ich hab geträumt, du hast auf dem Bahnsteig mit Thomas Mambo getanzt. Hast du ihm erzählt, dass wir vier Mal *Dirty Dancing* gesehen haben und *Time of my Life* mitsingen können?», fragt Ida in die Stille hinein.

Bianca lacht: «Nee, natürlich nicht. Und tanzen kann der auch nicht. Und du? Hast du es deinen neuen Freunden erzählt?»

«Nee, obwohl Jacke hätte das sicher lustig gefunden.»

«Hast schnell Anschluss gefunden, Ida.»

In Biancas Stimme liegt eine Melancholie, die Ida nicht gespielt vorkommt.

«Du bist eben Baby, die die Melone trägt, und ich Lisa», sagt Bianca und stößt sie in die Seite.

«Du kannst auf jeden Fall besser singen.»

Ida lacht.

Bianca schweigt die lange Leninstraße hinunter, sie schweigt, als sie an der großen Halde vorbeikommen, sie schweigt, als sie in die Siedlung einbiegen, sie schweigt, als sie im Zechenweg am Haus ihres Onkels ankommen.

«Du gehst nicht nach Hause?», fragt Ida.

«Ich wohne erst mal bei Onkel Hannes und Tante Rosi. Vati ist jetzt immer in Berlin in der Zentrale», sagt sie.

Ida starrt auf die bröckelige Fassade des Zweifamilienhauses. Im Erdgeschoss betreiben der Elektro-Schettler und seine Frau Rosi neben ihrem Geschäft eine SERO-Annahmestelle. In dem großen Schaufenster hängt neben einer Küchenmaschine KM8, einem Multiboy und ein paar Trockenhauben ein Schild: «Wir kaufen auf. Sofort und verstärkt.» Über dem Schild wohnen Hannes und Rosi hinter dicken Gardinen und kleinen Fenstern. Im Garten stapeln sich die SERO-Holzkisten mit Konservengläsern, Korn-, Weinbrand- und ein paar Wermutflaschen, die begehrt sind, weil sie eine Mark bringen, bündelweise Schulhefte und -bücher, alte Zeitungen, Magazine, Wellpappe auf Bollerwagen und alte Klamotten in Jutesäcken. Dazwischen sind Wäscheleinen gespannt, auf denen geblümte Bettwäsche und blaue Arbeitsschürzen hängen, drei Hühner laufen herum, und hinter der mächtigen Fichte am anderen Ende des Gartens kommt ein Schäferhund hervorgesprungen, stellt sich an den morschen Lattenzaun und bellt, und Ida weiß nicht, wie sie sich von Bianca verabschieden soll. Ab der kommenden Woche trennen sich ihre Wege, und wenn Bianca an der Bushaltestelle vorbei zur alten Schule läuft, wird Ida längst im Sechzehnerbus nach Georgenthal sitzen.

«Wir haben Schluss gemacht.»

«Was?», fragt Ida.

Der Hund steht auf den Hinterpfoten am Zaun und sieht Bianca verliebt an.

«Hey, Benny, alter Streuner.» Bianca krault dem Hund über den Zaun hinweg den Kopf.

«Hast du Schluss gemacht?», schiebt Ida nach.

«Eigentlich hat Thomas Schluss gemacht», sagt Bianca leise und sieht Ida an.

Ida kann nicht einordnen, ob Bianca niedergeschlagen ist, weil sie Thomas vermisst oder weil *er* sie sitzen gelassen hat, denn dass jemand sie, Bianca, nicht will, kommt in ihrem Universum nicht vor, da ist sich Ida sicher. Wenn einer bestimmt, wann eine Beziehung zu Ende ist, dann ist sie es.

«Mein Baby gehört zu mir», sagt Bianca, nun wieder unvermittelt fröhlich, kitzelt Ida, umarmt sie, streut ihr die gerupften

Gräser übers Haar, die sie die ganze Zeit in der Hand gehalten hat, und für einen Moment scheint sie wieder die Alte zu sein.

«Und jetzt wächst dir eine Blumenwiese auf dem Kopf.»

Ida schüttelt sich das Gras aus dem Haar. Im ersten Stock wackelt eine Gardine.

«Habt ihr rumgemacht?»

«Ich bin vierzehn!», empört sich Bianca. «Was denkt der sich?»

Sie öffnet die Tür zum Garten, der Hund springt schwanzwedelnd an ihr hoch. Sie streichelt seinen Kopf, winkt Ida noch einmal und folgt dem Hund ins Haus.

Eine Woche später sitzt Ida um zwanzig nach sieben im Bushaltestellenhäuschen an der Leninstraße. Neben ihr steht die brave Otti in FDJ-Hemd, die wie sie auf die EOS delegiert wurde. An der Laterne hängt noch das Zirkusplakat der Sommertour, das die Mutter am Trapez und Hollerbusch mit Kopfschmuck zeigt. Ida sieht einer Spinne dabei zu, wie sie mit einer eingesponnenen Fliege im Schlepptau ihr Netz erklimmt. Otti sieht Ida zu, wie sie die Spinne anstarrt. Sie wissen nicht, was sie sagen sollen. Das Licht der Morgensonne tropft über die Wiesen, Bäume, Halden wie Honig aus einer Wabe.

Ida trägt jetzt die Blueserkutte und den alten Hirschbeutel ihres Vaters, darin neue Schulbücher, die noch nicht aufgeblättert, und Hefter, die noch nicht beschrieben sind. Sie hat beschlossen, vorerst Kunde zu werden, äußerlich zumindest, und innerlich ein Punker wie Jacke einer ist. Die Ohm hat die Augen verdreht, als sie gesehen hat, wie Ida die Kutte und den alten zusammengenähten Wandbehang hinter den eingemotteten Wintersachen hervorgezogen hat. Sie hat sie nie weggeworfen, obwohl sie die Blueserphase ihres Sohnes scheußlich fand. Eine Schande, fast so groß wie das Aarzgebirsch des Vaters, das er sich in Berlin abgewöhnt hat, weil er, als er sich zum ersten Mal im Fernsehen gehört hatte, fand, dass er wie Ulbricht klang. Mittlerweile kann der Vater das Tanner Aarzgebirsch nicht einmal mehr anständig imitieren, wenn er im Wilden Mann auf ein Bier mit am Stammtisch sitzt. Das hat die Ohm, die den Leuten anhören kann, aus welchem Tal sie kommen, sehr verletzt. Schließlich hat Ulbrichts Dialekt mit dem Aarzgebirgsch – egal aus welchem Tal – so wenig zu tun wie die Kutte des Sohns mit einer ordentlichen Jacke. Penibel achtet die Ohm darauf, dass Ida nicht nur Hochdeutsch, sondern auch Tanner Dialekt spricht, schließlich sei sie keine Uhiessche und immer dann, wenn sie es einigermaßen draufhat, kommen die Ferien, und der Vater treibt es ihr auf den langen Sommertourneen wieder aus. Eine Schande. In Idas Gedanken mischt sich das Knattern des Busses, der die Haltestelle anfährt. Der Bus ist pünktlich und bringt Ida und Otti über den Berg in den Nachbarort. In eine andere Welt gewissermaßen. «Jetzt müsst fei aussteigen», sagt der Busfahrer zu Ida und Otti im besten Georgenthaler Aarzgebirsch, dass sich an den in die Sätze gestreuten *fei* ganz gut erkennen lässt.

Von der Bushaltestelle in Georgenthal bis zum Schulgebäude sind es nur ein paar Meter die Straße hoch. Um das Gebäude – einen dreigeschossigen Altbau in neugotischem Stil – betreten zu können, müssen Ida und Otti mit ihrem ganzen Gewicht an der Klinke der hohen, zweiflügligen Kassettentür ziehen, eine Tür, die im Gegensatz zur Eingangstür der Tanner Plattenbauschule nicht offen steht. Der erste Weg führt Ida auf das Schulklo, wo sie ihr Nicki aus- und das FDJ-Hemd anzieht. Auch in den Bildungsgemäuern aus der Kaiserzeit beginnt der erste September mit einem sozialistischen Fahnenappell.

Otti wartet vor der Tür. «Ist alles ganz schön groß hier», sagt sie.

Ida hat Bianca nur noch einmal wiedergesehen, da ist sie in der gepunkteten, roten Karottenjeans über die Palmengartenpromenade am Haus Edith vorbeigegangen. Ida hatte schon die Hand am Fenstergriff, zögerte aber so lange, das Fenster zu öffnen, bis Bianca aus ihrem Blickfeld verschwunden war.

Etwas hatte sich seit ihrem Ausflug verändert, und es hatte nicht allein damit zu tun, dass Thomas sie sitzen gelassen hatte. Ein Jahr später zog Bianca mit ihrem Vater weg. In eine Stadt. Karsten hat Ida erzählt, dass Bianca in der Klasse gespitzelt und Berichte geschrieben haben soll, darüber, was in den Pausen so erzählt wurde, und einmal in der Woche habe sie bei der Staatbürgerkundelehrerin zum Rapport gesessen. Stell dir vor, die eingebildete Bianca. Deswegen, da war sich Karsten sicher, seien sie weggezogen. Der Vater war ja Tschekist.

«Tschekist?», fragte Ida.

«Na, der war Stasioffizier, und deswegen» – Karsten hielt Ida am Arm fest und sah sie an – habe er bei der Roth immer nur Vieren bekommen, obwohl er den ganzen Scheiß aus dem Stabü-Buch auswendig gelernt hatte wie ein Gedicht und es genau so, wie es in diesem Buch stand, in den Klassenarbeiten aufgeschrieben hatte. Wort für Wort. *Im Kapitalismus stehen sich die Bourgeoisie und das Proletariat als antagonistische Hauptklassen gegenüber. Punkt.* Er könne das noch immer im Schlaf herbeten. Nur weil er Jeans aus dem Westen trug und sich in den Pausen über Konsumniethosen lustig gemacht und Honeckerwitze erzählt habe, habe er eine Vier bekommen und sei nicht zur EOS delegiert worden. Und wer trage die Schuld daran: Bianca, die verwöhnte Ziege. Du spinnst, hatte Ida halbherzig gesagt, vorstellen konnte sie sich das schon, aber das blanke Entsetzen in Karstens Gesicht hielt sie doch eher für gespielt. Zu viel Genugtuung lag darin, ausgerechnet Bianca fallen zu sehen, die ihn verschmäht hatte. Die Firma, so nennt man die Stasi übrigens, sagte Karsten noch, als er ihren Arm wieder losließ. Er gilt jetzt als das erste Opfer des SED-Regimes in der Schülerschaft. Ida spürt eine gewisse Erleichterung, diesem Thema mit dem Wechsel auf die Erweiterte Oberschule aus dem Weg gegangen zu sein. Sie ahnt, dass *Bonzen in die Produktion* auch diejenigen treffen könnte, die neben den Bonzen gestanden hatten wie ihre Eltern, und damit sie. Unter den hohen Fenstern der neuen Schule sitzend, in der es bereits Ende September empfindlich kalt wird, hat sie gehofft, wenigstens eine zu treffen, die ein bisschen so wäre wie Jacke. Die anderen aber sind eher wie Otti und wie sie selbst, zumindest noch vor dem Sommer. Brav, mit Spitzenbluse oder vielmehr mit FDJ-Hemd, das niemand von ihnen nach dem Fahnenappell wieder ausgezogen hat. Interessanter ist da schon ein Blick in die elfte Klasse. Dort sitzt Kai – schlank, hochgewachsen mit schwarzen Haaren (ungekämmt) –, der Ida an Ratte erinnert und der im Dezember bei einer der Demonstrationen im Nachbarort, für die sich Helmut Kohl angekündigt hat, mit einem Kohlkopf unter dem Arm und einem Schild in der Hand, auf dem steht *Auch nach Honecker und Krenz. Niemals Daimler-Benz* durch die Demo laufen wird, in einer Zeit, als die Rufe der Demonstranten deutscher werden und aus *Wir sind das Volk* längst *Wir sind ein Volk*, aus *Gorbi hilf* längst *Helmut hilf*, aus *Visafrei bis Shanghai* längst *Kommt die D-Mark, bleiben wir, kommt sie nicht, geh'n wir zu ihr* geworden ist und auf den Transparenten ein paarmal zu oft irgendetwas mit Deutschland in Frakturschrift steht. Am nächsten Tag wird Kai mit einem blauen Auge und geschwollener Nase in die Schule kommen und Gesprächsthema Nummer eins sein in den zugigen Gängen des *altehrwürdigen Schulhauses*, wie Ohm betont, die stolz zu sein scheint, dass das Kind endlich auf eine gute Schule geht.

Vielleicht, hofft Ida, gibt es auf der Erweiterten Oberschule ja eine Art Umwertung aller Werte, die aus den langweiligen Strebern lässige Leute macht, und sie muss nur ein oder zwei Jahre warten. Die Lehrer sind allerdings nicht unbedingt lässiger als die an der Tanner Polytechnischen Oberschule. Sie kleiden sich aber entweder sehr viel eleganter (Deutsch, Musik, Kunst, Biologie) oder sehr viel gleichgültiger (Physik, Chemie, Mathe). Der Klassenlehrer, Herr Karst (Deutsch, Geschichte und Schillerexperte), ein hochgewachsener älterer Mann mit hoher Stirn, der mit Vorliebe Fliege und Einstecktuch trägt, hält an diesem ersten Schultag eine Ansprache, verkündet, dass er nur noch in den kommenden zwei Jahren, die ja noch nicht zur Abiturstufe gehörten, Deutsch *unterrichte*. Ab der elften Klasse aber *lehre* er, und zwar deutsche Sprache und Literatur, nicht Deutsch, das sei ein großer Unterschied, aber schließlich wollten sie an die Hochschulen und Universitäten, da könne man schon jetzt etwas mehr voraussetzen. Es ist eine Rede, wie sie in ihrer routinierten Appellhaftigkeit auch die Blinowa hätte halten können, eine Rede, in der nichts von dem vorkommt, was vor der schweren Kassettentür der Schule los ist, wo die Dreizehn- bis Sechzehnjährigen Mambo in den staubigen Gassen tanzen und die ab sechzehn nur noch darüber sprechen, wer schon *rübergemacht* ist. Eine Rede, die das Knistern ignoriert, das selbst diejenigen erfasst, die schon lange kein Knistern mehr gespürt haben, weil zwei Wochen FFK-Strand an der Ostsee im Juli oder im August der Höhepunkt des Jahres sind. Eine bleierne Müdigkeit legt sich auf Idas Lider, und Ida hat Mühe, den Kopf aufrecht zu halten, als etwas geschieht, was sie zum ersten Mal erlebt, seitdem sie die Schule kennt. Ohne erkennbaren Grund bricht Herr Karst seinen Vortrag ab, schaut aus dem Fenster, schweigt, seine Hände ruhen auf seiner kleinen braunen Ledertasche, die auf dem Lehrertisch steht, und nach einer gefühlten Ewigkeit, als die Klasse unruhig zu werden beginnt, sagt er, noch immer aus dem Fenster blickend: «Lebe mit deinem Jahrhundert, aber sei nicht sein Geschöpf.» Dann blickt er in die Klasse: «Friedrich Schiller. *Über die ästhetische Erziehung des Menschen. Neunter Brief.*»

Er sagt es, als habe er eine Bibelstelle zitiert. Ida schaut Otti an, die in sich hineinkichert. Dann wendet sich Herr Karst um und schreibt die Überschrift der ersten Stunde an die Tafel. Noch nie hat Ida gesehen, dass ein Lehrer aus der Rolle fällt, wenn auch nur kurz, noch nicht einmal auf Klassenfahrten. Was er mit dem Zitat meint, hat sie nicht verstanden, aber es liegt etwas Subversives darin, so wie in Jackes Unerkannt-durchs-Freundesland-Reisen, und Ida begreift, dass das, worauf es dem hageren Herrn Karst mit Fliege und Einstecktuch ankommt, in den Schillerzitaten steckt, mit denen er nahezu jede Stunde eröffnet.

Auch der einbeinige Marenke ist *rübergemacht*. Marenke, der immer von der polnischen Ostsee geschwärmt hat, ist also doch lieber in den Westen gegangen, und weil die Ohm nun allein in der Küche vom Wilden Mann steht, hilft Ida fast jeden Abend aus. Die Regeln kennt sie schon, eigentlich gibt es auch nur zwei: Ein Schnaps ist automatisch ein Doppelter, und wer sich einpisst, weil er voll ist *wie e russsches U-Boot* und die Hose nicht mehr aufkriegt, fliegt raus und hat Kneipenverbot für vier Wochen. Diese Aufgabe hat, seitdem Marenke weg ist, der Stammtisch übernommen. Ida wundert sich, dass Marenkes Weggang die Ohm so überrascht hat. Schon seit Wochen ist Haus Edith Umschlagplatz für die, die rübermachen. Immer wieder klingeln Bekannte oder weniger Bekannte und schleppen ihren Kram an – Fotoalben, Porzellan, einmal einen Schrank, einmal ein Klavier –, bevor sie tun, was sie nicht wagen auszusprechen. Sie ersetzen das Wort *rübermachen* durch einen bestimmten Blick. Wenn Ida die Ohm fragt, was da los sei, bekommt sie immer die gleiche Antwort: *Red nicht, frag nicht. Hast du deine Hausaufgaben schon gemacht? Red nicht, frag nicht* hatte *Das kommt von der Gefangenschaft* ersetzt. Ida hat als Antwort Jackes Anarchoplakette an die Blueserkutte des Vaters geheftet und für den Fall, dass die Botschaft noch nicht verstanden wird, sich das rote A auf schwarzem Grund groß mit Filzstift auf den Rücken gemalt. Wenn es klingelt, verbarrikadiert sie sich in ihrem Zimmer und dreht L'Attentat laut, eine Leipziger Punkband, von der ihr Jacke eine Kassette geschickt hat. Zu Idas großer Verwunderung lässt die Ohm sie gewähren, die sonst schnell dabei ist, ihr an die Tür hämmernd mitzuteilen, dass sie zu laut ist. Marenke hat im Gegensatz zu den anderen nicht geklingelt. Am ersten Samstag im Oktober, noch dazu vierzigster Republikgeburtstag, sitzt die Ohm allein mit einer großen Kanne Kaffee im Wilden Mann, wartet auf Marenke, will das Tagesmenü mit ihm besprechen. Vier Tage nachdem die Partei die einzige offene Grenze des Landes, die zur Tschechoslowakei, dichtgemacht hat, findet sie es angemessen, das Senffleisch statt mit Kartoffelkroketten mit böhmischen Knödeln zu servieren. Sie zündet sich eine Zigarette an, bläst den Rauch gegen den Wimpel mit dem DDR-40-Emblem und klopft die Asche ihrer Zigarette in den Kristallaschenbecher, den sie im vergangenen Jahr für die große Tafel mit der Wismutleitung, hohen SED-Tieren und der sowjetischen Delegation gekauft hatte.

Die kommen aus Moskau, hat die Ohm Ida ins Ohr geraunt. Den ganzen Tag war sie zwischen Küche und Gastraum hin- und hergerannt und hatte Ida im Schnelldurchlauf die Gedeckregeln erklärt: normale Gabeln links, Zinken aber nach unten, wir machen das à la mode française, darauf hat sie bestanden, auch wenn sie wusste, dass niemand ihre Anspielung an das weggebaggerte vornehme Kurhotel verstehen würde. Schnecken- und Hummerzange ebenso links, Schnecken-, Hummer- Austern-, Fonduegabeln aber rechts. Rechts höchstens vier Bestecke, links höchstens drei, das Richtglas steht einen Zentimeter über der Spitze des Messers für den Hauptgang, das Essen beginnt, wenn der Gastgeber nach der Serviette greift, und egal, was kommt – die Ohm hatte, einen Kaviarlöffel aus Perlmutt in der Hand, eine Pause gelassen und Ida angesehen –, immer die Contenance bewahren. Wie die Professorenfrau von Sack, bei der die Ohm neunzehnhundertneununddreißig das Haushaltsjahr absolvierte und die nie schöner ausgesehen hatte als auf der Trauerfeier ihres Ältesten. «So voller Würde», flüstert die Ohm, drückt die Zigarette auf dem Kristallglasboden aus. Die Uhr zeigt sieben Minuten nach neun, und mit jedem Ticken des Sekundenzeigers wird sie unruhiger. Sie kann sich nicht daran erinnern, das Marenke in den vergangenen achtundzwanzig Jahren einmal zu spät gekommen wäre, im Gegenteil, er ist immer eine halbe Stunde früher da. Die Ohm nimmt ein Stück Kreide und schreibt das Tagesgericht auf die Tafel, während in der Hauptstadt mit der Nationalen Volksarmee die letzten preußischen Regimenter ihre Stiefel für das große Defilee auf der Karl-Marx-Allee wichsen und die Kellnerinnen im Haus des Volkes die Sektgläser polieren. *Senffleisch mit böhmischen Knödeln.* Noch immer denkt sie nicht daran, dass Marenke abgehauen sein könnte, denn auch wenn man es ihm nicht gleich ansieht, er ist alt. In ein paar Jahren darf er sowieso reisen.

«Ein Schlaganfall vielleicht. Er raucht ja schon viel», sagt sie am Telefon zu Ida.

Sie fahren mit dem Schwarztaxi, einem kugelrunden, alten dreielfer Wartburg, zu Marenkes Wohnung. Das Autoradio spielt ein Requiem. Ohm sitzt neben dem Fahrer und schweigt. In der Henneckesiedlung angekommen, drückt sie ihm einen Schein in die Hand und bittet ihn, sie in zwanzig Minuten wieder abzuholen.

Marenke wohnt in einem der Altneubauten, wie die Häuser aus den Fünfzigern heißen. Die Ohm drückt auf die Klingel. Es bleibt still. Sie warten. Erst als Ida mit dem Fuß den Abtreter beiseiteschiebt und den Wohnungsschlüssel darunter findet, ahnt die Ohm, dass es doch wahr sein könnte. Sie öffnen die Tür. Die Wohnung riecht nach Bohnerwachs. Die Dinge in der Wohnung sind so penibel an ihren Platz geräumt, dass selbst das gespülte Geschirr vom letzten Abendessen, das noch im Spülbecken liegt, wie arrangiert wirkt. Eine Pfanne, ein Teller, ein Glas, etwas Besteck, und das Küchenlinoleum glänzt.

Ida kennt Marenke von klein auf. Er war zu Gast an Geburtstagen, zum Weihnachtsessen und zur Apfelernte. Nach dem Tod des Großvaters kam er häufiger als zuvor. Marjellchen hat er sie genannt, und einmal saß sie unter der Kaffeetafel im Wohnzimmer und strich den Erwachsenen mit einer Schwanenfeder, die sie auf dem Schreibtisch des Großvaters gefunden hatte, über die Schienbeine. Marenkes Holzbein reagierte nicht. Hunderte Male hat sie Marenke gefragt, wo das Bein sei. Hunderte Male hatte Marenke geantwortet, «fort». *Fort* setzte sich in Idas Kopf fest und nährte die Angst, dass auch an ihr eines Tages irgendetwas fort sein könnte. Für

Ida blieb Marenke unvollständig; seine Antwort auf ihre Frage ebenso wie sein linkes Bein, das ab dem Knie fehlte. Die Ohm hatte Ida irgendwann erzählt, wie er sein Bein verloren hat, oder vielmehr hatte sie beiläufig die Worte *Unfall* und *Berg* erwähnt, den Rest musste sich Ida zusammenreimen, wie meist, wenn es um etwas ging, das wichtig war.

Zu Idas unvollständiger Vorstellung von Marenke gehörte auch, dass sie nie gesehen hat, wie er lebt, welche Wohnung ihn empfängt, wenn er nach der späten Schicht im Wilden Mann nach Hause kommt, das da ein dunkles Holzkreuz ist, dort, wo bei anderen der Fernseher steht. Marenke hat nie von Gott geredet. Sie betrachtet die Bilder im Wohnzimmer; eine Landschaftsaufnahme von der Kurischen Nehrung (*Ostpreußische Sahara* hat Marenke druntergeschrieben). Daneben hängt ein Brigadebild aus den Fünfzigern, *Mettenschicht im Stalinschacht* untertitelt. Fünf Bergleute sind darauf zu sehen, sitzend, hockend, rauchend, mit Wattejacke, Gummihose, Helm und Grubenlampe auf der Stirn, schräg hinter ihnen steht ein Weihnachtsbaum mit Lichtern und Lametta, der es aber nicht schafft, die Atmosphäre in dem dunklen Schacht aufzuwärmen. Marenke sitzt vor den anderen mit Zigarette im Mund, die Beine sind noch unversehrt, und schaut mit ernstem Blick an der Kamera vorbei, so, als ob hinter dem Fotografen etwas ist, von dem er den Blick nicht abwenden kann. Neben dem Brigadebild hängt ein nachkoloriertes Hochzeitsfoto, auf dem Marenke im Anzug zu sehen ist, sein dichtes, gewelltes schwarzes Haar hat er mit Pomade nach hinten geklebt, und er lächelt verlegen. Die Frau an seiner Seite ist groß, dünn, hohlwangig, hat halblanges Haar, trägt ein langes, schmal geschnittenes weißes Kleid mit einer Schleppe, die um ihre Füße gelegt ist. Ida wusste nicht, dass Marenke verheiratet war oder ist. Sie spürt den ernsten Blick der Frau. Daneben fehlt ein Bild, es sind noch die Umrisse an der Wand zu sehen. Ohm sucht noch immer in den Schubladen nach einer Nachricht. «Komm», sagt sie nach einer Weile und trägt eine Palme, die einzige Pflanze in Marenkes Wohnung, nach draußen. Bevor sie die Tür zuziehen, blickt Ida noch einmal zurück. Marenke besitzt das, was er braucht, denkt sie, keinen Gegenstand mehr. Die Ausnahme ist die Palme, die die Ohm mithilfe des Schwarztaxifahrers auf den Rücksitz des Wartburgs wuchtet. Sie fahren zurück zum Wilden Mann, hängen ein Schild an die Tür. *Geschlossen wegen Personalmangel: Keine Leute, kein Senffleisch zum Republikgeburtstag.* Und Ida knetet den Knödelteig, die Ohm schneidet Zwiebeln, entzündet den Gasherd, gießt Öl in den Bräter. Ida weiß, dass die Tränen der Ohm nicht von den Zwiebeln kommen.

Und als später am Abend in der Hauptstadt die längst ergrauten, funktionärgewordenen Revolutionäre an der gläsernen Blume im Haus des Volkes noch einmal die alten Lieder singen, faltet Ida die Stoffservietten, und Ohm stellt das Senffleisch mit Böhmischen Knödeln auf den Tisch. Zwischen ihren Tellern steht der Wimpel zum Republikgeburtstag, auf dem Tresen neben den Zapfhähnen Marenkes Palme, und während sie essen, spürt Ida noch immer den strengen Blick von Marenkes Frau im Nacken.

«Warum hat Marenke eine Palme? Die passt doch gar nicht in die Wohnung», fragt Ida.

Die Ohm sieht sie an.

«Die ist noch aus dem Palmengarten. Er hat sie gegossen, weil sie mir etwas bedeutet.»

Plötzlich schiebt die Ohm ihren Teller von sich weg, steht auf, geht zur Jukebox auf der anderen Seite des Raumes, wirft zwanzig Pfennig ein und dreht die Lautstärke hoch, bis die

Klänge eines Kontrabasses den kahlen Raum füllen. Hüpfend kommt sie auf Ida zu, zieht sie von ihrem Platz hoch, und sie tanzen Rock 'n' Roll, bis ihnen die Puste ausgeht. Ida wusste gar nicht, dass sie das kann.

«Getanzt habe ich immer nur mit Marenke, und das bekam er auch ohne das Bein noch besser hin als jeder andere, besser als Opa. Mit Platzwechseln, Sprüngen, Durch-die-Beine-Ziehen. Wir haben sogar mal nen Wettbewerb gewonnen», keucht die Ohm, geht hinter die Theke, holt eine Flasche Fusel und nimmt eine Urkunde von der Wand.

Ida starrt auf das gerahmte Papier. Sie kennt die Urkunde, hat sie aber nie beachtet, weil sie angenommen hat, es sei eine von Großvaters vielen Kegelurkunden. *Edith Kokosch und Jonis Marenke, erster Platz beim Lipsi-Wettbewerb 1960* steht darauf.

«Lipsi?»

«Sozialistischer Rock 'n' Roll», sagt die Ohm und gießt zwei Gläser voll. Doppelte, wie es sich gehört. «Hat sich irgendwie nicht durchgesetzt.»

Mit dem Stress im Wilden Mann, wo Ida jetzt jeden zweiten Abend am Ausschank steht, wächst ihr Ärger über die, die ihre Wohnungsschlüssel unter Abtretern oder in Vogelhäuschen deponieren, bei der Ohm klingeln und den Kartoffelkeller von Haus Edith mit Dingen vollstellen, die ihnen angeblich etwas wert sind. In den Schulstunden stützt sie den Kopf auf, und das Quietschen der Sandalen des Mathelehrers schleicht sich in ihre luziden Träume. Habseligkeiten, nichts als Habseligkeiten, sagt die Ohm immer, wenn sie mit einem Glas Eingewecktes aus dem Keller zurückkommt.

Die Letzten stehen Ende Oktober vor der Tür, als Ida mit einer Kohlengabel und Blecheimern in der Hand aus dem

Schuppen kommt, um die angelieferten Briketts in den Keller zu tragen. Sie registriert einen weißen Trabant mit offener Beifahrertür und ein Paar Anfang dreißig; eine Frau mit dauergewelltem Haar, das sie zu einem stummeligen Pferdeschwanz zusammengebunden hat, und einen Mann mit Vokuhila, Schnauzbart und weißen Turnschuhen. Ida hat die beiden noch nie im Leben gesehen.

«Du bist doch die klee Kokosch.»

Die klee Kokosch hallt es in Idas Kopf nach. Eine außergewöhnlich warme Sonne scheint auf den Kohlenhaufen. Sie stellt die Eimer ab, schaufelt Briketts, und in das Kratzen der Kohlengabel hinein fragt die Frau nach der Ohm.

«Im Wilden Mann», antwortet Ida knapp.

Ida schnappt sich die Kohleneimer und will sie ins Haus tragen. Auf der Kiste, die die Frau in den Händen hält, steht mit Filzstift geschrieben *Vorsicht zerbrechlich*.

«Wir möchten was abgeben», ruft die Frau ihr zu, bevor sie im Haus verschwinden kann.

Ida sieht sie an. «Danke, aber Geschirr haben wir», sagt sie knapp.

Als sie mit den leeren Eimern zurückkommt, stehen die beiden noch immer vor dem Haus. Die Frau scheint sich nicht bewegt zu haben, der Mann hat sich abgewandt, stützt den Arm auf die Beifahrertür und starrt in den Berg hinein, als gäbe es dort etwas Wichtiges zu beobachten.

«Ich bin Marianne, und das ist mein Mann, Stefan», sagt die Frau. «Es war abgemacht, bitte, können wir das Porzellan für eine Weile unterstellen. Wir ziehen um und holen es später wieder ab.»

«Wohin soll es denn gehen?», fragt Ida und zeigt auf die überdachten drei Stufen, die zur Haustür führen. «Dann stellen Sie es eben dorthin.»

Von Neuem beginnt sie, Kohlen in die Eimer zu schippen. Die Frau stellt die Vorsicht-zerbrechlich-Kiste auf der oberen Stufe ab.

«Meißner», sagt sie, «von Oma, die ist doch eben erst gestorben, ein Erbstück. Das ist doch wichtig, so was.»

Ida wendet sich um, stützt sich auf die Kohlengabel und sieht, wie Marianne die Tränen in die Augen steigen.

«Lass gut sein», murmelt der Mann in seinen Schnauzer. «Los, wir gehen!»

Wie Kinder, denkt Ida, wie Kinder stehen sie da. Marianne und Stefan. Marianne schaut auf die Kiste mit dem Kaffeeservice, die nun auf der Treppe vor der fremden Haustür steht. Ida wendet sich wieder ihrem Kohlenhaufen zu und schippt, bis das Kratzen der Zinken auf dem Pflaster lauter ist als Mariannes Schluchzen.

«Lass gut sein», sagt Stefan noch einmal zu seiner Frau und beginnt, etwas daherzustammeln, und die Briketts poltern in die Blecheimer. Ida versteht nur Bruchstücke. *Dass die den Hals nicht vollkriegen und keiner was sagen darf.*

«Das geht doch so nicht weiter», brüllt Stefan über Idas Lärm hinweg.

Sie wendet sich um. Stefan steht da mit rotem Kopf, hält noch immer die Beifahrertür in der Hand. Was für ein Scheiß, denkt sie, der gleiche Scheiß, den sie der Ohm erzählt hat, um mit Bianca zum Punkfestival fahren zu dürfen. Sie hat eine hehre Absicht herbeifantasiert, nämlich, dass Hollerbusch krank sei und sie deswegen nach Berlin fahren wolle, ja fahren müsse. Sie tat es, weil ihr das, was sie eigentlich begehrte, zu banal vorkam, und vermutlich hatte sie dabei ausgesehen wie Marianne und Stefan, die ihr Rübermachen zu einem Akt des Widerstands stilisieren und sich vom strengen Blick einer Halbwüchsigen mit Kohlengabel ertappt fühlen, weil das, was sie wirklich antreibt, nicht Widerstand ist, sondern Lust, die banale Lust, einmal etwas Verwegenes zu tun, etwas, das die Plankommission nicht vorgesehen hat, und wie Ida haben sie nicht verstanden, dass auch Banales zur Geltung drängt und ihm nachzugeben eben doch Widerstand ist. Zumal in einem Land, in dem der Plan Gesetz ist, wie der Großvater immer gesagt hat.

«Wenn Sie eh hier rumstehen, dann können Sie mir auch helfen», sagt Ida, geht in den Schuppen, holt eine Schaufel und drückt sie Marianne in die Hand.

Stefan schlägt die Autotür zu, nimmt zwei Eimer, kümmert sich nicht darum, dass die weißen Turnschuhe augenblicklich von Kohlenstaub bedeckt sind.

«Treppe runter, geradeaus», ruft Ida ihm noch nach, die nicht so schnell schauen kann, wie Stefan mit den Eimern im Haus verschwunden ist.

Nachdem sie mit den Kohlen fertig sind, bringen sie die Kiste mit dem Porzellan in den Kartoffelkeller, wo hinter einem Verschlag die Winterkartoffeln eingelagert sind und die Konserven stehen. Die Ohm hat ein Regal freigeräumt. Für Habseligkeiten.

«Wir sind nicht politisch», flüstert Marianne, als sie vor dem Regal stehen und Ida ihre Kiste mit dem Meißner Porzellan zwischen die anderen schiebt.

Raus wollen sie, bevor es zu spät ist und sich der Zaun erst in vierzig Jahren wieder einmal öffnet. Was erleben wollen sie, ein Haus mit Garten und ein gutes Auto, sagt Stefan, einen eigenen Salon, sagt Marianne, oder noch einmal etwas ganz anderes machen, noch einmal ganz von vorn anfangen, etwas Kreatives, so ganz genau wissen sie es nicht, und was von der Welt sehen wollen sie, reisen wollen sie, überall dorthin, wo in den Atlanten der DDR die Drachen sitzen.

Ein Jahr später sind die Drachen verschwunden. Über der Tanner Kaufhalle, deren Regale jetzt aussehen wie ein explodiertes Westpaket, weht eine Tengelmannflagge. Im Zechenweg hat Elektro-Schettler das Schild der SERO-Annahmestelle *Aus alt wird neu – Millionen für die Republik* längst durch einen überdimensionierten Leuchtkasten ersetzt, und der neue Schriftzug VIDEO FILME strahlt die Straße hinunter, über die jetzt VW, Ford, Opel fahren, während die Leute ihre Trabants und Wartburgs, auf die sie jahrelang gewartet haben, im Recyclinghof entsorgen oder zum Ausschlachten an den Straßenrand stellen.

Seitdem in Tann mit den Betrieben und Bergwerken auch die Stechuhren ausgedient haben, liegt der Takt der Jahreszeiten über den Lebensregungen. Frühjahr, Sommer, Herbst, Weihnachten, Winter sind die Themen im zerklüfteten Brachland zwischen den zurückgebliebenen Abraumhalden.

Über die Jahre schwindet der Dreck, und die Jungs vom Hollywood Hill sitzen in den Umschulungen. Wenn sie aus dem Fenster sehen, finden sie, dass die neue Zeit schöner ist als die alte, doch die Mädchen, die auf das Gymnasium nach Georgenthal gehen, wie die Erweiterte Oberschule jetzt heißt, fliehen trotzdem aus dem Provinznest, wie sie nun sagen, und der Fußballverein spielt Kreisklasse statt Oberliga. «Mir ham ja alles falsch gemacht», sagen die Leute im Wilden Mann und: «Ach.» Es ist das *Ach*, das auch ihr Vater ausstößt, wenn Ida mit ihm über die Zukunft des Zirkus spricht, und der Atem, der dieses *Ach* trägt, ist gesättigt mit dem Gefühl, das alle Mühen letztlich sinnlos sind, weil ja eh immer andere das Sagen haben.

Eines der wenigen Dinge, die sich nicht verändert haben, ist das Schlangestehen. Nur tun die Leute es nicht mehr an den Taxiständen, den Telefonzellen und den Kaufhallen, wenn es zwischen Schnaps, Bier und der Kiste Weißmehlbrötchen Bohnenkaffee gab, sondern in den Fluren der Arbeits- und Wohnungsämter, überall dort, wo Gerüchte laut werden, wer Inoffizieller Mitarbeiter der Staatssicherheit war, und freitagnachmittags an der Theke von VIDEO FILME, wenn die Leute stapelweise VHS-Kassetten ins Wochenende tragen.

Auch Ida hat an einem kalten Freitagnachmittag kurz vor Ostern auf dem Weg vom Schulbus nach Hause zwei VHS-Kassetten aus der Videothek dabei. *Breakfast Club* für sich und *Herbstmilch* für die Ohm.

«Rückspulen nicht vergessen, kostet sonst ne Mark Strafe pro Kassette», stottert Heiko, der Sohn, der nun als Azubi im elterlichen Geschäft steht und nicht so recht weiß, wie er mit Ida sprechen soll, die er nur als die stumme Begleiterin seiner umwerfenden Cousine kennt. Er steckt die Kassetten in eine Plastiktüte und schiebt sie über den Tresen. Auch Ida hat so getan, als wüsste sie nicht, wer er ist. Was soll sie auch sagen.

Sie geht und sieht noch, wie Elektro-Schettler im Ladengeschäft nebenan die neueste Generation Videorecorder in das Schaufenster räumt. Früher hat er sie immer das Maje genannt, denkt sie, huschelt die vereiste Straße hinunter und hört noch Bennys Bellen hinter dem Gartenzaun.

Im Wilden Mann wetteten einige darauf, dass Elektro-Schettler IM war. Ohm glaubt das nicht. Schettlers waren alle in der Partei oder Hauptamtliche. Die Drecksarbeit verteilt die Stasi doch nicht in der eigenen Familie, sagt sie.

Als Ida zu Hause ankommt, hört sie bereits beim Aufschließen aus dem Wohnzimmer Musik. Noch nie hat Ida erlebt, dass die Ohm einfach so Musik hört. Sie öffnet die Tür zum Wohnzimmer. Die Ohm sitzt auf dem Teppichboden vor dem Plattenspieler, hält eine Schallplattenhülle in der Hand. Chuck Berry. Neben ihr liegt ein Brief. Trotz der Musik und des Kratzens der Platte liegt eine merkwürdige Stille über allem und über der Ohm.

«Marenke wollte nicht in den Westen», sagt sie, als Ida sich neben sie setzt. «Er wollte nach Idzbark, dort ist er aufgewachsen. Dort hat er seine Eltern begraben, dort hat er seine Frau kennengelernt, da war er fünfzehn und hat auf der Flucht ihr Holzkreuz über die vereisten Straßen geschleppt, weil sie es doch von ihren Eltern zur Hochzeit geschenkt bekommen hatten, und weil es seiner Frau mehr wert war als alles andere.»

Ida blickt in die wasserblauen Augen der Ohm.

«Er hat ihnen nicht getraut», sagt sie. «Er hat ihnen nicht getraut. Marenke wollte durch die Oder schwimmen, mit einem Bein und einem polnischen Wörterbuch in der Tasche, weil sein Polnisch nach so vielen Jahren etwas eingerostet war. Alle wollten in den Westen. Marenke wollte nicht in den Westen. Wenn er mal stirbt, solle seine Seele nach Hirschberg fliegen, das hat er immer gesagt. Aber er hat Honecker nicht getraut, und seiner Seele hat er auch nicht getraut. Ein kleines Hüttchen wollte er kaufen, das hat er immer gesagt, aus dem Fenster wollte er schauen, sehen, wie im Dezember der Wind den Schnee über die vereisten Felder fegt und im Frühjahr die Kirschbäume blühen, und im Sommer wollte er mit einem Klappstuhl und einem Eimer am See sitzen und Fische angeln. Das wollte er tun – er wollte seine Seele dorthin zurücktragen, bevor er sterben würde. Er hat ihr den Rückweg nicht zugetraut. Und dann hätte er uns einen Brief geschrieben und ein Farbfoto geschickt, damit wir es glauben. Aber nun schreibt seine Schwester, dass er in der Oder ertrunken ist, am achten Oktober, einen Monat, bevor sowieso alles vorbei war. Weißt du noch, das hat damals auch in der Zeitung gestanden», sagt die Ohm und sieht Ida an.

Marenke. Der letzte Grenztote. In der Oder. Ausgerechnet. «Und Marenke hätte auch Mambo getanzt. Das hätte ihm gut gefallen.»

Ida legt den Arm um die mageren Schultern der Großmutter. *Ohm.* Ein Wort, das klingt wie der Abend *Ohmd.* Ida hat das immer schon sehr schön gefunden.

ZIRKUS GEBRAUCHT
ZU VERKAUFEN

Georg lässt das Markstück durch seine Finger wandern. Wie das geht, hat er von Knut gelernt, und es gelingt ihm mittlerweile, ohne hinsehen zu müssen. Zum kleinen Finger und zurück spürt er die noch immer ungewohnte Schwere der Münze. Hinter ihm brummt das Gebläse. Ein Strom warmer Luft zieht an seinen Waden vorbei und bauscht den Vorhang, der den Sattelgang von der Manege trennt. Durch einen schmalen Spalt sieht er den Federschmuck eines Araberhengstes, dann die Lichter der Discokugeln, die über die Zeltwand fliegen, dann die goldenen Ärsche von Roland, Caro und Ursula, die sich vor den applaudierenden Zuschauern verbeugen, dann Jutta im Scheinwerferlicht und wieder Jutta, wie sie in seine Richtung zeigt, ihn anschaut, ihn in Empfang nehmen will und doch nicht ihn meint, sondern den Dompteur und die Elefanten. Georg glaubt, Juttas Krasnaja Moskwa zu riechen. Es ist eine Täuschung, eine Erinnerung, ein Wunsch. Längst hat Jutta Krasnaja Moskwa gegen Chanel getauscht, das Georg kalt und fremd findet, oder es ist Jutta, die er kalt und fremd findet, so genau kann er das nicht auseinanderhalten.

Er trägt eine goldene Fliege zum Frack, die er passend zu den Kostümen der Artisten ausgesucht hat. Auf so etwas kommt es doch an. Manne und Löschi greifen nach dem Saum der Vorhänge. Es kommt ihm vor wie in Zeitlupe, und

Georg spürt eine merkwürdige Trägheit in den Beinen. Als sie den gerafften Stoff festknoten, schaukeln Judy und Hollerbusch ihre massigen Körper in die Manege. Georg will ihnen folgen, aber es gelingt ihm nicht. Er sieht auf seine Füße, deren Muskulatur er nicht ansteuern kann. Als gehörten sie einem Fremden. Regungslos stehen sie in den Spänen. Nur die Münze wandert noch durch seine Finger. Die Kapelle über dem Sattelgang spielt *Garden Party*. Georg hört die Trompeten, das Schlagzeug und Hans am Saxofon, er sieht Judy und Hollerbusch nach, die exakt dort stehen bleiben und sich hinlegen, wo es für die Schlussnummer vorgesehen ist, genau die Bewegungen vollführen, die sie wieder und wieder geprobt haben, sieht, dass sie all das ohne ihn können.

Georg spürt die Blicke seiner Tochter und seiner Mutter, die in der ersten Reihe im Publikum sitzen. Ida trägt seinen alten Parka, auf den sie das Anarcho-A gemalt hat. Seine Tochter ist jetzt Punk.

Na ja, denkt Georg, seit der Wende muss ja jeder irgendwer sein. Ida und die Ohm scheinen sich nicht zu wundern, dass er noch immer hinter den Kulissen steht. Das Ensemble läuft auseinander und überlässt den Eliots das Scheinwerferlicht. Roland, Jonas und Jutta steigen auf die Elefanten. Caro und Ursula nehmen auf Judys und Hollerbuschs Rüsseln Platz, sitzen dort wie auf einer Schaukel. Die Elefanten erheben sich für den Höhepunkt der Nummer; Juttas Spagat zwischen den Elefantenköpfen, und an den Seiten stehen die Araberhengste Spalier, die den gleichen Kopfschmuck tragen wie die Elefanten. Jede Bewegung sitzt. Nichts fehlt. Niemand fehlt. Am wenigsten er: Georg. Er sieht den Schattenriss von Juttas Elefantenspagat am Zirkushimmel.

Applaus.

Klickende Fotoapparate.

Manne und Löschi warten bereits am Zeltausgang auf das Ende der Vorstellung, darauf, das Publikum zu verabschieden. Sie ignorieren die zwei Tierschutzaktivisten, die mit ihren Pappschildern stumm neben dem Verkaufswagen stehen, aus dem die beiden in der Pause Zuckerwatte, Schokolinsen und Kaugummi verkauft haben. In ihren Knopflöchern stecken weiße Chrysanthemen.

Todesblumen.

Keine Wildtiere im Zirkus.

Manne wird nach Cottbus ans Stadttheater gehen. Löschi und die Araberhengste, die gerade an Georg vorbei in Richtung Stallzelt traben, dürfen bleiben. Joe hat Löschi versprochen, ihn zum Marketingchef seiner Buffalo-Bill-Show zu machen.

Joe, der neue Zirkusdirektor, heißt eigentlich Hans-Jürgen und trägt mit Vorliebe Schlangenlederschuhe zum Nadelstreifenanzug. An seinem ersten Tag hat er sich dem Ensemble mit den Worten vorgestellt, dass er schon als Kind gern im Zirkus gewesen sei und sich nun *hier mit Ihnen gemeinsam* einen Kindheitstraum erfüllen wolle. Das stand dann auch genauso unter dem Foto in der Berliner Zeitung, das ihn und Doktor Klemm bei der Unterzeichnung des Kaufvertrags zeigte. Als Georg das Bild und das Markstück sah, das neben dem Vertrag lag, ist er in die Treuhandanstalt marschiert, in die Abteilung Dienstleistungen, hat die Münze vom Schreibtisch des Herrn Doktor Klemm genommen oder genauer gesagt gestohlen. Georg sieht auf die Münze, die er noch immer durch seine Finger wandern lässt, die noch immer ungewohnt schwer wiegt, schwerer als die Ost-Mark aus Blech. Was man für eine Mark doch alles kaufen kann, denkt er. Für eine Ost-Mark zwanzig Schrippen oder zehn Kugeln Vanilleeis oder einen Plastik-Springfrosch. Für eine West-

Mark, die – das hat Georg extra nachgelesen – aus einer Kupfer-Nickel-Legierung besteht, drei Brötchen oder zwei Kugeln Vanilleeis oder einen Zirkus; genauer gesagt: ein Chapiteau, eine Podesterie, eine Handvoll Stallzelte, fünfzehn LKW, zwei Traktoren, einen Kleinbus, sechsundfünfzig Wagen, eine Ton- und Beleuchtungsanlage, vier Braunbären, sieben Tiger, zwei Elefanten, zehn Araberhengste, fünf Ponys, diverse weiße und bunte Meerschweinchen, diverse weiße und bunte Ratten, diverse weiße und bunte Mäuse, deren Anzahl sich täglich ändern kann; dazu acht Dresseure, zwölf Artisten, zwei Clowns, sechs Musiker, diverse Techniker, Tierpfleger, Stall- und Zeltarbeiter und mit dem Händedruck fürs Zeitungsbild gibt's für die Kupfer-Nickel-West-Mark noch ein Startdarlehen von dreihundertsiebzig Riesen und das Lächeln des Liquidators Doktor Klemm obendrauf, der den Zirkus endlich aus dem Portfolio der Treuhandanstalt streichen kann.

Jutta, Caro, Ursula, Jonas und Roland springen nacheinander von den Elefanten. Das Ensemble formiert sich wieder zu einer langen Reihe, verneigt sich vor dem Publikum, dessen Applaus die Lücken in den Rängen nicht übertönen kann. Als Erstes kommen Knut und Birgit aus der Manege, rennen an Georg vorbei, als wäre er nicht da.

Entlassen. Entlassen. Birgit schult um. Irgendwas mit Versicherung. Knut kehrt an seinen Schreibtisch zurück. Ein Land werde abgewickelt, das sei die Zeit der großen Bühnenstücke, nicht die der großen Jonglagen, hat er gesagt. Recht hat er, denkt Georg, das gilt auch für Dressuren. Als Georg während seiner Dressurnummer *Kopfstand mit Elefanten* in einem Moment der Stille in die Zuschauerreihen sah, wurde ihm zum ersten Mal bewusst, wie unlogisch das alles war, was ihm vor dem Fall der Mauer noch selbstverständlich vorkam: die Zuverlässigkeitsprüfung des Ministeriums für Staatssicherheit, sein Status als NSW-Reisekader, sein Reisepass, der ihn bereits in den Augen der zwei Volkspolizisten an der Tür zum Tränenpalast zu einem Berechtigten machte, ihm die Tür öffnete, die anderen verschlossen blieb – zuletzt siebenundachtzig auf dem Weg nach Bremerhaven –, die Treppe nach unten zur Zollkontrolle, dieses kurze Pulsrasen bei der Gepäckkontrolle, die mit Sprelacart verkleideten Abfertigungsschalter, der Leuchtkasten «Bürger DDR», das Vorzeigen des Passes, der Blick des Grenzpolizisten hinter der Scheibe, das Geräusch des Summers, das Öffnen der Tür, dieses Durchschreiten der kleinen Öffnung, die sich hinter ihm wieder hermetisch schloss. Süß hatte sich das Privileg angefühlt, süß hatte es sich angefühlt, dass all die Grenzpolizisten mit ihren Waffen im Anschlag und die Hunde, die unter den Zügen nach Flüchtigen suchten, nicht ihn meinten. Georg hatte geglaubt, dass er dieses Privileg verdiene. Warum nur, fragte er sich, während er ins Publikum schaute, hat er die Perversion nicht gesehen. Unter dem Scheinwerferlicht schien es Georg, als wären der Pass, der Sprelacartschalter, der Blick des Polizisten, der Leuchtkasten, der Summer nichts weiter gewesen als ein Versuchsaufbau, ein Test, dessen Ziel sich ihm in jenem Moment erschloss, als er synchron mit Judy und Hollerbusch auf dem Kopf stand. Er hatte den Test nicht bestanden.

In der Manege tritt nun Holly vor das Publikum und gibt Jolly einen Klaps auf den Hinterkopf, sodass Jolly vornüberfällt und mit dem Gesicht in den Spänen landet. Die Kinder in der ersten Reihe lachen. Jolly ist als Buffalo Bill gesetzt. Er weiß nicht, dass Schlangenleder-Joe Holly die Rolle zuerst angeboten hat. Holly war in schallendes Gelächter ausgebrochen, als Joe ihm von seiner Show erzählte.

«Für diesen Scheiß mach ich dir nicht den Ochsen-Willi. Hier im Osten läuft so was sowieso nicht», hat er ihm gesagt.

Holly hat den Test bestanden. Holly hat jeden Versuchsaufbau durchschaut. Er hat keine Berichte geschrieben und damals, als im Klubwagen anlässlich des Mauerfalls die Sektkorken knallten, hat er als Einziger gesehen, was kommt: «Glaubt ihr vielleicht, das geht einfach so weiter, mit Festanstellung und Geld im Winter und freie Logis und Vollverpflegung für achtzig Mark im Monat, Krankenschwester, Wäscherei, Schneiderei, Klubwagen, und eure Kinder reiten auf dem Pony zur Schule. Ihr Spinner», hatte er gesagt und war gegangen. Holly sitzt seit drei Jahren im Brandenburger Landtag, und er kennt nicht nur den Aufnahmeleiter bei ETERNA, sondern auch jemanden in der Stasiunterlagenbehörde.

Holly hat Georg und Jutta die Akten mitgebracht und auf den Klapptisch in ihrem Wohnheimzimmer gelegt, dort, wo Ida im Frühjahr vor der Einschulung ihren ersten Brief *verfasst* hat, wie sie damals sagte, weil das bedeutsam klang. Das waren Wellenlinien, von den Namen durchbrochen, die sie schon schreiben konnte. Ida, Jutta, Georg. An diesem Tisch hatten auch Jutta und Georg gesessen und Berichte verfasst. *IM mit vertraulichen Beziehungen zur bearbeiteten Person.* Jutta hätte Wellenlinien schreiben können, das hatte Georg schließlich auch getan. Bevor er etwas schrieb, hat er sich bis zum Filmriss besoffen, damit er keine Angaben machte. Sie aber hat Angaben gemacht. G ist beim Essen (Lexington Candy Shop) auf Toilette gegangen und erst ungewöhnlich spät, etwa eine halbe Stunde später, an den Tisch zurückgekehrt. Sagt «nichts» auf die Frage, was er so lange gemacht habe. G übersetzt Dylan-Texte. Immer öfter Streit mit der Mutter wegen seines Alkoholkonsums. G trinkt. G trinkt. Und immer wieder G trinkt. Georg hat es Jutta laut vorgelesen, dann hat er seine Protokolle daneben gelegt und Jutta angeschrien, dass sie sie lesen soll. J zieht blauen Pulli an, J trinkt heute Kaffee ohne

Milch, J hat einen gefestigten Klassenstandpunkt, Genossen, sie mag sowjetischen Wodka lieber als amerikanischen Whiskey. Als sie gelesen hatte, schrie sie zurück: «Glaubst du, mit dem Scheiß, den du da abgegeben hast, hätten die uns noch einmal ins Ausland fahren lassen? Du warst längst nicht mehr der unangreifbare Star, du galtest nicht mehr als zuverlässig. Georg, deine Karriere war schon vor neunundachtzig vorbei. Wenn du nur die Hälfte der Zeit nüchtern gewesen wärst, hättest du das merken können.»

Dann war sie aufgestanden, hatte ihre Akte geschnappt und die Tür des Wohnheimzimmers hinter sich zugeschlagen.

Macht damit, was ihr wollt, hatte Holly gesagt, und so war es gekommen, dass der Tagesaufmacher der Berliner Zeitung *DDR-Promipaar bespitzelte sich gegenseitig*, die neben den Akten «Dompteur» und «Trapez» lag, nicht sie betraf. Beim nächsten Auftritt trug Jutta zum ersten Mal das neue Parfüm. Sie ließ Georg riechen, dass es vorbei war.

Jutta, Ursula und Caro verlassen die Manege. Georg hört das Publikum Juttas Namen rufen und spürt den kühlen Luftzug, als sie an ihm vorbeirennen. Jutta wird vom Solotrapez zu den Pferden wechseln und die Ungarische Post reiten, die in der Buffalo-Bill-Show den Titel *Ritt in die Freiheit* tragen wird. Die Bären dürfen bleiben. Tiger, Meerschweinchen, Mäuse und Ratten werden vorerst von der Treuhand weitergefüttert. Judy und Hollerbusch gehen in den Zoo nach Kyjiw, und Roland und Jonas werden in der Buffalo-Bill-Show die sächselnden Indianer geben. Schlangenleder-Joe hat nach Hollys Abfuhr eine Ostvariante seines Stücks konzipiert, mit Dialekt- und einer Striptease-Einlage für die Abendveranstaltung. Einmal pro Abend Ausziehen bis auf die Schlüpper war nun für Caro und Ursula Bedingung für einen neuen Vertrag. Mit wackelnden Titten vor leeren Bänken, denkt Georg und lacht, und das Markstück fällt in die feinen Späne. Er krümmt sich, weil es so brennt in seiner Brust, hört Kinderstimmen, die vom Pippi-Langstrumpf-Ponyreiten zu ihm herüberdringen. Draußen fällt der erste Herbstnebel des Jahres neunzehnhundertsiebenundneunzig über die Hänge der großen Abraumhalde ins Tal und legt sich schwer über die stillgelegten Tanner Schächte. In der Podesterie ziehen die Leute die Reißverschlüsse ihrer Winterjacken bis unters Kinn, haben die Hosen in die Stiefel gestopft. Nur Ida sitzt noch in seinem alten Parka in der ersten Reihe, und in ihrer Tasche steckt ein Zettel mit der Adresse des Kyjiwer Zoos. Größter Zoo der Sowjetunion, größte Vogelvoliere in Europa, wie Georg nicht müde wird zu betonen, auch wenn beides nur für kurze Zeit galt. Die Elefanten schaukeln an Georg vorbei aus der Manege. Hinter ihnen schließt sich der Vorhang.

Kyjiwskyj Soopark, Siegesprospekt Nummer 32, Rajon Schewtschenko. Ida schläft seit einigen Nächten mit der neuen Adresse für sie, Judy und Hollerbusch unter dem Kopfkissen.

«Wenn du gehen willst, geh, aber erwarte nicht, dass ich dich wecke», sagt die Großmutter beim letzten Abendessen vor der Abreise zu Ida und schiebt ihren Teller von sich weg. Ohms Wangen glühen vor Wut auf ihren Sohn, der seine Tochter allein in *dieses* Land ziehen lässt, vor Wut auf Ida, weil sie sich dafür entschieden hat, vor Wut auf ihre Schwiegertochter, der, seitdem sie mit dieser Kanaille in Schlangenlederstiefeln übers Land zieht, alles egal zu sein scheint. In langen Telefonaten hatte sie versucht, Georg umzustimmen. Nach jedem Gespräch war sie nach unten in die Werkstatt gegangen wie der Großvater früher.

Die Ohm erhebt sich vom Tisch. Ida sieht sie nicht an, sondern blickt auf ihren leeren Teller und das Messer, an dem Butter klebt. Sie hört den Stuhl auf dem Linoleum schratzen, hört, wie die Küchentür hinter Ohm ins Schloss fällt und ihre Schritte nach unten. Ida räumt das Geschirr in die Spüle, wäscht es ab, fegt die Krümel auf dem Boden zusammen. Dann schaltet sie das Küchenlicht aus, geht nach oben in ihr altes Zimmer. Zwei Etagen liegen nun zwischen ihr und der Ohm, die in der Uhrenwerkstatt im Keller sitzt. Ida packt ihren Rucksack, holt den Zettel mit der Kyjiwer Adresse unter dem Kopfkissen hervor, zieht sich an, setzt sich auf ihr Bett, das die Ohm frisch bezogen hat, und wartet auf die Nacht und auf den Morgen, und die Kälte drückt gegen die Fensterscheiben. Als sie kurz nach sieben, ohne geschlafen zu haben, in die Küche kommt, um einen Brief zu hinterlassen, sitzt die Ohm mit Jacke und Straßenschuhen am Küchentisch, so wie Ida auf ihrem Bett gesessen hatte.

Es ist Januar. Es ist dunkel. Es ist still. Schneeflocken schweben durch die gelben Lichtkegel der Straßenlaternen. Die Ohm hakt sich bei Ida unter. Ida spürt die Schwere ihrer Hand auf ihrem Unterarm. Mit jedem Schritt auf der Straße der Einheit wird das vertraute Plätschern der Aach schwächer, und der Schnee knirscht unter ihren Stiefeln. Der Abschiedsschmerz der Großmutter spannt wie ein eiserner Ring um Idas Brustkorb, der sich enger zieht, je mehr die Ohm versucht, ihn vor Ida zu verbergen. Als sie zum Bahnsteig kommen, steht der Zug bereits da. Sie denkt an den Vater, der Hollerbusch und Judy, die gerade in die Transportboxen für die Weiterfahrt nach Kyjiw verladen werden, zur Beruhigung ihr Lied summt. *Wenn du schläfst, mein Kind, schau ich dir in die Träume.* Ida drückt die Ohm, die kleiner und schmaler geworden zu sein scheint, und so stehen sie eine Weile, ohne sich zu regen. Ida löst sich aus der Umarmung, steigt in den Zug und setzt sich in die Wärme des Abteils. Sie reißt sich den Schal vom Hals, spürt, wie die Schneeflocken auf ihrem Gesicht schmelzen. Unendlich lange steht der Zug noch auf dem Bahnsteig. Ida sieht die Ohm im Neonlicht stehen, das grell in die Dunkelheit scheint. Als der Zug losfährt, beginnt sich der Horizont zu färben, und die Ohm und die Silhouette des Ortes und die Lichter des Bahnhofs verschwinden langsam aus Idas Blick. Sie greift nach dem Markstück in ihrer Hosentasche und lässt es durch ihre Finger wandern, wie das geht, hat sie vom Vater gelernt, und es gelingt ihr mittlerweile, ohne hinsehen zu müssen. Welche Summe Schlangenleder-Joe für sie, Judy und Hollerbusch in den Kaufvertrag geschrieben hat, weiß Ida nicht, und die Münze wandert zum kleinen Finger und zurück.

URAN. УРАН. – ALLES, WAS STRAHLT

Auf der letzten Seite der Zeitung, neben den kuriosen Meldungen und über den Kleinanzeigen, hat Ida etwas über einen
sterbenden Stern gelesen. Die Supernova, die der Stern zum
Abschied ins Universum gesendet hatte, sei so hell gewesen
wie die Galaxie, der er entsprungen war. Ida fährt mit der
Hand über den Schraubzylinder, in dem ein grobkörniges,
schwarzgrün metallisch schimmerndes Pulver ist, und über
die Tuschzeichner, die seit siebenundzwanzig Jahren unbe-
rührt auf dem Schreibtisch liegen. Den Zeichner, mit dem Jelena das Etikett des Glaszylinders beschriftet hat, hat sie nicht
zufällig gewählt. Es kam ihr auf die Strichstärke, auf die Kon-
sistenz und die Pigmentierung der Tusche an, und auch die
Schrift war nicht einfach nur ihre Handschrift, sie hatte für
nahezu jede Lebenssituation eine eigene. Für ihre Recherchen
zum Atomunfall eine kleine, getriebene, stark nach rechts fal-
lende, für Ansichtskarten und Briefe eine runde, auseinander-
gezogene, mit großen Abständen zwischen den Buchstaben
und Wörtern, für ihre Rezepthefte eine etwas weichere Vari-
ante ihrer Ingenieurstandardschrift, und es gab eine, die für
Jewhen war, eine vertikale, verbundene, fließende, eine, die
alle anderen ausschließt. Die Schrift auf dem Zylinder ist eine
Druckschrift, gleichmäßig, ein wenig nach rechts kippend,
und auch wenn das die Buchstaben nicht preisgeben: Es ist
Ukrainisch, nicht Russisch. УРАН. Sie verbindet den Zylinder
und das schwarzgrün metallisch schimmernde Pulver, das

sich darin befindet, mit einem Moment, der längst Geschichte ist und doch nicht vergehen will.

Der Anfang war das Chaos, und das Chaos war dunkel und heiß. Bevor die Dinge existieren, sind sie Quark im Schaufenster; das Pulver, der Glaszylinder, Idas Hand, die den Zylinder hält, Jelenas *fulminanter Blutkrebs*, wie es in einem der Arztbriefe hieß, Jewhens Blick, der der Vergangenheit zugewandt ist, der die Katastrophe sieht, der die Trümmer sieht und sich nicht abwenden kann. Jelena hat in ihren Recherchen zum Atomunfall geschrieben, dass aus dem Quark überhaupt etwas entstehen konnte, sei so wahrscheinlich gewesen, wie es wahrscheinlich war, dass Gott existierte. In der Welt von Jelenas Ingenieurstandardschrift waren die Dinge vorhersehbar, wiederholbar, kontrollierbar. Totschno. Exakt. Uran dagegen ist die Unwägbarkeit, der schwankende Grund, der zürnende Gott, der Morgen, der nicht eintreffen soll. Periode sieben, zweiundneunzig Protonen in einem Atomkern, erbrütet in der Frühzeit des Universums im Staub eines sterbenden Sterns, über den Milliarden Jahre später die Zeitungen berichten; auf der letzten Seite neben den kuriosen Meldungen und über den Kleinanzeigen. Der sterbende Stern hatte es mit der Energie einer Supernova aufgeladen und zum Abschied ins Universum geschickt, und das Etikett auf dem Glaszylinder, auf dessen Grund der Sternenstaub liegt, ist längst vergilbt, und der Pfarrer hat gesagt, Staub bist du und zum Staube kehrst du wieder zurück, und eine Schaufel Erde auf Jelenas Sarg geworfen.

SPECK IN KYJIW

«Lerne Speck zu essen wie ein Russe», sagt Jewhen, oder je-
denfalls vermutet Ida, dass er etwas in dieser Art zu ihr sagt,
als er auf das Brettchen mit den Speckwürfeln zeigt, das in-
mitten der offenen Einweckgläser mit den sauer eingelegten
Tomaten, Paprika, Gurken, der Trinkgläser und der Flasche
Wodka auf dem Behandlungstisch seiner Tierarztpraxis liegt.
Sie will antworten, aber außer *Spassibo* bekommt sie nichts
heraus. Ihr Kopf ist leer, keine russische Vokabel griffbereit.
Im Sommer hatte Ida ihm und Jelena geschrieben, dass sie
Judy und Hollerbusch nach Kyjiw begleiten würde. Jewhen
musste denken, dass sie die Sprache beherrscht. Allerdings
war es ihre Mutter, die den Brief ins Russische übersetzt hatte.
Ida fühlt sich wie eine Hochstaplerin, der man auf die Schli-
che gekommen ist, obwohl sich hinter dem Missverständnis
keineswegs Hochstapelei verbirgt – dafür fehlt ihr schlicht
der Eifer –, sondern etwas viel Merkwürdigeres, eine Art
Amnesie, die sie befallen hatte, als nach der Wende Privat-
fernsehen und Otto-Kataloge durch das Land ihrer Kindheit
zogen und nichts ließen, wie es war. Schon in den letzten
beiden Schuljahren bis zum Abitur hatte sie sich mit Russisch
abgemüht und war mit den vokabularischen Restbeständen,
die dem großen Vergessen noch nicht anheimgefallen waren,
gerade so durch die Prüfung gekommen. Jewhen schiebt das
Brettchen mit den Speckwürfeln zu ihr rüber und gießt Wodka in die Gläser. «Auf dich, Ida. Willkommen in Kyjiw und

sag bitte nicht *Kiiew*, mit diesem quietschenden *I*, so sagen das nur die Moskauer, wir Kyjiwer sagen Kyjiw. Sa sdrowie. Wir trinken auf deine Ankunft, auf Judy und Hollerbusch. Auf deine Familie und auf meine Jelena.» Jewhen seufzt und zeigt auf die Gläser mit den Tomaten, Paprika, Gurken. «Ihre letzte Ernte. Auf meine Jelena, Lena, Lenotschka», sagt er und leert sein Glas in einem Zug.

«Auf Jelena. Und Kyjiew», echot Ida, froh, etwas aufgeschnappt zu haben. Jewhen grinst gequält.

Ida sieht nach draußen zu den kahlen Bäumen und kaut auf dem zähen Speck herum. Sie muss an die Fotos denken, die ihre Eltern auf der USA-Tournee gemacht hatten. Als Kind hatte sie sich vorgestellt, dass sie einmal wie ihre berühmten Eltern in Los Angeles Hummer essen würde. Aus dem Hummer in L.A. ist nun Speck in Kyjiw geworden, und der Wodka fließt glühend durch ihre Adern. Sie heftet ihren Blick an Jewhens zerzauste dunkle Haare, die von ersten grauen Strähnen durchzogen sind, an den Pullover, der zerlöchert ist und übersät mit Tierhaaren, Tigerhaaren, vermutet sie. Ida hat ihn anders in Erinnerung, mit akkuratem Scheitel, Hemd, geputzten Schuhen. In seiner Verlotterung wirkt er jünger als damals und auch jünger als ihr Vater, dessen Verlotterung mittlerweile bodenlos ist. Vielleicht hat Jewhen nach Jelenas Tod die Kraft gefunden, etwas anderes anzufangen, so wie ihre Mutter etwas anderes anfing, auch wenn Ida den Neuanfang der Mutter mit Schlangenleder-Joe – oder der Kanaille, wie Ohm ihn nennt – peinlich findet. Als sie den Brief im Sommer aufgegeben hatten, wussten sie nicht, dass Jelena schon im Frühjahr gestorben war. Ida schaut sich in Jewhens Praxis um. An den weißen Kacheln über dem Schreibtisch hängen Fotografien von Moschusochsen im Schneesturm, Bären in einer vulkanischen Landschaft, Wölfen im Birkenwald und eine, die ihn in der Wüste mit Kamelen zeigt. Jewhen deutet auf die Bilder.

«Sibirien, Kamtschatka, Tschornobyl, Kasachstan.»

Ihr Blick fällt auf den Schreibtisch, auf dem ein Arztkoffer und ein langes Blasrohr liegen. Jewhen springt von seinem Platz auf, sagt etwas, das wahrscheinlich heißt, dass er ihr die Praxis zeigen will. Er zieht Schubladen auf, deutet auf die Tubusse, die von klein bis mächtig groß im oberen Schubfach liegen, bedeutet ihr grimassierend und gestikulierend, dass die Raspeln im Schubfach darunter für Pferdezähne sind. In einem abgeschlossenen Schrank neben dem Schreibtisch lagern Narkosegewehre, Schusswaffen, Betäubungsmittel. Daneben steht der Apothekenschrank. Ida zeigt auf Verhütungspillen, Stilltee und Schwangerschaftstests und lacht.

«Für die Gorilladamen», gestikuliert Jewhen und gießt sich Wodka ins Glas.

«Slon», sagt Ida, als sie anstoßen.

Das Wort hatte sie, bevor sie in Tann losfuhr, nachgeschlagen.

«Ich bin doch ihr Mahut, ich muss zu ihnen.»

«Konetschno», sagt Jewhen, natürlich, leert das Glas und hält ihr die Jacke.

Es ist bereits spät am Nachmittag, die Januarsonne legt ihr müdes Licht auf die Wipfel der Bäume, die das Zoogelände von der Stadt abschirmen. Sie laufen an den großen Volieren, dem Wildkatzengehege, dem Spielplatz mit den bunt bemalten Dinosaurierplastiken, am Bärenhaus, am Außengehege von Grauwölfin Gerda, bei den Löwen, der Besucherbahn und am Riesenrad vorbei zum Elefantenhaus. Unter ihren Schuhen knistert der Raureif. Vereinzelt kommen ihnen Familien entgegen, die auf dem Weg zum Ausgang sind.

Das Elefantenhaus ist ein weiß gekachelter Rundbau, der

mit einem Freigehege verbunden ist. Sie nehmen den Besuchereingang. In den Ecken stehen Besen, Karren, Schaufeln, Körbe. Ein bisschen wie bei uns im Winterquartier, denkt Ida. Der Besucherbereich ist durch eine Glasscheibe vom Stall getrennt. Zwei Mädchen, vielleicht acht und zehn Jahre alt, drücken sich die Nasen an der Scheibe platt, um die Elefanten zu sehen. Judy und Hollerbusch stehen hinter einem etwa einen Meter hohen Metallgeländer, in das Futterboxen mit Heu eingehängt sind, ein Raum, der wenig Abwechslung bietet. Noch nie war eine Glasscheibe zwischen ihr und den Elefanten, denkt sie, und ihr Herz klopft schneller. *Slon* steht auf dem Schild, darunter die englische Übersetzung und die zoologische Bezeichnung *Elephas maximus*, eine Kategorie, die sich wie die Glasscheibe zwischen sie und ihre Elefanten schiebt, Judy und Hollerbusch in eine andere Welt einordnet, eine, in der Ida nur Gast sein darf. Die Elefanten erkunden ihr neues Gelände. Mit der Spitze ihres Rüssels fahren sie suchend an der Oberfläche der schmutzgelb getünchten Steinwände entlang, ohne sie zu berühren. Noch ein bisschen verloren sehen sie aus. Als sie Ida bemerken, kommen sie auf die Scheibe zugelaufen. Die Mädchen neben ihr quietschen. Die Elefanten strecken ihre Rüssel aus. Sie können die Glasscheibe, die sie von Ida trennt, nicht berühren, können Ida nicht riechen. Sie wissen nicht, was eine Glasscheibe ist. Ida wendet sich ab auf der Suche nach dem Ende der Glasscheibe. Als sie den Stall betritt, beginnen die Elefanten zu schnurren und Ida zu beschnuppern. Wie ein alter Diesel, denkt Ida, streicht ihnen über die Rüssel, über ihre Köpfe, fühlt die stacheligen Härchen, die sind wie Borsten von Zahnbürsten. Das Schnurren der beiden klingt so vertraut, und zum ersten Mal fragt sie sich, ob dieser spezielle Laut zum natürlichen Kommunikationsrepertoire eines *Elephas maximus* gehört oder ob ihr Va-

176

ter es ihnen beigebracht hat und dieser Gruß ihr Erkennungszeichen ist.

«Schau, Hollerbusch, jetzt bist du ein Slon», sagt sie, und ihr Blick verfängt sich in Hollerbuschs Iris, die genauso bernsteinfarben ist wie die von Judy, die gerade Jewhen hinter der Absperrung entdeckt hat. Das Schnurren verstummt. Langsam, aber bestimmt bewegt sich Judy auf ihn zu, stoppt vor dem Gitter, streckt ihren Rüssel aus und schlingt ihn, einen aus fünfzigtausend Muskelringen bestehenden Schlauch, um Jewhens Nacken, schnüffelt, beobachtet ihn. Jewhen schaut an Judy vorbei, steht stocksteif da, vermeidet jede Bewegung. Ida kann sehen, wie sehr er sich bemüht, ruhig zu atmen. Sie stimmt das alte Lied an, mit dem der Vater alle seine Elefanten von klein auf beruhigt hat. *Wenn du schläfst, mein Kind / Schau ich dir in die Träume / Und ich sehe, du träumst davon / Wie schön wir sind / Und ich hüt' mich, dass ich keinen Deut versäume.* Judy tritt einen Schritt zurück, lässt von Jewhen ab und wendet sich wieder Ida zu. Sie schien tatsächlich nur schnüffeln zu wollen. Ida schnappt sich eine Schaufel und einen Eimer. Um ihren Geruchssinn hatte sie die Elefanten immer schon beneidet. Was ihnen wichtig ist, können sie erriechen. Ida saugt die Kyjiwer Zooluft ein, aber alles, was sie herausriechen kann, ist das Heu aus den Futterboxen, der Kalk der Wände und Judy und Hollerbusch, genauer gesagt ihren Dung, den sie gerade dabei ist wegzuschaufeln und der grasig und warm riecht, und vielleicht ist das ja das Wichtigste, was es in diesem Moment zu erfahren gibt. Ida hört Hollerbusch grunzen. Sie schaut auf, sieht, wie sich die Elefanten der Tür zum Außengehege zuwenden. Erst jetzt hört sie das Schließen, sieht Jewhen, der die Türen aufzieht und im Boden verankert. Die Elefanten stapfen ins Außengehege. Ida folgt ihnen. Sie hört ein leises Schnaufen, das vom Stall nebenan zu ihnen herüberdringt. Wieder heben

Judy und Hollerbusch die Rüssel und schnuppern in Richtung Nachbargehege, dort wartet ein Nashorn, ein Mitgeschöpf, das sie nicht kennen, ein nördliches Breitmaulnashorn, wie Jewhen ihr später erklärt. Ida und Jewhen setzen sich auf einen Baumstamm am Rande des Areals und beobachten Hollerbusch und Judy, die Heu aus einem Korb ziehen und deren Atem in die trockene Kälte dampft.

«I stay here», sagt Ida, und Jewhen scheint zunächst nicht zu verstehen, was sie meint. «In the zoo with the elefants.»

Jewhen grinst unsicher. Wortreich versucht er, ihr zu erklären, dass das nicht so einfach geht, dass sie doch sehe, dass die Elefanten es gut haben, dass sie doch mit ihm kommen solle, dass sie in Lenas Bibliothek wohnen könne, ihr Zimmer neben Switlanas Zimmer sei, die sich auf sie freue, und dass sie ja Sputnik und Wostok, die Kater, noch nicht kenne. Hätte Ida auch nur die Hälfte von Jewhens Vortrag verstanden, hätte sie sich wohl überreden lassen.

«Just for one week.»

Jewhen schwankt mit dem Oberkörper nach vorn und zurück. Ida schwankt nicht.

«Ladno.» – Na gut.

Schweigend gehen sie zurück in die Praxis. Er zeigt ihr sein Bereitschaftszimmer, das mit einer Liege, einem Spind und einem Regal mit Vogelpräparaten eingerichtet ist. Sogar eine Dusche gibt es in der Praxis. «Otschen charascho. Spassibo, Jewhen», sagt Ida, und Jewhen drückt ihr das Babyfon für die Elefanten und den Schlüssel für die Praxis in die Hand, bevor er sich verabschiedet und die Tür hinter sich ins Schloss zieht.

Sie ist allein, von Weitem quieken die Lemuren in die Stille. Ida fällt auf Jewhens Liege, fällt in einen traumlosen Schlaf, aus dem sie nie wieder erwachen will.

Jewhen weckt sie mit Brötchen, einem grünen Overall, einem russisch-deutschen Wörterbuch und einem Grammatikbuch, in das in Kinderschrift Switlanas Name eingetragen ist. Ida legt drei grüne Hefte daneben. Die zwei schmalen Hefte gehören den Elefanten. In ihnen sind die Lebensdaten der Eltern, Geburtstag, Geburtslänge, Geburtsgewicht, aktuelles Gewicht, Größe, Rücken- und Schwanzlänge, Kopf- und Rumpfform, Charaktereigenschaften, Besonderheiten, Futtervorlieben, Reizbarkeiten notiert, eine Art Stammbuch und Bedienungsanleitung für Judy und Hollerbusch. Das dritte, das dicke grüne Heft, ist für Kyjiw. Es muss ja möglich sein, denkt Ida, auch für eine fremde Stadt eine Bedienungsanleitung zu schreiben, und fürs Erste braucht sie dafür die Landessprache nicht, schließlich kann sie beobachten. Das hat sie von ihrem Vater gelernt, der ist immerhin Dompteur und Nationalpreisträger und ein Profi auf diesem Gebiet. Nach dem Frühstück nimmt Jewhen sie mit auf große Tour, wie er sagt, stellt sie allen vor. Alle nicken, und auch sie nickt und lächelt angestrengt und bekommt mit ihrem Wörterbuchrussisch nicht mit, wie wenig ihre Kollegen mit ihr anfangen können, mit dem Gast aus Deutschland, und wie sehr sie sich fragen, warum eine junge Frau aus einem Land, in dem es alles gibt, hierherkommt, in das Land der hungrigen Hunde, wo sie von Monatslohn zu Monatslohn leben, wenn sie denn einen haben, und aus jedem Blumentopf ein Stück Acker wird, der beibringt, was nicht zu kaufen ist. Was sie denn hier will? In den ersten Wochen verkriecht sich Ida mit ihrem noch leeren grünen Heft bei Judy und Hollerbusch, ihren Seelentieren, die noch immer genauso verloren in ihrem Gehege stehen wie sie, Ida. Sie übt kleine Kunststücke mit ihnen ein: im Kreis laufen, sich gegenseitig Nüsse ins Maul pusten, Fußball spielen. Die Vorstellung beginnt an den Wochenenden immer nachmittags um drei Uhr. Zur Premiere sind nur die zwei Mädchen da, die Ida am ersten Tag im Elefantenhaus getroffen hat und die jeden Nachmittag im Zoo zu verbringen scheinen. Zur zweiten Vorstellung bringen die Mädchen Freunde mit, und mit jeder Vorstellung werden es mehr, und schon bald bilden sich Trauben vor dem Freigehege, und die Kinder malen Bilder für ihre Elefanten, die Ida im Elefantenhaus aufhängt. Sogar die Zeitung kündigt sich an, und wenn Ida ihre Beobachtungsgabe ein wenig auch auf ihre Kollegen richten würde, könnte sie bemerken, dass ihr Alleingang und der Rummel um «die neuen Stars im Kyjiwer Zoo» – wie es in der Zeitung heißt – nicht auf ungeteilte Gegenliebe fällt. Als Jewhen wegen der bevorstehenden Geburt eines Gorillababys selbst im Zoo übernachtet, erklärt er ihr, dass sie sich nicht nur um Hollerbusch und Judy kümmern darf, und teilt sie für Dienste auf der kleinen gelb-grünen Besucherbahn ein, die von zehn bis achtzehn Uhr über das Gelände fährt. Ida kommt das gelegen. Auf den immer gleichen Runden durch den Zoo kann sie zum ersten Mal ihren Blick für das öffnen, was um sie herum geschieht, und schon bald schälen sich aus dem russisch-ukrainischen Sprachgewirr neben den Tierbezeichnungen, die Ida auf dem Bock der Besucherbahn als Erstes lernt, Dialoge heraus, die sie versteht wie ihre Muttersprache.

Aus der versprochenen Woche im Zoo sind längst Wochen geworden, und Jewhen fragt nicht mehr, wie lange Ida noch in seiner Praxis wohnen will, die sie inzwischen zu ihrer Höhle erklärt hat. Auf ihren allabendlichen Rundgängen übt sie, was sie tagsüber in den Pausenräumen, bei den Besprechungen und auf der Besucherbahn aufgeschnappt und in ihr grünes Heft geschrieben hat: mit dem Breitmaulnashorn Vokabular, Aussprache und Redewendungen; mit den Zebras Konjugation, Zeitformen und Modi; mit den Giraffendamen Instrumental und Lokativ; mit Grauwölfin Gerda Small Talk; mit den Lemuren Vorsilben und wie sie die Bedeutung der Wörter verändern; mit den Shetlandponys Perfekt und Imperfekt. Idas Runden enden bei Judy und Hollerbusch, mit denen sie deutsch spricht, für die Dinge, die ohne Nachdenken über Fall, Vorsilbe, Modi rausmüssen. Manchmal gesellt sich Nachtwächter Vitali zu ihr, und sie spielen Schach. Es wird Frühjahr, die Bären dösen in der ersten warmen Sonne des Jahres, und der Duft der Kastanienblüten mischt sich in die Kyjiwer Autoabgase, und es wird Sommer, der, heiß und trocken, nur in der schattigen Oase des Zoos oder an den Stränden des Dnipro auszuhalten ist, und es wird Herbst, und das staubige Septembergrün der Kastanien spiegelt sich in den unzähligen goldenen Kuppeln der Klöster und Kirchen der Stadt.

An ihren freien Tagen geht Ida auf Feldforschung, will wissen, wie das ist, Kyjiwerin zu sein. Zu Fuß, mit der Metro, mit dem Bus, mit den Marschrutkas, den Trolleybussen, den Straßenbahnen vermisst sie die Stadt und fühlt sich ein bisschen wie eine Ethnologin auf Exkursion durch ihr Forschungsgebiet. Ihre Erkundung beginnt am Dniproufer und auf den großen Flussinseln, wo die Filetstücke der Stadt liegen und hohe Betonmauern die securityüberwachten Grundstücke der Abgeordneten, Funktionäre, Biznesmeny abschotten, und führt sie über die Ausfallstraßen bis in die Randbezirke, in die postsowjetischen Plattenbausiedlungen, die Streunerviertel, dorthin, wo die Tauben dick, die Katzen schmal und die Hunde hungrig sind, wo die dunklen Unterführungen vollgeklebt sind mit Jobgesuchen, wo Gopniks in Adidastrainingsanzügen vom Polenmarkt vor den Hauseingängen der Wohnblocks herumlungern, Sonnenblumenkerne kauen, billigen Wodka trinken, Bierdosen knacken lassen, warten, dass die Zeit vergeht, und sich nach Sonnenuntergang, wenn die Zeit vergangen ist, mit geklauten Karren Autorennen liefern, während die Kinder der Lehrer, Ärzte, Ingenieurinnen, die in diesen Vierteln wohnen, davon träumen, Abgeordnete, Funktionäre, Biznesmeny mit einem Grundstück am Dniproufer zu werden.

Sie fährt mit der Metro von Endstatation zu Endstation, lässt sich an den großen Umsteigebahnhöfen im Strom der Menschen treiben, folgt dem Klappern von Metallabsätzen auf dem Granitboden an der Station Majdan Nesaleschnosti, das auch dann noch aus dem schleppenden Trott herauszuhören ist, als die vorwärtsdrängende Menschenmenge die Frau mit den Absätzen längst geschluckt hat. An den Metroausgängen warten die Geldwechsler, hoffen Bettler auf Kleingeld, verkaufen Händler Fähnchen und Spielzeug, rechnen Frauen behände mit dem Abakus den Preis für Obst und Gemüse aus, weil das Geld der Leute für den Einkauf in der prächtigen Markthalle am Bessarabska Ploschtscha nicht reicht. Im Grunde ist die Stadt einfach, notiert sie in ihr grünes Heft. Es gibt drei Metrolinien, den Chreschtschatyk und den Dnipro: Am rechten Ufer liegt alles, was interessant ist, am linken sind die Schlaftürme der neuen Wohngebiete. Man kann kaum verloren gehen, und doch ist etwas merkwürdig, etwas stimmt nicht, denkt sie und läuft durch das alte Kyjiw, bis ihr die Füße schmerzen. Sie weiß es, als sie am Außenministerium steht, einem Gebäude aus der Stalinzeit, und die mächtigen, Schwindel erregenden korinthischen Säulen entlang nach oben schaut. Die Verhältnisse stimmen nicht. Sie stimmen nicht auf den Dniproinseln, wo die Mauern um die Grundstücke zu hoch sind, sie stimmen nicht an den Magistralen, die zu breit sind, sie stimmen nicht auf dem Chreschtschatyk, wo sich der Verkehr über sechs Spuren wälzt und doch kaum verdecken kann, was die Prachtstraße einst war: ein von Schluchten durchzogenes einsames Tal, das hatte Ida in einem Reiseführer gelesen.

Manchmal ist Jewhen auf ihren Exkursionen dabei und zeigt ihr sein Kyjiw. Es ist das alte Kyjiw, zu dem die Obere Stadt und das Goldene Tor gehören, das Kyjiw der goldenen Kuppeln, das sie in die Sophienkathedrale, das Michaelskloster, das Höhlenkloster, die Wladimirkathedrale führt, und das Kyjiw seiner Kindheit mit seinen Parks, den Botanischen Gärten und den unzähligen Kastanien der Stadt.

Manchmal begleitet sie Switlana, mit der es wieder über die Ausfallstraßen in die Randbezirke und Vororte geht. Allerdings interessiert sie sich nur für zwei Kyjiwer Ausfallstraßen: die eine, die sie zu den Mormonen führt, die in einem der Vororte einen Tempel gebaut haben und von denen sie sich taufen lassen will, weil die amerikanischen Missionare so freundlich sind. Dass sie orthodox ist, verschweigt sie den Missionaren. Sie wurde ja auch nur heimlich getauft, weil ihr Vater in Sowjetzeiten Schulleiter war. In ihren Augen gilt das nicht, schließlich hat sie zum ersten Mal bei den Mormonen gebetet und nicht bei den Ikonen. Switlanas andere Ausfallstraße ist die, die sie eines Tages zum Boryspil Aeroport bringen wird, raus aus der Stadt, raus aus dem Land. In die Staaten. Man muss es nur wollen, dann klappt es auch, sagt sie.

Nach jedem Ausflug füllt Ida die Seiten ihres grünen Heftes mit allem, was ihr aufgefallen ist: dass sie keine Stadt kennt, die so von Trampelpfaden durchzogen ist, dass es einen eigenen Stadtplan dafür geben müsste, eine Karte nur für Fußgänger, und dass sie diese Trampelpfade für reine Notwehr hält, weil die Stadt zwar nicht sehr groß, aber alles unendlich weit voneinander entfernt ist, dass sie weniges kennt, dass so sortiert und diszipliniert ist wie Warteschlangen an den Busbahnhöfen, dass die Kyjiwer Busfahrer Einwortsätze bevorzugen, dass sie

Wechselgeld mit einer Hand herausgeben können, ohne den Blick von der Straße abzuwenden, dass ihr Blick im Spiegel, wenn Ida etwas wissen will und es auf Englisch probiert, weil sie müde ist und es ihr auf Russisch nicht einfällt, immer bedeutet, *Speak russian or die, dewuschka*, dass Kyjiwer niemals lächeln, wenn man ihnen auf der Straße begegnet, dass sie sich aber ein Bein ausreißen, wenn man sie um etwas bittet, und dass sie sich am wohlsten in Jewhens Kindheits-Kyjiw fühlt: in den Parks mit ihren ornamentalen Blumenrabatten, wo Botschaften mit Veilchen in die Wiese gepflanzt sind – *Ja ljublju Kyjiw* –, vielleicht, weil es dort aussieht wie in den Städten ihrer Kindheit und die Leute auf Bänken sitzen, nicht auf der Wiese.

Iss Speck und lerne Russisch, hatte Jewhen an ihrem ersten Tag in seiner Praxis zu ihr gesagt. Ida hat ihr grünes Heft vollgeschrieben, Russisch gelernt und beschließt, dass sie es mit Speck in Kyjiw gar nicht so schlecht getroffen hat und dass es nun an der Zeit ist, aus ihrer Höhle im Zoo aus- und in eine Wohnung einzuziehen. Sie ruft Jewhen an und fragt, ob sein Angebot noch steht.

«Ich hol dich ab», sagt er.

Jewhen wohnt in der Oberen Stadt in einem Haus aus der Vorrevolutionszeit, das Ida an die Berliner Altbauwohnung erinnert, in der sie ein WG-Zimmer bewohnte, als sie im Berliner Zoo in die Lehre ging. Die Wohnung ist ein paar Minuten vom Goldenen Tor, ein paar Minuten vom Chreschtschatyk, ein paar Minuten von allem entfernt, was in Kyjiw wichtig ist.

«Kommunalnaja kwartira», sagt Jewhen, als er die Tür öffnet und Ida hereinlässt. «The soviet way of life.»

Jewhen schaut Switlana vielsagend an, die im Korridor steht und die beiden bereits erwartet hat. Switlana verdreht dramatisch die Augen.

«Ganz schön hoch, euer soviet way of life», sagt Ida, die den mimischen Schlagabtausch noch nicht so ganz versteht und nach oben zur Decke blickt, die wenigstens vier Meter hoch ist.

Sie stellt ihren Rucksack neben dem Tischchen ab, auf dem das Telefon steht, und streift ihre Schuhe von den Füßen. Fast ein Jahr lang hat sie das nicht getan: in eine Wohnung kommen und die Schuhe ausziehen. Sie hatte fast vergessen, wie angenehm es ist, auf Strümpfen über Parkett zu gehen. Ida schaut sich um. Die Wände im Korridor sind mit Ölbildern behängt, zumeist Landschaften. Am Boden stehen noch einige, die eher propagandistisch aussehen, Arbeiter in heroischen Posen, so wie sie sie aus dem Kulturhaus auf dem Hollywood Hill kennt.

«Das ist mein Zimmer», sagt Switlana und hakt sich bei ihr ein. «Ganz einfach zu erkennen an der Amiflagge, und dort», Switlana zeigt auf die gegenüberliegende Tür, «wohnt Jewhen, der alte homo sovieticus, ganz einfach zu erkennen am roten Stern.»

«Regel Nummer eins», fällt Jewhen ihr ins Wort, «wenn gestritten wird, dann im Flur, wie du unschwer erkennen kannst. Aber bitte nicht unflätig. Keine Obszönitäten. Verwünschungen allerdings sind ausdrücklich erlaubt. Wenn du wütend bist, sag zum Beispiel: Möge dein Löffel in die heiße Suppe fallen. Oder: Mögest du aufspringen, während du gerade mit den Kopfhörern an deine Stereoanlage angestöpselt bist. Oder, wenn es arg ist: Mögest du auf der Suche nach dem Wohnungsschlüssel in jenem Moment in deiner Jackentasche ins Leere greifen, wenn die Tür ins Schloss fällt.»

Ida grinst. Switlana verdreht wieder die Augen.

«Schau», fährt er fort, «dort hinten ist dein Zimmer, das zeig ich dir gleich, und das hier sind Sputnik und Wostok, die uns freundlicherweise bei sich wohnen lassen.»

Ida geht in die Hocke und streckt ihre Hand aus, um die

Kater zu begrüßen, die aus der Küche in den Flur geschlichen kommen. Sputnik wagt einen Annäherungsversuch und schnüffelt an Idas Hand, während Idas Aufmerksamkeit Wostok zu einer augenblicklichen Kehrtwende veranlasst. Switlana aber läuft dem Kater nach und trägt ihn zurück.

«Wostok, wo sind denn deine Manieren, das ist Ida, sag Hallo zu Ida.»

Ida streichelt den strampelnden schwarzen Kater am Kopf, dann springt er von Switlanas Arm und taucht unter dem grünen Sofa ab, das, so alt und zerkratzt wie es aussieht, augenscheinlich von den Katern bewohnt wird. Jewhen nimmt Idas Jacke und hängt sie in den Schrank, auf dem drei Vogelpräparate stehen, ein Eisvogel, ein Blaukehlchen und ein Vogel mit buntem Gefieder, den Ida nicht bestimmen kann. Auf der linken Seite neben Jewhens Zimmer liegt die Küche, geradeaus das Bad.

«Schau mal, Idotschka, dein Zimmer», sagt Jewhen, öffnet die Tür und schaltet das Licht an.

«Ich mach schon mal den Sekt auf», hört Ida Switlana aus dem Flur rufen.

Ida schnappt sich ihren Rucksack, tritt in das Zimmer und sieht sich um. Wie im Korridor sind die Wände dünn gestrichen. Der alte Putz scheint durch, und die Streifen der Farbrollen sind noch zu sehen. Links neben der Tür steht ein langes Bücherregal, dahinter, in der Ecke, ein Schlafsofa, am Fenster ein Schreibtisch, daneben eine Kommode und gleich rechts an der Wand ein Schachtisch und zwei Sessel. Ida legt ihren Rucksack auf einen der Sessel und zieht die Vorhänge zurück. Sie blickt über den Hof auf die beleuchteten Fenster des gegenüberliegenden Hauses.

«Wenn du gesagt hättest …», Ida wendet sich um, sieht, dass Jewhen nicht mehr in der Tür steht.

Sie hört die Waschmaschine rumpeln und spürt die Anspannung von sich abfallen.

Auf dem Schachtisch liegt ein Brief ihrer Mutter, die mittlerweile nur noch monatlich schreibt, nicht mehr jede Woche. Sie schaut auf die Schrift, die ihr vertraut ist, obwohl sie so wenig über sie weiß. Anders als bei ihrem Vater, den sie in all seiner Unsicherheit und Fehlbarkeit zu kennen glaubt, fehlt Ida zu ihrer Mutter die Verbindung. Die Mutter will ihr Geld schicken, fragt, ob sie denn nicht zurückkommen wolle, dass sie jetzt mit Joe ein Haus in Dresden gekauft hat, ganz romantisch am Elbufer gelegen, dort könne sie erst mal wohnen, und sie könne doch noch einmal etwas anderes anfangen, studieren, Tiermedizin vielleicht, wenn es schon Tiere sein müssen, sie solle sich das doch überlegen, sie sei ja noch jung, da sei noch nichts zu spät, sie könne doch ihr Leben nicht an zwei Elefanten binden. Das führe doch zu nichts.

Jeden dritten Brief beantwortet Ida und schreibt, dass es ihr hier gut gehe, dass sie bei Jewhen und Switlana untergekommen sei, was ab dem nächsten Brief ja auch stimmt, und dass sie kein Geld brauche und hier alles habe.

Ohm schreibt Postkarten, auf denen meist steht, dass alles in Ordnung sei, dass Ida sich keine Sorgen machen müsse, dass jetzt sogar die Halden begrünt werden und es bald wieder ein Kurbad gibt und dass Papa grüße. Beides, das alles in Ordnung sei und Papa grüße, kann Ida ihr nicht so recht glauben, seitdem der Vater mit seinem Zirkuswagen auf das Gartenstück hinter dem Haus gezogen ist und trinkt. Sie schreibt die gleichen Postkarten zurück: Es gehe ihr blendend, und sie lasse Papa grüßen. Was würde es bringen, ihr zu schreiben, wie verloren sie sich in ihrem ersten Jahr hier gefühlt hat. Sie will keine Ratschläge, und sie will auch nicht, dass sich die Ohm Sorgen macht.

Ida räumt ihre Sachen in die Kommode, auf der ein gerahmtes Foto von Jelena steht, eine Nahaufnahme. Auf dem Bild ist sie vielleicht fünf Jahre älter als Ida jetzt. Sie trägt die dunklen Haare schulterlang, stützt das Kinn in die Hand, man sieht die grob gestrickte Wolle eines Pullovers oder einer Jacke am Handgelenk, den Ring am Finger und im Hintergrund eine Lampe und die Kommode. Sie sieht aus, als hätte sie – im Gegensatz zu Ida – schon ein eigenes Leben.

Ida kann sich an Jelenas warmen, ruhigen Blick erinnern, der so ganz anders war als der rastlose, unruhige ihrer Mutter. Sie wird Jewhen bitten, das Bild stehen zu lassen, und es oft ansehen, weil Jelenas Blick ihr zu sagen scheint, Idotschka, meine Liebe, so wie es ist, ist es gut. Jelena wird Ida eine Vertraute werden, auch weil sie in der Wohnung allgegenwärtig ist. Nicht nur, dass in jedem Raum Fotos von ihr stehen oder hängen, und wenn es nur ein kleines Passbild ist. Es ist vor allem ihre Handschrift, der Ida überall begegnet. In den Kommentaren, die sie mit einem schwarzen Stift an den Rand ihrer Materialsammlungen zum Unfall in der Atomstation geschrieben hat, die sich noch immer auf ihrem Schreibtisch stapeln, auf den Geburtstagskarten an Switlana, die an der Pinnwand im Flur hängen, in den Rezeptheften, die auf dem Küchenbord stehen. Ida stellt das Bild zurück und schaut das Bücherregal durch, in dem neben Ordnern, Ingenieurbüchern, Zeitschriften, Enzyklopädien die europäische Literatur der vergangenen zweihundert Jahre in Romanen, Gedichtbänden und Dramentexten vertreten ist. Die Bücher ihrer Großeltern passten dagegen in ein kleines Leiterregal, das mit zwei dünnen Schräubchen an die Wand gebohrt war, auf dem oberen Regalbrett ein Lexikon und ein Opernführer, Stanisław Lems *Sterntagebücher*, zwei Reisebände über Südamerika und Wilhelm Zimmermanns *Der große deutsche Bauernkrieg*. Abgesehen von dem Lexikon und dem Opernführer, mit denen die Großmutter *das klingende Sonntagsrätsel* gelöst hat, kann Ida keines der Bücher mit den Großeltern in Verbindung bringen. Auf dem unteren Regalbrett lagen drei Bände Grimms Märchen.

«Sie war eine talentierte Leserin.» Jewhen steht wieder in der Tür.

Was dieser Satz tatsächlich bedeutet, begreift Ida später, als Jewhen an Jelenas Geburtstag im Oktober tagelang in ihrem Zimmer sitzt und ihre Bücher sortiert, nicht isst, nicht trinkt, vergisst, dass Ida in diesem Zimmer wohnt. Jewhen hat zwar im Gegensatz zu Jelena nur einen Bruchteil dieser Bücher gelesen, aber er weiß alles über sie – kennt die Figuren, die Konflikte, die Entstehungsgeschichte, die Autoren, die Verlage, die Diskussionen und Skandale –, und er weiß alles über seine Frau. Eine Etage des Bücherregals neu zu sortieren, war ein Geburtstagsgruß von ihm an sie. Darin stand, was sie im neuen Lebensjahr lesen, wieder lesen oder nicht lesen sollte. Es verbarg sich eine Liebeserklärung darin. Das Bücherregal war die Geheimsprache zwischen ihnen, erzählt er, der Schlüssel zu einem Universum.

Zwischen Jewhens Füßen schleicht Sputnik ins Zimmer, springt aufs Fensterbrett und schaut über den Hof, so wie Ida gerade eben noch.

«Wenn du mir gesagt hättest, dass hier so reizende Katerchen die Landlords sind, wäre ich schon eher gekommen.»

«Hab ich, Ida, du hast es nur nicht verstanden. Isst du mit uns?»

Ida nickt und folgt Jewhen in die Küche, die mit ihren beschlagenen Fenstern einer Dampfsauna gleicht. Idas Blick fällt auf die unzähligen Pflanzen in Tontöpfen und Kübeln, die jeden freien Quadratzentimeter einnehmen, und, soweit sie das erkennen kann, alles Nutzpflanzen sind. An der Seite steht ein Regal, auf dessen Brettern sich die Obst- und Gemüsegläser stapeln und das sie an die Regale im Keller ihrer Großmutter erinnert. Auf dem Tisch dampfen Wareneki in der Schüssel. Switlana drückt ihr und Jewhen Sektgläser in die Hand und schenkt ein.

«Auf dich, Ida, willkommen bei uns, schön, dass du da bist. Ich hatte schon Sorge, du würdest dich zu einem Elefanten mausern», sagt Jewhen, und Switlana lacht.

«Das stimmt, die Transformation war schon ziemlich fortgeschritten, das musst du zugeben, Idotschka. Immer ein Fädchen Stroh am Pullover und ein Apfel in der Tasche.»

«So schlecht ist das nicht, ein Elefant zu sein. Sie können mit den Füßen hören, haben einen Schnorchel dabei, und die Frauen geben den Ton an», erwidert Ida und stößt einen Trompetenlaut aus.

«Auf die Frauen. Sa sdrowie. Und besonders auf Jelena, Lena, Lenotschka», sagt Switlana und hebt ihr Glas, und Jewhen schaut Switlana an, dankbar, dass sie daran gedacht hat.

Switlana schaufelt die Wareneki auf die Teller, die sie nach Jelenas Rezept gekocht hat, wie sie betont. Der Duft der Teigtaschen, die mit Sauerkraut und Pilzen gefüllt sind, katapultiert Ida zurück in ihre Kindheit, nämlich auf den Zirkusplatz in Lwiw, wo Jewhen, Jelena, Switlana sie besucht hatten und Ida zum ersten Mal Jelenas Wareneki gegessen hat. Es ist etwas Spezielles an ihnen. Sie werden mit einem Kuss serviert, sagt Switlana, knutscht sie auf die Wange und schiebt ihr die Schale mit der Smetana zu.

Ida sieht Jewhen an, zum ersten Mal begegnen sie sich ohne kranke Zootiere, ohne Dienstpläne, ohne die Frage, woher Sponsorengelder für Medikamente, Instrumente und Futter kommen, oder Jewhens Dauersorge, ob sie denn alles habe in ihrem provisorischen Lager. Ida zerteilt die Wareneki, und das Schweigen schwillt an, und sie hofft insgeheim, dass Switlana weiterplappert. Und so kommt es auch. Das sei ja wie auf ner Trauerfeier, sagt sie, dabei sei sie diejenige, die Grund zum Klagen habe, schließlich hat sie sich heute bei der Kälte sechs Stunden lang die Beine in den Bauch gestanden, das ist einfach kein Wetter für Möbel, sie hat aber wieder gute Anfragen, eine für eine Wohnungs- und Kellerberäumung bei einem Kriegsveteranen, da gibt es sicher wieder jede Menge Orden für die Touristen im Sommer und Uniformen für die Filmleute, und eine für ein altes Rathaus, das garantiert bis unters Dach voll mit Sowjetkitsch ist, und vielleicht fahren sie auch noch mal auf den Polenmarkt nach Warschau.

Beim Stichwort Orden verschwindet Ida in ihrem Zimmer, kehrt mit dem Nationalpreis und der Johannes-R.-Becher-Medaille zurück, die sie damals nach dem Verkauf des Zirkus vor der Wegwerfwut ihres Vaters bewahrt hatte, und legt sie auf den Tisch.

«Was würden wir dafür bekommen?»

Switlana nimmt den Orden und pult die Medaille aus der Schachtel, dreht und wendet sie.

«Was soll das sein, Idotschka?»

«Der Orden ist so was wie Vaterländische Verdienstorden in Gold.»

«DDR?»

«Ja.»

«Wie viele wurden verliehen in den vierzig Jahren?»

«Der Orden vielleicht fünfhundert Mal, die Medaille zweihundert Mal an Autoren, Regisseure, Künstler für Verdienste um die Entwicklung der sozialistischen Nationalkultur, wie es hieß.»

«Wie viel gab's dafür?»

«Für den Orden hunderttausend, für die Medaille? Weiß gar nicht. Ich glaube, die sah nur gut aus.»

«Idotschka, ich fürchte, das will hier trotzdem keiner. Mehr als den Materialpreis wirst du dafür nicht kriegen», sagt Switlana, steckt die Medaille zurück in die Schachtel, legt den Orden obendrauf und schiebt beides über das Wachstuch zu Ida zurück.

«Wieso? Naziorden scheinen sich doch auch prima zu verkaufen.»

«Faschisten sind was anderes. Du musst wissen, die Leute kaufen lieber das Original. Wenn es um Faschisten geht, deutsche, wenn es um Kommunisten geht, sowjetische Produktion. So einfach ist das. Behalte das, in ein paar Jahren kannst du es bei euch verkaufen. Gerade interessiert sich niemand so recht für die DDR, und alle werfen ihr DDR-Blech in den Schredder. Aber in zehn Jahren stehen die großen Filmproduktionsfirmen da und suchen nach Originalrequisiten. Und das ist nur der Anfang. Es braucht nur einen großen Erfolg mit ner DDR-Geschichte, dann steigt Hollywood ein. Immerhin stand bei euch die Mauer, und ihr wart mit Abstand Moskaus willfährigster Vasall. Die Hollywoodstudios werden Schlange stehen.»

«Sweta, bis dahin gibt es das längst tausendfach kopiert.»

«Na und, das nützt denen aber nichts», sagt Switlana, «Ohne Original wissen die gar nichts. Um gut zu spielen, muss man spüren, wie schwer die Orden auf der Brust sind», sagt Sweta, steht auf und holt eines der Ölbilder aus dem Flur, das Porträt eines Veteranen, dessen Uniform nahezu vollständig hinter seinen Orden verschwindet.

«Schau, wie krumm der ist, das ist nicht das Alter oder die Osteoporose. Das sind die Orden, Idotschka, du musst sie spüren.»

«Kannste glauben», sagt Jewhen. «Switlana ist Profi in To-
talitarismuskitsch und Flohmarktgeschäften.»

Switlana gibt Ida einen Kuss auf die Wange.

«Lass den Kopf nicht hängen, wir zwei gehen jetzt noch aus.
Da ist eine Party bei Maxim, und danach sind wir im Oddity
verabredet. Ich stell dich allen vor.»

«Erst essen», sagt Ida.

«Erst einen Wodka mit dem armen alten Onkel trinken»,
sagt Jewhen.

Switlanas Geduld reicht genau bis an den Boden des dritten Glases, dann ergreift sie Idas Hand und zieht sie vom
Stuhl, die durchaus froh ist, an die kalte Winterluft zu können,
bevor der Wodka sie komplett lahmlegt. Sie heftet sich ihren
goldenen Goethe an den Pullover, und bevor sie in Switlanas
Schlepptau aus der Küche stolpert, kann sie sich noch nach
Jewhen umdrehen, der sich – den immer noch misstrauischen
Wostok auf dem Schoß – gerade eine Zigarette anzündet, ihr
mit dem Wodkaglas zuprostet und nicht grinst, sondern lächelt. Ida lächelt zurück und wäre in diesem Moment lieber
geblieben. Bei ihm.

«Die Baracholka ist die große Gleichmacherin, darin liegt Trost,
aber auch alle Brutalität. Egal, was die Dinge einmal waren,
was sie bedeuteten, welche Türen sie öffneten oder schlossen,
hier wird alles zu Ramsch, besonders die Orden, Idotschka»,
hatte Switlana gesagt und auf einen Orden aus dem Großen
Vaterländischen Krieg gezeigt. «Damit durften die Träger
früher kostenfrei Metro fahren, jetzt liegen sie neben euren
Eisernen Kreuzen und werden für ein paar Griwna an jeden
verscherbelt, der sie haben will.» Ida tritt aus der Metro in die
Hitze des Sommernachmittags. Sie läuft die Straße entlang, an
einem Mann vorbei, der den Abnehmer eines Oberleitungs-

busses repariert. Am Rande des Fußwegs haben die ersten Händler ihre Stände aufgebaut. Sie biegt in ein Gewirr an Gassen ab, die mit ihren überdachten Ständen wie ein Kaufhaus sortiert sind: Sie kommt durch die Gasse für Haushaltsgeräte, für Klamotten, Elektrowaren, drängelt sich zwischen den überbordenden Ständen der Buchverkäufer hindurch, bis sie auf eine größere Straße gelangt. Dort bieten Händler am Straßenrand auf Decken oder Motorhauben ein wildes Durcheinander an Porzellantellern, Püppchen, Pelzmänteln, alten Uniformen, Stalinbüsten, Leninbannern, Barbiepuppen, Unterwäsche, alten Werkzeugen, Besteckkästen, Bettwäsche an.

Ida entdeckt Switlana relativ weit am Ende der Straße, in der Nähe der Bahngleise. Sie war heute Morgen spät dran und hat keinen allzu guten Platz mehr erwischt. Ida läuft auf Jewhens Lada zu. Switlana hat eine Decke mit einem orientalischen Muster auf der Motorhaube ausgebreitet und den Ramsch darauf drapiert. Links die Sowjetorden, rechts die Naziorden, in der Mitte Münzen, Silberbesteck, Sonnenbrillen und kleine Ikonenmalereien. An den Kotflügeln lehnen die Ölschinken. Im Grunde ist das Geschäft wie im Wilden Mann. Ein Schnaps ist immer ein Doppelter, und wer sich einpisst, fliegt raus. Auf die Baracholka bezogen heißt das: Touristen aus dem Westen handeln nicht, und wer glotzt, kauft nichts. Wenn sich der Aufwand nicht lohnt oder die Stimmung schlecht ist, auf den Kunden zugehen und sagen: «Little english, good price.» Wenn es sich lohnt und/oder die Laune stimmt, kommt der Geigerzähler zum Einsatz.

«Hej, Sweta, wie laufen die Geschäfte?»

Switlana lehnte an der Motorhaube. Sie hat einen Regenschirm aufgespannt und an der Fahrertür befestigt, der ein bisschen Schatten spendet. Der Autolack glänzt dunkelblau in der Sonne, und Switlana sieht in ihrem weißen Chiffonkleid aus wie aus dem Ei gepellt, wie immer, und ganz anders als ihre Flohmarktkollegen.

«Nitschewo, Idotschka, nicht besonders. Wir hätten zum Andreassteig gehen sollen, da sind heute mehr Touristen», sagt sie und winkt ab. «Komm, ich zeig dir was.»

Switlana zieht Ida auf die Rückbank des Lada.

«Idotschka, schau dir diese Zahl an», sagt sie.

Mit ihrem rot lackierten Fingernagel tippt sie wieder und wieder auf das Vertragspapier: «Was soll's, einmal muss ich das durchmachen, dann bin ich hier weg. One-Way-Ticket in die Staaten.»

«Du willst ein Kind austragen?», sagt Ida etwas lauter als beabsichtigt, nachdem sie beim Überfliegen des Papiers glaubt, verstanden zu haben, worum es geht.

Von Switlana kommt ein scharfes Zischen zurück. Sie sieht sich um und zieht die Autotür heran.

«Glaubst du vielleicht, von dem bisschen Ramsch verkaufen, kann wer überleben, Idotschka?», sagt Switlana und zeigt auf den Mann, der sich die Brille auf die Stirn geschoben hat und die Orden auf der Motorhaube inspiziert und den Ida wegen der Bauchtasche, die sich unter dem gelben T-Shirt abzeichnet, für einen Deutschen hält. «Das Geld verdienen meine Eierstöcke, die schon seit Jahren fleißig Eizellen produzieren. Mit einer Spende verdiene ich so viel wie andere im Monat, Mascha zum Beispiel, die kennst du, die Krankenschwester ist, oder Alina, die Lehrerin werden will.» Switlana lässt sich gegen die Lehne der Rückbank fallen und verschränkt die Arme. «Für dich ist das einfach, du hast einen deutschen Pass. Wenn du genug hast, setzt du dich auf deine Elefanten und reitest zurück. Willkommen in der Heimat, sagen da die Grenzbeamten. Was meinst du, wie deine Leute reagieren, wenn ich an der Grenze stehe und sage, ich will jetzt im Westen bei meiner Freundin Ida leben? Ich mache das seit Jahren, Idotschka. Und ich sag dir was, ich hätte mir gerne amerikanische Kundinnen ausgesucht, um schon mal meine Eizellen in die künftige Heimat vorauszuschicken, aber die Agenturchefin meint, das geht nicht.»

Switlana kramt in ihrer Tasche und zieht ein Bild heraus. Es zeigt sie in einem Meerjungfrauenkostüm am Dniprostrand. «Im Grunde ist es wie bei einer Modelagentur», sagt sie. «Entscheidend ist der Phänotyp, die Hässlichen dürfen nur austragen. Die magischen Daten zu diesem Bild», jetzt klopft sie mit dem Fingernagel auf das Foto, «heißen eins neunundsechzig, achtundfünfzig Kilo, raucht nicht, trinkt nicht, na ja, das geht die Agentur ja nur bedingt was an, Blutgruppe null, Rhesusfaktor positiv, schwarzes langes Haar und keine schlechten Angewohnheiten.»

Ida nimmt das Bild, schaut abwechselnd auf Switlana im Meerjungfrauenkostüm, auf die Motorhaube des Lada, auf den Mann mit der Brille, der noch dasteht und glotzt, und auf die Leute, die mit Eis in der Hand an den Ständen vorbeiziehen.

«Sweta, haben sie nach Tschornobyl gefragt?»

Switlana sieht Ida an, ihre Pupillen flackern, und Ida fürchtet, einen Wutausbruch ausgelöst zu haben, zu ernst scheint es Switlana mit ihrem Plan zu sein. Aber nach langen Sekunden des Schweigens entspannen sich ihre Gesichtszüge, und Switlana nimmt Idas Hand.

«Ja, was, Idotschka? Mein Vater kommt aus Jakutien, aus einem Dorf kurz vor dem Polarmeer, am Ende der Welt, das hat er immer gesagt. Sein Vater war Jakute und die Mutter Russin, und er hat sie gewollt, obwohl Russen bei den Jakuten nicht beliebt sind, weil sie als hektisch gelten, große Einkaufstaschen bei sich tragen und sich statt nach der Eintönigkeit eines jakutischen Dorfes nach einem Ferienhaus im Süden sehnen. Bis zum Lebensende werden sich alle Erzählungen meines Vaters aus dieser Kindheit speisen. Sie handeln von den Sandbänken der Lena, vom Wind, der Schnee über das Eis fegt, vom Prasseln und Knacken des Eises, wenn die Atomeisbrecher Fahrrinnen für die Handelsschiffe brechen, von einem Mammutknochen, den mein Vater im aufgetauten Tundraboden gefunden hat, und vom Angeln im Sommer, wenn die Polar-Omule zum Laichen aus dem Polarmeer in die Lena kommen. Mit Kind, Kegel und ihren Netzen sind sie jeden Sommer die Lena hochgefahren. In ihren Gummihosen standen sie stundenlang im Wasser, am frühen Morgen, wenn der feine Nebel noch über dem Fluss lag. Nirgendwo in der Stadt kannst du so etwas haben, hat mein Vater immer gesagt, der mit uns gerne nach Jakutien gezogen wäre, aber meine Mutter sehnte sich nach großen Einkaufstüten und einem Ferienhaus im Süden. In Jakutien gibt es nur Netze voller Fisch und eine Hütte am Polarmeer mit einem Eiskeller, ausgegraben von denen, die bei Stalin in Ungnade gefallen waren. Bei Sturm angelst du keinen Fisch, dann verzieht er sich in die Tiefe, sagt mein Vater, wenn er davon spricht. Nein, mit Tschornobyl haben wir nichts zu tun. Meine Familie hat mit Polar-Omulen zu tun.»

Ida schaut Switlana mit offenem Mund an. Sie weiß wenig über Switlanas Vater, Switlana spricht nicht viel von ihm, was soll sie auch erzählen, die meiste Zeit ihrer Kindheit hat er sie zu Jewhen und Jelena abgeschoben. Dass er und Jewhen Jakuten sind und Switlanas Vater einmal einen Mammutknochen gefunden hat, hört sie zum ersten Mal. In Sowjetzeiten war er Schulleiter, ein Aufsteiger, und wie viele Aufsteiger ist er hart zu sich und hart zu den anderen. Vor allem zu Switlana. Vor einem Jahr, kurz nachdem sie eingezogen war, war er vorbeigekommen. Ida hatte das dumpfe Brüllen des Vaters, Switlanas sich überschlagende Stimme und immer wieder das Wort Agentur gehört.

Sie weiß, dass Jelenas Vater als einer der wenigen gegen die Autonomie gestimmt hat, dass für ihn alles Ukrainische zweitklassig ist, in der Literatur zu viel Pathos, das Theater nicht mehr als Aktionskunst, die Sprache nicht mehr als ein Dialekt, und dass es darüber immer wieder Streit mit Jewhen gibt, und das nicht nur, weil Jelena Ukrainerin war. Er hat nach dem Zerfall der Sowjetunion seinen Job verloren, aber dank guter Verbindungen schnell wieder ins Geschäft gefunden. Welches Geschäft, darüber schweigen Jewhen und Switlana, vielleicht wissen sie es auch nicht so genau. Er handelt mit irgendwas, bringt allerhand Dinge von irgendwelchen Geschäftsreisen mit. Er ließ sich von Switlanas Mutter scheiden und heiratete eine Frau, die kaum älter ist als die Tochter, eine Moskauerin, die Kyjiw mit qietschendem I spricht und sich auch nach großen Einkaufstaschen und Ferienhäusern im Süden sehnt. Er hatte die Amiflagge von der Tür seiner Tochter gerissen und drauf gespuckt. Das Wort Agentur schien ihm gereicht zu haben. Es bedeutete, dass sich seine Tochter vermitteln ließ, und wenn er gewusst hätte, wofür, hätte er sie wahrscheinlich totgeschlagen. Seine Familie lässt sich nicht vermitteln, dient sich nicht an und schon gar nicht bei den Amis. Für Switlanas Vater ist jede Art der Dienstleistung Büttelarbeit. Die Tochter ist für ihn, den Aufsteiger, eine Versagerin. Jewhen war aus seinem Zimmer in den Flur gestürmt und hatte seinen Bruder aus der Wohnung geworfen. Und Switlanas Vater war in seine Limousine gestiegen, die vor dem Haus mit einem Fahrer wartete. Switlana hatte, als der Vater weg war, dessen Rasierwassergeruch aus dem Flur geschrubbt, die Amiflagge ausgewaschen und wieder an die Tür gehängt. Dann hatte sie sich auf die grüne Couch fallen lassen, gelächelt und ausgesehen, als wäre der Streit mit ihrem Vater davongefahren. Sie hatte nichts von dem Zorn behalten. Sie tat, als hätte es den Streit nicht gegeben. Nur Wostok war zwei Tage lang nicht unter dem grünen Sofa vorgekommen.

«Dein Vater kommt aus Jakutien?», fragt Ida ungläubig.

Switlana stößt sie in die Seite und lacht. «Natürlich nicht. Aber du hast es mir abgenommen. Idotschka, du hast die neue Zeit noch nicht verstanden. Es kommt darauf an, zum richtigen Zeitpunkt die richtige Geschichte zu erzählen. Da darfst du kein Angsthase sein, oder wie mein jakutischer Vater sagen würde: Sei nicht einer, der seiner Frau erzählt, heute geht's nicht, ich hab mein langes Nachthemd an.»

Ida schnappt sich den Vertrag und blättert durch die Seiten. Für zwanzigtausend Dollar steht Switlana bereit für das *Successpaket*, das *Idealpaket* und das Paket *Kind auf dem Arm*.

«Westmenschen lieben *Pakete*», sagt Switlana. «Da ist alles drin, inklusive Abholen vom Flughafen, wenn's so weit ist, Unterbringung in einer gemütlichen Wohnung mit TV, Verpflegung und allen Papieren zur Ausfuhr des Babys.»

Ida lässt das Vertragspapier sinken. Sie und Switlana schauen durch die Frontscheibe des Lada dem Mann mit der Bauchtasche unterm T-Shirt zu, wie er wahrscheinlich zum zwanzigsten Mal die Sammlung durchstöbert und die Orden und Medaillen in seiner Hand wiegt.

«Komm, Idotschka, lass uns den mal klarmachen. Der bettelt ja förmlich darum.»

Switlana und Ida schälen sich vom Fonds des Lada.

«Little english. Good price …», sagt Ida.

«… and definitely radiation-free», schiebt Switlana hinterher. Der Tourist schrickt auf und schaut die beiden entgeistert an. Switlana holt den Geigerzähler aus dem Auto.

«I'll show you.»

Der Geigerzähler ist so etwas wie Switlanas stärkstes Verkaufsargument. Waren Sie in Tschornobyl?, fragt sie die Leute flüsternd, als wolle sie ein Geheimnis teilen, und es ist fast eine rhetorische Frage, die meisten kommen genau deswegen nach Kyjiw. Da sei alles leer, das hätten sie ja sicher gesehen. Dann erklärt sie ihnen, dass die Leute die Häuser in der verbotenen Zone plündern und Klamotten und Pelze und Bücher und was nicht alles rausschleppen und dass das Zeug noch voll von dem radioaktiven Staub sei. Am Ende ihrer Ausführung schiebt sie die Frage nach, was sie meinen, wo das geplünderte Zeug lande, und zeigt wirkungsvoll auf die umliegenden Verkaufsstände, sagt, da könnten sie auch hingehen, dort gäbe es das Gleiche wie bei ihr für einige Grwina weniger, aber wüssten sie auch, woher die Sachen kämen?

Switlana fährt mit dem Geigerzähler über die Münzen. Es knistert behäbig.

«Just the background radiation. These medals are clean.»

Der Tourist nickt, und Ida nennt einen Preis, der ihn merklich zusammenzucken lässt.

«My Medals might be a bit more expensive, but guaranteed radiation-free.»

Der Tourist kramt ein Bündel Geldscheine aus seiner Bauchtasche hervor, und hinter ihnen rumpelt ein Güterzug über die Gleise.

«Hier, bekommen Sie Tüte dazu», sagt Switlana auf Deutsch.

Der Tourist grinst.

«Spassibo.»

IDA UND JEWHEN

Januar. Ida hat ihren Kopf auf den Küchentisch gelegt. Jewhen gießt Kaffee in ihre Tasse. Es schneit seit Tagen.

JEWHEN: «Ida, Idotschka, was willst du vom Leben? Willst du es mit den Elefanten verbringen? Schau, mein Leben ist vorbei. Ich habe eines gehabt mit Jelena. Wenn ich noch mal eines bekomme, dann ist das mehr, als ich erwarten kann. Aber du, du bist jung, du hast noch gar nicht angefangen.»
IDA: «Ich weiß nicht.»

Februar. Ida und Jewhen sitzen auf dem grünen Sofa. Sputnik jagt Idas Schnürsenkel.

JEWHEN: «Erinnere dich, Ida, ich will alles wissen. Was war dein erster Satz im Russischunterricht?»
IDA: «Eto okno. Und die Russischlehrerin, Frau Blinowa, lächelte nie, und ihr *Choroscho* klang nicht, als hätte man etwas gut gemacht, sondern eher wie: *geht so.* Warum lächelt der Sowjetmensch nicht, Jewhen?»
JEWHEN: «Das kommt von Stalin.»

März. Jewhen zieht die Wohnungstür ins Schloss. Das Geräusch ihrer Schritte fliegt durchs Treppenhaus.

JEWHEN: «Was waren die Russen für euch?»

IDA: «Der große Bruder. Und für euch?»

JEWHEN: «Auch. Aber eher so ein Möge-ihm-der-Löffel-in-die-heiße-Suppe-fallen-Bruder.»

IDA: «Dann hattet ihr immer einen, auf den ihr's schieben konntet.»

JEWHEN: «Ihr doch auch! Erst waren's die Russen, dann habt ihr den Westdeutschen euer Land geschenkt, und nun könnt ihr bis in alle Ewigkeit sagen, die sind schuld. Ihr werdet nicht erwachsen, Idotschka. Wir schon.»

IDA: «Das nennt ihr erwachsen? Wie lange hat es noch mal gedauert, bis die größten Arschlöcher wieder wie Fettaugen auf der Suppe schwammen ...»

JEWHEN: «Ida, Idotschka. Das stimmt. Ist aber obszön.»

April. Die Kastanienbäume stehen in voller Blüte. Ida und Jewhen fahren auf der Rolltreppe der Metrostation Majdan Nesaleschnosti nach unten.

JEWHEN: «Und die Revolution?»

IDA: «So schnell konntest du nicht schauen, da hatten sie die Revolutionskluft gegen neonfarbene Trainingsanzüge getauscht und sahen darin aus wie Kinder im Schlafanzug.»

JEWHEN: «Bei uns tragen die Leute auch neonfarbene Trainingsanzüge.»

IDA: «Aber die Leute bei euch nennen sich *biznesmeny.*»

Mai. Umsteigebahnhof zur grünen Metrolinie. Ida hört die Pfennigabsätze in der schiebenden Menschenmasse.

IDA: «Es bleiben so komische Sachen übrig, wenn ein Land verschwindet.»

JEWHEN: «Was denn zum Beispiel?»

IDA: «Zum Beispiel die Fahnenhalter an den Fenstern. Im Haus Edith hing am Ersten Mai eine rote Fahne am Klofenster.»

JEWHEN: «Ja, und weißt du auch, warum die da hing?»

IDA: «Wir hatten keinen Unterricht und haben die sozialistische Arbeit gefeiert?»

JEWHEN: «… und wir haben den Frieden und den Frühling gefeiert. Das Motto zum Ersten Mai war: Der Frieden. Die Arbeit. Der Mai. Ihr habt den schönen Teil der Veranstaltung vergessen. Aber ihr habt ja auch Fahnen an Klofenster gehängt.»

Juni. Sie fahren mit der Metro über den Dnipro auf die andere Seite der Stadt. Ida schaut über den Fluss.

JEWHEN: «Ida, erinnere dich. Ich will alles wissen.»

IDA: «Bei uns wurde der Stacheldraht eingerollt.»

JEWHEN: «Bei uns wurde der Stacheldraht ausgerollt. Plötzlich brauchten wir einen Pass, um die Verwandten zu besuchen. Plötzlich gab es Schlangen vor Schlagbäumen.»

IDA: «Schlagbäume?»

JEWHEN: «Ja, siehst du, Idotschka, ihr Deutschen habt uns ein paar Millionen Tote dagelassen und ein Wort. Und was für eins.»

Juli. In der Datsche steht noch die Luft des vergangenen Sommers. Ida und Jewhen sitzen im Garten auf der Hollywoodschaukel. Jewhen nimmt Idas Hand, küsst sie.

IDA: «Was ist dein Seelentier?»

JEWHEN: «Der Trauerschnäpper.»

IDA: «Warum?»

JEWHEN: «Er ist als einer der Ersten in den Wermutwald zurückgekehrt, und er nistet, wo die Strahlung niedrig ist. Im Wermutwald kannst du an seinem Gesang hören, wohin du gehen kannst.»

August. Jewhen und Ida stehen in der kühlen Markthalle an einer der langen gefliesten Verkaufstheken. Es riecht nach Fisch.

IDA: «Früher standen wir nach den Dingen Schlange. Jetzt stehen die Dinge nach uns Schlange, und die Verkäuferinnen tragen noch die gleiche Dederonschürze über der Unterwäsche, und wenn der Sommer lang und heiß ist, sieht man die Streifen auf der gebräunten Haut noch im Oktober.»

JEWHEN: «Wartende Leute machen jedenfalls weniger Dreck als wartende Dinge. Mit den Dingen kam der Dreck in die Straßen. Früher wars besser.»

IDA: «Das liegt nicht an den Dingen. Das liegt an der Freiheit. Mit der Freiheit kam der Dreck.»

JEWHEN: «Schau, ein Polar-Omul. Nehmen wir den?»

IDA: «... und lass uns noch Schampanskoje kaufen. Ich ertrag deinen Bruder sonst nicht.»

September. An den Straßenrändern fallen die reifen Kastanien auf die Dächer der parkenden Autos. Dongdongdong.

IDA: «Bei uns kann man jetzt alles kaufen.»

JEWHEN: «Bei uns muss man jetzt alles kaufen. Aber das war eigentlich immer schon so. Jelena wollte Medizin studieren. Konnte aber das Schmiergeld nicht bezahlen. Ohne etwas vorbeizubringen, bestand auch in den Siebzigern kaum einer den Aufnahmetest.»

Oktober. Sie stehen an der Wohnungstür. Jewhen zieht Ida ein welkes Pappelblatt aus dem Haar.

JEWHEN: «Aber der Westen hat doch auch was gebracht.»
IDA: «Versicherungsstrukturvertrieb und Sexshops. Okay, die Sexshops gab es schon vor der Wende, aber nicht für den kleinen Mann, nur für die Bonzen.»
JEWHEN: «Hat das eine mit dem anderen zu tun?»
IDA: «Die Bonzen und der kleine Mann sind jetzt zusammen im Versicherungsstrukturvertrieb und im Sexshop.»
JEWHEN: «Ist sozialistisch, oder nicht?»
IDA: «Schön ist das, sagte da der kleine Mann mit dem ersten Pornoheft in der Hand.»

November. Jewhen und Ida sitzen auf dem grünen Sofa. Jewhen streift sich die Schuhe von den Füßen und legt seinen Kopf in Idas Schoß.

JEWHEN: «Was macht der kleine Mann heute?»
IDA: «Er verwechselt Quarkkeulchen mit Solidarität.»
JEWHEN: «Was meinst du, Ida? Red nicht so kryptisch!»
IDA: «Ich meine die Wärme. Der kleine Mann denkt an früher und denkt an die Wärme, und er glaubt, die kam von der Solidarität. Die kam aber nicht von der Solidarität, sondern von den Quarkkeulchen mit Apfelmus, die es freitagmittags als Schulessen gab.»

Dezember. Sie stellen den Schampanskoje auf den Küchentisch und legen den Polar-Omul in den Kühlschrank. Sputnik sitzt

auf dem Fensterbrett und schaut den Schneeflocken nach. Ida
nimmt Jewhens Hand. Sie sieht ihn an. Sein Haar ist grau ge-
worden. Er ist schön.

JEWHEN: «Komm zu mir, Idotschka.»

EIN TRAUM IST SÜSSER ALS HONIG

«Mehl, Wasser, Ei, Öl, Salz», sagt Jewhen, gießt Wodka in zwei Gläser, stellt Ida eins hin. «Lieber Gott, steh uns in allem bei, was wir tun. Cheers, Idotschka.» Es ist Jewhens Gebet für alle Lebenslagen, ein Gebet für die, die von Gott nicht so viel wissen. Jelena hat es oft gesprochen, beiläufig, damals, als die Welt noch in Ordnung schien, erzählt er Ida; beim Einräumen der Lebensmittel in den Kühlschrank, beim Sortieren des Bücherregals, beim Spaziergang im Park und an einem warmen Aprilnachmittag neunzehnhundertsechsundachtzig, als die Blätter an den Kastanien noch frisch waren und Jelena sich in die Nachtschicht im EDV-Informationskomplex SKALA verabschiedete, weil es der Dienstplan so vorsah. Lieber Gott, steh uns in allem bei, was wir tun. Vom Wohnzimmer aus haben Jewhen und Switlana die Blitze gesehen, die an der Atomstation durch die sternenklare Nacht zuckten und denen kein Donnergrollen folgte. Da war die Welt nicht mehr in Ordnung. Lieber Gott, steh uns in allem bei, was wir tun. Ihre Großmutter hatte Jelena, als sie noch ein Kind war, das Gebet zugesteckt wie ein Konfekt. Die wiederum wusste sehr viel von Gott, wurde nicht müde, von einer Begebenheit drüben bei Woronesch zu erzählen. Dort habe neunzehnhundertdreiundfünfzig, das wisse sie so genau, weil Stalins Beerdigung gerade durch war, eine Quelle zu sprudeln begonnen, die Kranke heile und Stumme zum Sprechen bringe. Die Gottesmutter selbst sei an der Quelle erschienen, und weil sie einen Fußabdruck hinterlassen habe und dem Vorsitzenden des Dorfsowjets im Traum erschienen sei, habe der Dorfsowjet nicht anders können, als eine schöne hölzerne Brunnenfassung um die Quelle zu bauen und eine Kapelle zu errichten. Jelena, die zwar kaum religiös war, sich aber den religiösen Konfekten ihrer Großmutter nicht entziehen konnte, hatte diese Geschichte und das einfachste aller Gebete zu Jewhen gebracht und zurückgelassen, als sie starb, und jetzt glaubt Jewhen, dass ihm die Wareneki nicht gelingen, wenn er das Gebet vergisst, so hat er es jedenfalls Ida erzählt, als sie das erste Jolkafest in Kyjiw verbrachte.

Ida trinkt ohne Gebet. In ihrer Heimat gab es, soweit sie das überblicken kann, keine Erscheinungen einer Gottesmutter. Ihre Großmutter hat von Scheechemännern erzählt, die aber hatten weder Fußabdrücke hinterlassen noch Kranke geheilt und eher mit dem Uran als mit der Religion zu tun. Jewhen wirft die Zutaten zusammen, ohne sie abmessen zu müssen.

Zum Jolkafest ist Jelena dabei, dann kehrt sie in Jewhens Körper zu uns zurück, sagt Switlana, das ist wie in *Ghost*, und Ida ist sich nicht so sicher, ob sie das nicht ernst meint. Ida nimmt die Schüssel, die ihr Jewhen hingestellt hat, und knetet ihre Zutaten zusammen. Ihr Mehl stäubt aus der emaillierten Blechschüssel, und ein Duft von Zwiebeln in Butterschmalz durchzieht die Wohnung.

Wenn Switlana und Olga nicht da sind, ist die Wohnung merkwürdig still. Eine Stille, die weder die klappernden Topfdeckel oder das Brutzeln der Zwiebeln im heißen Fett durchdringen können, noch nicht einmal Jewhens ungewohnt gut gelauntes Gepfeife zur Radiomusik. Daran hat auch ihre Verliebtheit nichts geändert, denkt Ida, im Gegenteil, sie hat die Stille angedickt wie das Mehl den Teig. Ida heftet ihren Blick an die abgeplatzte Emaille an der Schüssel. All das ist ihr so vertraut, und wenn sie die Augen schließt, so fremd. Obwohl sie schon zwölf Jahre hier lebt, fühlt sich noch immer wie ein Gast, einer, der einfach geblieben ist und mit dem man sich arrangiert hat, und das Gefühl ist stärker geworden, seitdem Jewhen seinen Kopf in ihren Schoß gelegt hat. Jetzt hat sie sich nicht nur in diese Stadt und in diese Wohnung eingeschlichen, sondern auch in diese Familie. Als sie am nächsten Morgen am Frühstückstisch saßen, hat er gesagt, dass er gern noch einmal seinen Kopf in ihren Schoß legen wolle, und ihre Hand genommen. Ida hatte *Ja* gesagt, obwohl sie nichts Besonderes fühlte, da war eher eine Neugier, und er hatte sie wieder geküsst und sie in sein Zimmer gezogen, an ihrem Shirt gezogen, an ihrem Slip gezogen. Sie hatte es geschehen lassen. Es fühlte sich warm an, und ihr Herz schlug so gleichmäßig wie schon lang nicht mehr.

Der Wodka hat Ida melancholisch gemacht. Er trägt die Gedanken nicht fort, aber ihr Teig ist schön glatt, wie ihn Jewhen sich gewünscht hat.

«Soll ich Kartoffeln stampfen?», fragt Ida.

«Lass mich das machen. Denk du an die Blini, Süße», antwortet Jewhen, nimmt ihr die Emailleschüssel aus der Hand und stellt sie ins Fenster. Nahezu gleichzeitig zieht er die Kühlschranktür auf, holt den Omul aus dem Seitenfach und reicht Ida die Blaubeeren.

Ida hört den Schlüssel im Türschloss. Kaum einen Augenblick später steht Olga neben ihr, die dem Duft aus der Küche gefolgt ist, schaut auf die Blaubeeren und hat Schnee mitgebracht.

«Olga, Olenka, zieh die Stiefel aus», hört Ida Switlana aus dem Flur rufen.

Olenka. Das Wunderkind. Ida rührt Hefe und Zucker in die Milch. Aus dem Flur dringt ein kalter Luftzug zu ihr in die

Küche. Sie hört die tonlose Stimme von Jewhens Vater im Flur, den Switlana und Olga vom Bus abgeholt haben. Er ist vor ein paar Jahren in die Zone zurückgekehrt. Kyjiw ist ihm zu groß gewesen. Er hat es nicht ausgehalten. Ida mag Jewhens Vater. Er ist herzlich, solange man ihm nicht erzählen will, wie gefährlich es dort in der Zone ist. Dann schießt ihm das Blut in die Wangen, denn Tschornobyl ist für ihn nicht die Zone, sondern ein in das Grün der Polessje gebettetes Idyll, umringt von Wäldern, in denen es Pilze in Hülle und Fülle gibt, nicht zu vergessen die Sandstrände des Kyjiwer Meeres, die blühenden Apfelbäume in den Gärten mit Datsche, in denen die Moskauer und Leningrader früher mit Kind und Kegel die Sommer verbrachten und Obst und Gemüse für den Winter einweckten, und wenn er sich dieses Bild erst einmal aufgebaut hat, beginnt der eigentliche Vortrag, der vom Wesen der Strahlung handelt, wie er sie versteht, und damit endet, dass die Leute einfach keine Ahnung von Physik hätten und immer nur daherplapperten, was in der Zeitung stehe. Vielleicht vergöttert Jewhens Vater Olga deswegen so sehr. Das Downsyndrom des Mädchens ist ihm schlicht egal und Einfalt keine Frage der Genetik, während Jewhens Bruder nicht müde wird zu betonen, wie schwer es Olga haben wird und dass einfach nicht die Zeit ist für solch ein Kind. Jewhen hat seinen Bruder nur deswegen eingeladen, weil der Vater es sich gewünscht hat, und mit ihm die Bedingung ausgehandelt, dass weder über Politik noch über Olgas Herkunft gesprochen wird, und dass er seine Beziehung ins Stadtparlament spielen lässt, um für Olgas Geburtstag im August ein paar Straßen im Kyjiwer Zentrum für den Autoverkehr sperren zu lassen. Jewhens Vater drückt Ida zur Begrüßung, und sie trinken ein Glas. Er hat getrocknete Pilze für die Wareneki mitgebracht, die Jewhen in einem unbeobachteten Moment gegen gekaufte austauscht und entsorgt. Wieder klingelt es an der Tür: Jewhens Bruder, seine zweite Frau Lidija, Jury, der Sohn, der zwei Jahre jünger ist als Olga, und Julia, die Jüngste. Das Parkett knarzt. Ida hört das Rascheln der Jacken. Tjotja Ida, Tante Ida. Ida spürt den warmen, schmalen Körper des Jungen an ihren Beinen.

«Tante Ida, wir haben so einen großen Baum», sagt Jury, stellt sich auf die Zehenspitzen und streckt die Hand in die Höhe. «Habt ihr auch so einen?»

«Geh doch mal nachschauen.»

Sekunden später steht Lidija in der Küche, stellt Salat und Pasteten auf den Tisch. Ida lässt sich umarmen. Iduschka, meine Liebe, sagt Lidija. Ihr Make-up, der Lidstrich, die Wimperntusche, die lackierten Nägel, Farbe, Schnitt, Stoff des Kleides; Lidija sieht aus, als käme sie von einem Shooting für eine Modezeitschrift. Und wenn Ida mit einer Lupe an sie herangehen würde, sie würde nirgendwo einen Makel finden, nichts, das rau ist, nichts, das stört. Switlana umkreist die beiden auf der Suche nach Geschirr.

«Nimm das gute», sagt Ida.

«Idotschka, überlass doch mir die Bliniteig, mach du den Tisch», antwortet sie und legt ihren Arm um Idas Schultern.

«À la mode française, ihr Lieben. Außer die Löffel natürlich», sagt Ida und reicht Switlana Blaubeeren und die Teigschüssel.

Die Kinder spielen im Flur Fangen. Sputnik lauert auf der Lehne des grünen Sofas und beobachtet sie wie ein Schiedsrichter beim Tennis den Ball. Wostok hat sich in Idas Zimmer verzogen. Die Kenntnis über die feinen Details eines Tischgedecks, dass sie weiß, was eine Messer-, was eine Gabel-, was eine Kopflinie ist, dass sie die exakter legen kann als Lidija ihren Lidstrich, holt Ida für einen Moment aus der Position der Angespülten heraus. Sie platziert die Gäste so, dass Lidija, die Kinder und Switlana auf der einen Seite zwischen Jewhen und seinem Bruder sitzen, und auf der anderen sie und Jewhens Vater den Puffer bilden. Lidija schnappt sich ein Geschirrtuch und poliert die Gläser übergründlich.

«Auf die Familie und das Leben», sagt Jewhens Vater und hebt sein Glas.

Der Schampanskoje schäumt. Der Tisch ist vollgestellt mit Kartoffelsalat, Schichtsalat mit Lachs, rotem Kaviar, Omulfilet, Rote-Bete-Salat, Pasteten, Fleischbällchen, eingelegten Pilzen, Knoblauch, Gurken. Und die Wareneki glänzen auf den Tellern. Ida schaut in die Gesichter der anderen. Es entsteht ein kurzer Moment der Stille, in dem sie einander betrachten, als ob sie erst hier, mit dem Glas Schampanskoje in der Hand am gedeckten Tisch stehend, gewahr würden, in welcher Runde sie zusammengekommen sind. Als sie sich setzen, löst Porzellangeklapper das Klingen der Sektgläser ab. Jury erzählt vom Schachturnier und mit welchen Tricks er seine Gegner vom Brett genommen hat. Jewhens Vater ertränkt die Wareneki in Smetana. Jewhen mimt den Gastgeber, dessen größte Sorge es zu sein scheint, dass ein Besteck auf einem leeren Teller ruht oder ein Glas zur Neige geht. Switlana hört sich Lidijas Klagen über die überlange Trotzphase ihrer Vierjährigen an und schaut immer wieder zu Olga, deren Trotzattacken keine vorübergehende Phase, sondern Ausdruck einer dauerhaften Verwunderung über die Welt sind.

«Was macht das Elefantenbusiness?», fragt Jewhens Bruder in Idas Richtung, und sein Hemd spannt über den Bauch.

«Kein Grund zur Klage», sagt Ida schnell und hofft, dass er nicht nachfragt.

Die Gespräche am Tisch verstummen. Ida spürt die Blicke auf sich gerichtet. Panisch sucht sie nach einem Ausweg, denn sie ahnt, da ist er Jewhen ähnlich, dass es nicht um die Elefanten geht, sondern um die ewige Frage, was sie denn vom Leben will. Alle Welt will in den Westen, und du hockst für ein paar Kröten im Kyjiwer Zoo fest, so steht es in seinem Blick geschrieben.

«Sag, Ida, ich hab demnächst einige Geschäfte in Deutschland. Du kannst bei mir als Übersetzerin einsteigen. Wie wäre das?»

Ida blickt in sein teigiges Gesicht. Er wischt sich den Schweiß von der Stirn. Vor dem Fenster toben Schneeflocken. Die Kinder nutzen die Ablenkung der Runde, verabschieden sich vom Tisch und versammeln sich am Weihnachtsbaum. Jury steuert seinen Panzer über das Parkett, Olga befiehlt ihrem Plüschelefanten, «Little english. Good price» zu sagen. Sie will, dass der Plüschelefant Julias Barbiepuppe eine Medaille verkauft. Julias Barbiepuppe wiederum scheint weniger an Medaillen interessiert zu sein als daran, mit dem Plüschelefanten tanzen zu gehen. Mit ihren zehn Jahren ist Olga in etwa so weit wie die vierjährige Julia, die nicht wirkt, als fände sie die übergroße Freundin in irgendeiner Weise besonders. Es hat für sie einfach keine Bedeutung. Immer wieder sucht Olga Idas Blick. Ida hat ihr ins Ohr geflüstert, dass sie an ihrem Geburtstag mit ihr auf Hollerbusch durch Kyjiw reiten wird, und Olga hat dieses Wissen in sich eingeschlossen wie einen Schatz, und immer, wenn sie Ida ansieht, ist es, als öffne sich die Schatzkiste ein wenig.

Olga, Olenka. Das Wunderkind. Switlana wollte dieses Kind. Damals, vor zehn Jahren, lag sie halluzinierend auf dem OP-Tisch der privaten Geburtsklinik. Am Fußende standen die zwei Frauen der Agentur und warteten. Am Kopfende saß Ida, hielt Switlanas Hand, und Switlana befahl flüsternd, Ida müsse auf die Zwillinge aufpassen. Sie wollten sie entführen.

Sie wollten sie ihr wegnehmen. Als die Ärzte die Mädchen aus Switlanas Bauch geschnitten hatten, rannten die Hebammen und die Mitarbeiterinnen der Agentur mit den Babys in einen anderen Raum. Switlana schaute ihnen nach, und Ida sah, dass sie in diesem Moment alles begriffen hatte. Switlana durfte die Kinder nicht sehen. Sie durfte das amerikanische Paar nicht sehen. Das amerikanische Paar hatte das Paket *Babys auf dem Arm* bestellt, und Switlana lag im Klinikbett, und ihre Brüste schmerzten. Sie unterschrieb die Einwilligung zur Adoption, ohne auch nur nachzuschauen, was auf diesem Zettel stand. Als Ida und Jewhen sie aus der Klinik abholen wollten, war sie weg. Sie hatte sich selbst entlassen. Keiner wusste, wo sie war. Sie warteten schweigend in der Küche ihrer Wohnung, riefen Switlanas Freunde an, lauschten auf Geräusche im Treppenhaus, und wenn das Telefon klingelte, sah Ida die Panik in Jewhens Gesicht. Jelenas Tod hatte sein Leben nicht beendet, wie er immer meinte. Da war noch Switlana, die Tochter, die sein Bruder nicht hatte haben wollen, die er und Jelena nicht hatten haben können. Jedes Mal war die Agentur am Telefon und fragte nach Switlana, und Jewhen schrie sie an, dass sie sie in Ruhe lassen sollen. Als Switlana am nächsten Morgen noch immer nicht zurück war, sprang Jewhen vom Küchentisch auf. «Das kann nicht so bleiben», sagte er, rannte in den Flur, kam mit zwei Jacken zurück. Eine warf er Ida zu. «Wir fahren zu den Mönchen», sagte er. Ida hatte nicht verstanden, wie er darauf kam, aber alles war erträglicher, als zu warten. Sie nahmen das Auto und fuhren zum Kloster, rannten durch die Dreieinigkeitstorkirche. Es war noch zu früh für Touristen. Ida schnappte sich einen Wickelrock und ein Kopftuch, dann durchkämmten sie die Gänge des Höhlenklosters, mit Kerzen beleuchtete Stollen, zehn Meter tief in den Stein getrieben, vorbei an den Glassärgen, die in seitlichen Nischen aufgereiht standen und in denen die Mönche, mumifiziert in ihren prachtvollen Gewändern, seit Jahrhunderten lagen. Sie fanden Switlana in den fernen Höhlen hinter einem der Glassärge kauernd. Ihre Kerzen waren heruntergebrannt. Sie hatte die Nacht mit den Toten verbracht und die Stille der Steine auf sich hinabsinken lassen. Sie zogen sie hinter dem Sarg hervor, brachten sie nach Hause. Ida kochte Tee. Switlana schwieg. Bis das Telefon klingelte. Diesmal nahm Switlana ab. Es war wieder die Frau von der Agentur, die sich von Jewhens Beschimpfungen nicht hatte einschüchtern lassen. Sie solle in die Agentur kommen, sagte die Frau knapp, es gäbe ein Problem mit den Zwillingen. Switlana ließ den Telefonhörer fallen und übergab sich. Am nächsten Tag fuhr sie mit Ida über die Ausfallstraße hinaus in die Agentur.

«Eins ist behindert.»

Ida sah, wie die Farbe aus Switlanas Gesicht wich. Die Agenturfrau drückte Switlana ein Glas Wasser in die Hand und schob ihr ein Foto über den Tisch.

«Gendefekt.»

Switlana trank. Die Agenturfrau redete weiter. Die Eltern wollten nur das gesunde, sie bezahlten auch nur für das gesunde. *Kind auf dem Arm* hieß *gesundes Kind auf dem Arm.* Switlana könne also auch nur das Geld für eines bekommen, weil sie aber große Stücke auf sie halte, zahle sie ihr eine Aufwandsentschädigung von zweitausend Dollar. Little english. Good price, dachte Ida. Und dann tat Switlana etwas, das Ida ihr in diesem Zustand nicht zugetraut hatte. Sie stellte das Glas hart auf dem Agenturtisch auf.

«Wo ist mein Kind?»

«Willst du es behalten? Sweta, überleg doch mal. Ein solches Kind wirst du bis zum Ende deines Lebens nicht mehr los. Wenn die Kinder deiner Freundinnen aus dem Haus gehen, studieren, heiraten, Kinder bekommen, wird sie noch immer bei dir leben und deine Hilfe brauchen. Sweta, ich sag das, weil ich dich mag. Es ist nicht die Zeit für so ein Kind.»

«Wo ist mein Kind?»

Olga, Olenka. Seitdem Olga da ist, ist es, als ob Switlana alles mit angezogener Handbremse tut. Ida dachte zunächst, es wäre der Schock. Aber es war nicht der Schock. Als Switlana fragte, wo ihr Kind ist, hat sie verstanden, dass sie niemals über die Ausfallstraße zum Flughafen Boryspol fahren und in die Staaten fliegen wird. Sie hat die Amiflagge ab- und ein Bild von sich und Olga aufgehängt. Als die Kinder in Olgas Alter begannen, in den Kindergarten zu gehen, nahm Switlana die besondere Tochter mit zum Flohmarkt. Noch bevor sie in die Schule kam, konnte sie Little english. Good price und die Nummer mit dem Geigerzähler und erzielte mehr Umsatz als die Mutter. Zur Schuleinführung hatte Switlana ihrem Vater, der seine Enkeltochter damals noch nicht kannte, eine Einladung geschickt, sogar mit seiner neuen Familie. Er kam nicht. «Schule des Lebens» hieß die Einrichtung, in die Olga jetzt ging. Für Switlana war die Baracholka Olgas Schule des Lebens, die große Gleichmacherin. Und diesmal war es ein tröstliches Versprechen. Alles, was sie im Leben brauchte, würde Switlana ihr dort beibringen.

«Schick mir einfach den Text, ich übersetz ihn dir», sagt Ida zu Jewhens Bruder.

«Ida, Idotschka, denk das größer. Ich will ein Kyjiwer Büro eröffnen. Du kannst groß einsteigen bei mir.»

Ida riecht den Schweiß. Sie beginnt zu ahnen, dass sie es ist, die den Preis für Jewhens Stillstandsabkommen mit seinem Bruder bezahlen würde.

«Das Elefantenbusiness läuft gut, was soll ich in deinem Büro?»

«Es gibt bei uns ein Sprichwort, das heißt, dass dem nicht zu helfen sei, der keinen Verstand hat bis zwanzig, nicht verheiratet ist bis dreißig, nicht reich bis vierzig. Verstand hast du doch, aber bei den anderen beiden Dingen musst du dich ranhalten. Ida, was verdienst du bei meinem Bruder im Zoo, he? Zweihundert Euro, ich sag es mal in deiner Währung, außerdem wollt ihr alle ja so gerne in den Westen», jetzt legt Jewhens Bruder eine kunstvolle Pause ein und schaut in die Runde. «In Deutschland würdest du das Zehnfache verdienen und wärst immer noch Unterschicht. Bei mir kannst du auch das Zehnfache verdienen, und hier bist du eine gemachte Frau. Worauf wartest du? Was meinst du, wie das hier weitergehen wird, wenn ihr demnächst wieder einmal Revolution macht? Wovon werdet ihr eure Gasrechnung bezahlen? Glaubt ihr, dass ihr noch Schnaps brennen könnt, wenn ihr in der EU seid?»

«Jetzt sind wir also schon *ihr*, ja. Möge dir der angebissene Pfirsich unters Sofa rollen, Bruder», ruft Jewhen über den Tisch und verschwindet mit den Tellern in der Küche.

Deine Währung, denkt Ida. Zuletzt hatte sie vor fünf Jahren mit Euroscheinen bezahlt, als sie nach der Beerdigung der Großmutter mit Otti, der sie in Tann zufällig in die Arme gelaufen war, in diesem Klub in Chemnitz war. Für sie war es eine fremde Währung.

«Lass dich bloß nicht beirren, Mädchen», murmelt Jewhens Vater ihr zu, und das Blut schießt ihm in die Wangen und seine Hand bebt, dann wendet er sich an seinen Sohn. «Und dann, was dann, wenn du mit vierzig reich bist, he? Dann fliegt dir eine Atomstation um die Ohren, und du stehst da mit deinen Sprüchen. Dann kannste froh sein, wenn du nur die Fenster zukleben und Jodtabletten fressen musst. Kannst ja mal nach Trojeschtschina fahren und gucken, wie viele da noch übrig sind und keinen Krebs haben.»

Jewhens Bruder winkt ab. Der Schweiß steht ihm auf der Stirn. Switlana springt auf, hebt ihr Glas, schwankt und setzt sich wieder. Sie hat über Lidijas Gejammere, wie anstrengend das mit zwei Kindern doch sei, ein oder zwei Wodka zu viel getrunken. Als Jewhen mit den süßen Blini zurückkommt, streckt sie die Hände nach Olga aus, die auf ihren Schoß springt und den ersten Blaubeerblin auf den Teller bekommt. Lidija tätschelte den Arm ihres Mannes. «Lass gut sein», sagt sie zu ihm und zu den Kindern: «Kinder, kommt, es gibt Blaubeerblini.» Jury schüttelt den Kopf. Er will lieber weiter Panzer fahren. Lidija wehrt ab, als Jewhen ihr einen Blin auftun will. Jewhens Vater gießt Wodka nach. Jewhen nimmt sich zwei, sein Bruder drei Blini, und Olga und Julia schmatzen in das Schweigen, das über dem Tisch liegt. Jewhen hat Ida vergessen in der Blinilotterie. Sie sitzt vor ihrem leeren Teller und blickt Switlana, Jewhen, Jewhens Vater und Olga an, und zum ersten Mal fühlt sie sich bei ihnen aufgehoben ... auf eine Weise. Sie ahnt, dass es nicht so bleiben wird. Draußen fliegen die ersten Raketen in den Kyjiwer Nachthimmel, und Jurys Panzer fährt über ihren Fuß.

«Wie wir das geübt haben, Olenka», sagt Ida, die bereits auf Hollerbuschs Rücken sitzt.

Olga trägt ihr Lieblingskleid. Es ist blau wie die Haarspange in ihrem blonden Haar, blau wie der Glitzernagellack, den ihr Switlana für den großen Tag aufgetragen hat, blau wie der Augusthimmel über der Stadt. Seit dem Jolkafest verbringt sie jeden Nachmittag bei Hollerbusch und Judy. Sie geht jetzt bei ihr in die Lehre, so hat sie es Ida erklärt.

«Okay, Olenka, dann solltest du als Erstes lernen, den Elefanten Hallo zu sagen», hat Ida damals geantwortet und ihr beigebracht, zu schnurren wie ein alter Diesel.

Seitdem schnurrt sich Olga nach Schulschluss an Judy und Hollerbusch heran, duscht sie, schrubbt ihre dicke Haut, übt mit ihnen Rüsselspülung, gibt ihnen Nüsse zur Belohnung, putzt den Dung weg. «Du hast ein Talent für die Elefanten», hat Ida ein paar Wochen später zu Olga gesagt und ihr damit etwas geschenkt, das süßer ist als Honig. Einen Traum.

Am Außengehege der Elefanten haben sich Trauben von Zoobesuchern gebildet, die Erwachsenen fotografieren, die Kinder stieren auf die Elefanten, begierig wartend, was als Nächstes passiert, und das Eis, dass sie darüber vergessen haben, läuft ihnen über die Hand. Jewhen sitzt bereits auf Judy und blickt zu Hollerbusch, Ida, Olga und Switlana. Ida hat sich zu Olga hinabgebeugt, streckt ihr die Arme entgegen, und Switlana steht hinter ihrer Tochter, um sie anzuheben.

«Halt dich am Ohr fest, Olenka. Wie wir das gelernt haben, du kannst richtig zugreifen. Halt dich fest. Das reißt nicht ab. Hollerbusch tut das nicht weh, Süße.»

Olga greift nach Hollerbuschs Ohr, sie zieht ihre Augenbrauen zusammen und presst die Lippen aufeinander.

«Gut hast du das gemacht, Olenka! Jetzt stellst du den linken Fuß an den Elefantenfuß. Den linken Fuß an den Elefantenfuß. Wie wir das gelernt haben.»

Vorsichtig stellt Olga ihren Fuß an Hollerbuschs Ferse.

«Heben! Heben! Heben!» Ida gibt Hollerbusch auf Deutsch den Befehl, das Bein einzuknicken, damit Olgas Fuß auf der Ferse Halt findet.

«Prima, Olenka», sagt Ida zu Olga und «hoch, hoch», zu Hollerbusch.

Hollerbusch hebt ihr Bein an, und Switlana hält Olga, damit sie ihren rechten Fuß auf das Elefantenknie stellen kann.

«Hoch, hoch!»

Wie mit einem Paternoster fährt Olga auf Hollerbuschs Knie stehend den mächtigen grauen Rumpf entlang nach oben. Ida greift ihre Arme und zieht sie auf den Elefantenrücken. Ein paar Augenblicke später sitzt Olga in Hollerbuschs Nacken, klatscht in die Hände und jauchzt.

Switlana steigt auf die gleiche Weise bei Judy auf, auch mit ihr hat Ida das ein paarmal geübt. Die Karawane setzt sich in Bewegung. Judy voran und Hollerbusch hinterher, die mit ihrem Rüssel Judys Schwanz hält. Gefolgt von einer Gruppe Kinder, schaukeln sie aus dem Elefantengehege hinaus, laufen an den Giraffen und den Eisständen vorbei Richtung Ausgang. Sie durchqueren das schnarrende gusseiserne Zootor, kommen an den Ticketschaltern vorbei und biegen nach links auf den Siegesprospekt ab. Die achtspurige Straße, über die an normalen Tagen der Verkehr rauscht, ist wie leer gefegt. Als Erstes passieren sie die Metrostation Polytechnisches Institut, die im Sommer nach Blumen und Zuckerwatte riecht und auf deren Stufen Tag für Tag ein schmächtiger älterer Herr mit Arztkittel an einer alten Krankenhauswaage steht und auf Menschen wartet, die sich von ihm wiegen lassen wollen. Der einzige Kunde, den der Mann zu haben scheint, ist Jewhen, der ihn jedes Mal, wenn sie dort vorbeikommen, fragt, wie es ihm geht, ihm ein paar Grwina in die Hand drückt und sich auf seine Waage stellt. Der Mann streicht sich dann über seinen akkurat gezogenen Scheitel und justiert mit kritischem Blick die Laufgewichte in Millimeterschritten, bis er Jewhens Körpergewicht ausgeglichen hat. Dann antwortet er, dass es ihm gut geht, dass aber Jewhen ein bisschen besser auf sich aufpassen müsse.

«Fünf Kilo, Kamerad, fünf Kilo müssen runter.»

Von Jewhen weiß Ida, dass der Mann einmal Arzt in der Kinderklinik war und früher bei der Anästhesie der Primaten geholfen hat und dass er und seine Lernschwester in Sowjetzeiten mit Waage und Sonnenschirm im Zoo oder im Hidropark gestanden und die dicken Kinder gewogen haben, um den Eltern zu erklären, dass sie ihnen nicht dauernd Konfekt zustecken sollen. Ihn habe die Zeit ausgespuckt, er sei ein Echo aus einer Welt, die es nicht mehr gibt, viel mehr erzählt Jewhen nicht. Olga legt ihren Kopf an Idas Brust. Dieses warme, weiche Kind. Ida schaut zu Judy, trifft Switlanas Blick, sie lächelt. Die Leute drehen sich nach der eigenartigen Reisegemeinschaft um, manche folgen ihnen ein Stück. Olga bemerkt sie nicht. Sie ist vollkommen bei sich und bei Hollerbusch. Wenn sie mit den Elefanten ist, scheint die Welt für sie die richtige Geschwindigkeit zu haben, und Ida erinnert sich, dass es ihr, als sie klein war, ganz genauso ging. Olga streichelt Hollerbusch über den Kopf. Der Siegesprospekt öffnet sich zu einem riesigen Straßenkreuz. Auf der rechten Seite liegt ein Areal eingezäunt, auf dem die Victory Tower oder die Sky Tower oder was auch immer für die Biznesmeny in den Kyjiwer Himmel wachsen sollen, die ihre bunten Trainingsanzüge längst gegen edlen Zwirn getauscht haben. Die Elefanten schlendern davon unbeeindruckt unter dem Bulwar Wjatscheslawa Tschornowila hindurch zum Siegesplatz, am Obelisken für die Kyjiwer Helden des großen Krieges vorbei, bis der Siegesprospekt in den Bulwar Tarasa Schewtschenka mündet. Sie nehmen den Weg durch den Alten Botanischen Garten. Hinter ihnen liegt das turmhohe Gewächshaus mit den Tausenden Sukkulenten und dem alten Palmenbaum, dem ältesten in ganz Europa, das hat Ida in einem Prospekt gelesen. Judy und Hollerbusch schlendern an den Beeten, den eingefassten Grünflächen, den Steingartenpflanzen, Magnolien, Rhododendren, dem Spielplatz vorbei, über die Terrassen den Hügel hinauf, suchen Abkühlung im Schatten der seltenen Nadelbäume. Auf dem Weg zurück zum Schewtschenko-Boulevard kommen sie an der Universität und am Krankenhaus vorbei, in dem Jelena so viel Zeit verbringen musste. *Gospital* war das Wort, das Ida in ihrer ersten Zeit bei Jewhen und Switlana am häufigsten gehört hat. Von der Wladimirkathedrale dringt ein schönes Läuten zu ihnen herüber. Sie gehen in der Mitte des Boulevards, und Olga legt ihren Kopf in den Nacken, schließt die Augen, streckt die Zunge heraus, um das Licht einzufangen, das die Sonne durch die Baumkronen streut. Ida wendet sich um, sie sieht Jewhens abwesenden Blick. Die Fremdheit zwischen ihnen ist größer geworden, seitdem sie in Pripjat waren. Bis vor ein paar Wochen wollte Jewhen nie, dass Ida mitkommt, und sie hat ihn nicht bedrängt. Es war seine Entscheidung.

«Wenn, dann jetzt», hat er unvermittelt zu Ida gesagt, «noch weiß ich, wer an den Kontrollposten steht. Wenn der nächste Präsident kommt, muss ich erst wieder von vorn anfangen, meine Beziehungen aufzubauen. Es liegt was in der Luft, Idotschka.»

Sie sind mit dem Lada rausgefahren. Die Löcher in den Stacheldrahtzäunen sind groß, und Jewhen weiß, an welche Orte man gehen kann, an welche nicht. Ida hat sich die Stadt totenstill vorgestellt, aber sie ist nicht still, sie ist nur menschenleer.

«Hörst du, Idotschka, du musst auf die Vögel hören, vor allem auf die mit dem bunten Gefieder. Sie sind empfindlicher als die grauen und die braunen. Wo sie sind, ist es nicht schlimm.»

Jewhen lässt den Lada im Schritttempo an der Klinik vorbeirollen, in der ihr Kind hätte geboren werden sollen, an der Schule, in die es hätte gehen können, an der Schwimmhalle, in der Jewhen ihm das Kraulen beigebracht hätte. Jewhen parkt das Auto vor einem Wohnblock am Stadtrand, Birken wachsen zwischen den Gehwegplatten. Sie steigen aus dem Wagen, stehen an den Kotflügel gelehnt, blicken nach oben, und Idas Gedanken verlieren sich im Gestrüpp, das den Wohnblock vom Dach aus zu verschlingen beginnt und sie an das neue Grün auf den stillgelegten Tanner Halden erinnert. Wie lange es dauert, bevor die Natur die Wunden heilt. Ida erinnert sich an das Wasser der Aach an ihren Füßen, den Geruch ihres schweineledernen Schulranzens, die Schmerzen in den Knien vom Stehen auf dem Appellplatz. Sie legt ihren Kopf an Jewhens Schulter, und Jewhen zieht sie zu sich heran, presst sie an sich. Sein Herz tobt.

«Und der Name des Sterns heißt Wermut. Und der dritte Teil der Wasser ward Wermut, und viele Menschen starben von den Wassern, weil sie waren bitter geworden. So ist das, Idotschka. Jelenas Großmutter hat nach der Katastrophe nicht mehr vom Fußabdruck der Gottesmutter drüben in Woronesch erzählt, sondern von der Offenbarung des Johannes. Bis sie starb. Sie glaubte, das Jüngste Gericht sei gekommen, die Nacht ohne Morgen, und schuld daran seien Lenin und Stalin, und weißt du, was wirklich komisch ist? Die Leninstatue auf dem Tschornobyler Marktplatz steht immer noch.»

Ida nimmt Jewhens Hand, sie gehen auf den Eingang zu.

«Das Erdgeschoss zeigen sie immer den Touristen», erklärt Jewhen.

Jewhens und Jelenas Wohnung liegt in der obersten Etage; eine geräumige Vierraumwohnung. Die Tür ist aufgebrochen. Schon im Flur hängt die Tapete in Fetzen, Leitungen und Kabel sind aus den Wänden gezogen. In der Küche steht ein ausgeschlachteter Herd, im Wohnzimmer die Reste einer Schrankwand, ein Sessel, und über allem liegt Staub. Jewhen erklärt ihr die Wohnung, so wie er ihr die Kyjiwer Wohnung erklärt hat, als sie mit ihrem Rucksack vor der Tür stand. Switlanas Zimmer, Jelenas Bibliothek, Wohnzimmer, Schlafzimmer. Er rast durch die Wohnung wie ein getriebenes Tier. Ida öffnet die Tür zu Jelenas Bibliothek. Am Türrahmen sind Bleistiftstriche zu erkennen, die Jelena gezogen hat, um Switlana zu zeigen, um wie viel Zentimeter sie gewachsen ist. Am Fenster steht ihr Schreibtisch, auf dem Tuschzeichner liegen. Jewhen betritt das Zimmer, geht, ohne Ida anzusehen, zum Fenster, lehnt die Stirn an die Scheibe, schaut über das Waldstück zum Kraftwerk, zum Sarkophag, und erzählt von jenem Brief, in dem stand, dass Jelena die Stelle in der Atomstation Tschornobyl bekommt, vom Geruch des frischen Betons in den Hochhäusern der neuen Stadt, vom Staunen im Supermarkt, in dem es alles gab, ohne dass man Schlange stehen musste, von der Sonne auf der Haut beim Spazierengehen am Fluss und vom Gerumpel der Ikarusbusse, die sie nach dem Unfall in der Atomstation über die Straße der Enthusiasten aus der Stadt brachten – nur für drei Tage, hieß es –, von der Angst, als sie in der Kyjiwer Wohnung saßen und draußen, als wäre nichts, die Mai-Parade abgehalten wurde, und vom Staub und Dreck, der alles sein konnte, und dass er bis heute keinen Staub ertragen kann.

Ida zieht eine Schublade von Jelenas Schreibtisch auf, findet einen Glaszylinder mit einem schwarzgrünen, metallisch schimmernden Pulver. Uran. YPAH. Alles, was strahlt.

Zwei Stunden fahren sie schweigend von Pripjat nach Kyjiw zurück, und im Radio läuft dieses ostdeutsche Lied. Zum ersten Mal hörte sie ihre Muttersprache im ukrainischen

Radio. *Klagt ein Vogel, acht auf mein Gefieder. Nässt der Regen, flieg ich durch die Welt.*

Die Fahrt ist drei Wochen her. Seitdem ist es anders. Seitdem ist er anders. Er schaut durch sie hindurch. Es ist nicht der nach innen gewandte Blick ihrer Mutter, die nicht sehen will, was ihre Pläne durchkreuzen könnte. Es ein Blick, der der Vergangenheit zugewandt ist, der die Katastrophe sieht, der die Trümmer sieht und sich nicht abwenden kann, auch wenn die Zeit vergeht. Seit drei Wochen verbringt Jewhen die meiste Zeit im Zoo. Wenn er zu Hause ist, schläft oder trinkt er. Mit Switlana scheint es darüber ein großes, wissendes Einverständnis zu geben, eines, das Ida ausschließt. Sie weiß nicht, was sie sagen soll, nicht, wie sie ihm begegnen soll. Sie ist die, die das nicht erlebt hat. Im Herbst gehen die Proteste los, und die Leninstatue, die am Ende des Bulwar Tarasa Schewtschenka steht und die die Elefanten gerade beschnuppern und antröten, fällt, und Protestierende stecken den ukrainischen Dreizack auf den Sockel. «Stell dir vor, Idotschka, die Leninstatue auf dem Tschornobyler Marktplatz ist jetzt die letzte in der ganzen Ukraine. Das steht hier. Ist das nicht komisch», sagt Jewhen zu ihr und lässt die Zeitung auf den Boden fallen, wie er neuerdings alles fallen lässt, seine Post, die ungeöffnet bleibt, seine Jacke, wenn er nach Hause kommt, seine Dreckwäsche, seine Pflanzen, die verdorren, und als im Februar auf dem Majdan die Barrikaden brennen, steht Jewhen in seiner Tierarztpraxis am OP-Tisch und flickt, wo sonst Gorilla, Zebra und Ozelot liegen, die verletzten Demonstranten zusammen, spricht von Verteidigungslinien und Zivilisten und Einheiten. Es ist die Sprache eines Kampfes. Sie begegnen sich immer seltener. In seinem Blick liegt nur noch diese eine Frage: Ida, Idotschka, was willst du vom Leben?

Ida umarmt Olga, hält sie, hält sich an ihr fest. Sie überqueren den Bessarabska Ploschtscha und biegen auf den Chreschtschatyk ab, das einsame Tal, kommen zum Majdan und schaukeln weiter zur Parkbrücke, die über den Fluss zur Truchaniw-Insel und den Stadtstränden führt.

«Pass mal auf, Olenka, mit Hollerbusch können wir schwimmen», flüstert Ida Olga ins Ohr, als sie auf der Brücke an den Anglern vorbeikommen und den Fluss entlang aus der Stadt hinausschauen.

Hollerbusch biegt zum Flussufer ab, stapft vor den fotoknipsenden Kyjiwern, die den Nachmittag am Fluss verbringen, noch eine Weile am Strand entlang, dann gibt ihr Ida mit dem Fuß hinter dem rechten Ohr das Signal, ins Wasser abzubiegen, und die Elefantin geht schnurstracks in den Fluss, als wäre es das Selbstverständlichste der Welt. Ida spürt das Wasser an ihren Füßen. Steck da nicht die Füße rein, hat die Ohm ihr immer gesagt, wenn sie zum Ufer der Aach gelaufen war. Sie spürt Hollerbuschs kräftiges Strampeln. Ihr Kopf ist halb unter Wasser und der Rüssel schaut heraus wie ein Schnorchel. Ida dreht sich um, sieht, dass Judy, Jewhen und Switlana am Ufer stehen. Sie schwimmen, bis sie auf den Anhöhen am Westufer des Flusses die goldenen Kuppeln der Kathedralen und das Schwert der Mutter Heimat sehen. Das Wasser schwappt über ihre Beine, und Olgas Kleid leuchtet auf dem grauen Elefantenrücken. Sie hält Olga umklammert und summt mit ihr das alte Lied, das sie ihr beigebracht hat. *«Wenn du schläfst, mein Kind / Schau ich dir in die Träume»*

DER WOLF IST ZURÜCK IN
TANN AN DER AACH

Zwei Jahre später steht Ida mit dem Rucksack, mit dem sie damals in Kyjiw angekommen war, vor der geöffneten Gepäckklappe eines Fernbusses. Auf dem Zentralen Busbahnhof herrscht bereits hektisches Treiben. Vor den Bussen und an den Verkaufsbuden, wo Reisende ihren letzten Proviant kaufen, bilden sich Grüppchen. Viele von ihnen sind Sarobytschany, Wanderarbeiter, die mit den Bussen durch ihr doppeltes Leben pendeln. Die Frau, die neben ihr steht und dem Busfahrer gerade ihre Tasche in die Hand drückt, arbeitet in einem ambulanten Pflegedienst in Berlin, der Mann hinter ihr verdingt sich im Straßenbau, ein dritter ist Grundschullehrer in Leipzig, und zwei Deutsche kehren vom Besuch bei den ukrainischen Großeltern zurück. Du musst Russisch lernen, hatte Jewhen zu ihr gesagt. Jetzt spricht sie Russisch fließend mit einigen schönen Ukrainismen und einem Akzent, den sie sich kultiviert hat wie ein Andenken. Sie hat länger in Kyjiw gelebt als je an einem anderen Ort, länger als in Tann, länger als in Berlin. Die grünen Hefte hat sie für Olga ins Russische übertragen. «Du bist jetzt ihr Mahut, Olenka», hat sie gesagt und sie dem Mädchen gegeben.

Ida lässt sich in ihren Sitz fallen, sie hat den begehrten Fensterplatz hinter der Seitentür ergattert. Die Türen schließen sich. Der Busfahrer fährt im Schritttempo vom Hof und reiht sich in den gerade beginnenden Berufsverkehr ein. Es ist noch früh, eine glühende Morgensonne taucht die Stadt in einen schimmernden Dunst. Sie verlassen Kyjiw und fahren über die vierspurige Fernstraße Richtung Lwiw. Hinter den Leitplanken sieht Ida die Vororte vorbeifliegen, Waldstücke, Werbetafeln, Tankstellen, Autowerkstätten, Rastplätze, hin und wieder eine kleine Kapelle und ein ausgebranntes Auto am Straßenrand. Lichte Baumreihen geben den Blick auf einsam gelegene Bauernkaten, abgeerntete Weizenfelder und weiter entfernte kleine Ortschaften frei. Auf einer Dorfstraße, die ein Stück parallel zur Fernstraße verläuft, fährt ein heubeladenes Pferdegespann, dahinter trotten zwei Hunde über den staubigen Weg. Ida fällt in einen tiefen, zähen Schlaf und träumt von Jewhen, der sagt: *Bleib bei mir, Idotschka* und nicht *Was machst du noch hier, was willst du vom Leben?*, ein Traum, aus dem sie erst erwacht, als der Bus auf dem Busbahnhof in Riwne die Türen öffnet und ein blonder Typ zusteigt und sich in den nächsten Stunden blöde grinsend durch den Bus quatschen wird.

Was für ein Chuesos, denkt Ida, als sich der Typ nähert, der sich ihr als Dirk, der Bergvermesser, vorgestellt hat. Auf Deutsch würde sie so etwas weder denken noch aussprechen. Ida hockt auf der Leitplanke, rührt in ihrem Instant-Bolognesetopf, den sie sich an der Raststätte von ihren letzten Grwina gekauft hat. Reisebusse, die auf ihre Grenzabfertigung warten, reihen sich vor ihr auf. Menschen drängen sich im Schatten der Busse, rauchen, scrollen auf Smartphones durch ihre Timelines. Die Wärme, die die Busse abstrahlen, scheint ihnen auch bei dreißig Grad im Schatten erträglicher zu sein als die gleißende Sonne. Was für ein Chuesos, murmelt Ida vor sich hin. Der Bergvermesser grinst. Die Obszönitäten hat sie von Switlana gelernt. Jetzt bringe ich dir mal richtiges Russisch bei, hatte sie gesagt, und das ist schmutzig, sehr schmutzig, außer Jewhens Russisch, in diesen Dingen ist er sowjetisch geblieben. Regel Nummer eins: Gestritten wird im Flur und keine Obszönitäten. Er kommt ohne *job twoju mat* aus, dafür trägt er seine Verwünschungen gern mit einem Lächeln vor, das gerade einen Bruchteil einer Sekunde über sein Gesicht huscht, sodass der Getroffene nie sicher sein kann, was ihm gerade geschieht. Die Verwünschungen waren Jewhens stärkste Waffe im Duell mit seinem Bruder. Was die Obszönitäten betrifft, ist Ida gerade mit dem Fernbus auf dem Weg in die Fäkaliengrube, dorthin, wo alles mit Scheiße garniert wird; Scheißwetter, Scheißtag oder *Was für n Scheißservice in diesem Scheißbus*, wie es dem Bergvermesser, der eine Reihe hinter ihr sitzt, stündlich aus dem Mund fällt. Was für ein Chuesos.

Vielleicht, denkt Ida, lässt sich ja der russische Mutterfluch mit deutschen Exkrementen bewerfen und in Jewhens Verwünschungen packen. Die Leitplanke gibt nach, als sich der Bergvermesser neben sie setzt.

«Werden wohl wieder scheiß vier Stunden an der Grenze werden», sagt er.

Ida pustet in ihren Bolognesebecher.

«In ein paar Jahren ziehe ich in die Ukraine», sagt er, und nach einer Pause, in der er eine Reaktion auf diesen Satz erwartet hat, fügt er hinzu: «Also, wenn sich die Situation beruhigt hat.»

«Warum?»

Der Bergvermesser schaut der ukrainischen Grenzbeamtin nach, die mit einem Stapel Reisepässe aus dem Bus vor ihnen steigt, die grauen Socken quellen aus seinen Sandalen.

«Erstens geht in der Ukraine noch was in Sachen Bergbau, während die Deutschen zwar gerne auf ihren Smartphones herumdaddeln und scheiß E-Autos wollen, sobald man aber die Rohstoffe dafür vor der eigenen Haustür graben will, kommen die Bedenkenträger. Und außerdem sind die Frauen hier, wie soll ich sagen, leichter zugänglich irgendwie.»

Zwei Wespen gesellen sich an Idas Bolognesetopf. Ida schlägt mit der Hand nach ihnen. Bolognese tropft auf ihre Hose.

«Wenn nur die Sprachbarriere nicht wäre.»

Der Bergvermesser starrt auf den Bolognesefleck. Da ist sie wieder, diese Übelkeit, die Ida zum ersten Mal gespürt hat, als sie Jewhens Tür ins Schloss gezogen hatte.

«Möge sich der süßliche Geruch einer Bettwanzenplage über deine, gefickt sei deine Mutter, Scheißmatratze legen wie ein frisches Laken, du Schwanzlutscher», sagt sie dem Bergvermesser in feinstem Kyjiw-Russisch.

Der Bergvermesser grinst blöde.

Ida hört den Motor des Busses anspringen. Der Busfahrer befiehlt mit ausschweifender Geste einzusteigen. Sie wirft den halb leeren Becher in den Mülleimer und steigt in den Bus. Ida spürt ein rhythmisches Rauschen in den Ohren und die kühle Luft der Klimaanlage an ihren heißen Wangen. Noch zweimal Pass vorzeigen. Einmal Gepäck durchleuchten. Welcome to the European Union.

Fünfzehn Stunden später lehnt Ida den Kopf an die Fensterscheibe der Mitteldeutschen Regionalbahn. Sie schaut auf das zerbrochene Glas des Süßigkeitenautomaten, der auf dem Bahnsteig steht, und konzentriert sich auf das flackernde Licht, und je mehr sie sich konzentriert, umso mehr verblasst das Summen der alten Frau, die wie aus dem Nichts gekommen ist und sich in dem leeren Zugabteil mit einer Ausgabe der *Schlesischen Bergwacht* auf den Platz schräg gegenüber gesetzt hat. Die Frau erinnert Ida an den Arzt an der Treppe zur Metrostation Polytechnisches Institut. Auch sie scheint ein Echo aus einer Welt zu sein, die es nicht mehr gibt, und Ida fragt sich, ob sie auch beginnt, so zu werden. Sie wendet sich ab und sieht auf ihre Hand, die den Kaffeebecher hält. Sie kann sich nicht erinnern, schon davon getrunken zu haben. Sie schließt die Augen und versucht Jewhens Stimme laut werden zu lassen, aber seine Worte haben über die vergangenen tausenddreihundert Kilometer jeden Klang verloren. Der Zug fährt an, und als sie die Augen wieder öffnet, sieht sie, wie sich die Stromleitungen und Gleise verzweigen, auseinander- und wieder zusammenlaufen, erst langsam, dann schneller. Idas Blick ruht auf dem Himmel, dessen Blau noch die Farben des Sonnenaufgangs in sich trägt. Die Stadt liegt bereits hinter ihr. Das Gestrüpp an den Bahntrassen zieht an ihr vorüber, dann die Felder, Apfelplantagen, Windräder und die Schrebergärten mit ihren hoch aufragenden Fahnen – weiß-grün für die Heimat, schwarz-gelb für den Fußballverein, schwarz-rot-gold für das Gefühl, das die Brust aufpumpt. Die letzten Morgennebel verwischen die Silhouetten der verwitterten Gründerzeitvillen und Industriebrachen, legen sich über Sportplätze, Solarfelder, Möbelhäuser auf der grünen Wiese, über Parkplätze vor dem Outletcenter, über die Ruinen stillgelegter Regionalbahnhöfe und auf die toten Gleise und das Gras, das zwischen den Holzschwellen wächst.

Zurückkommen wiegt schwerer als Ankommen, ein Gedanke, der den Morgendämmerungen innewohnt, seitdem der Vater geschrieben hat, dass er es allein nicht mehr schafft im Haus Edith. Ida wird aus dem Zug aussteigen müssen, und alles in ihr wehrt sich dagegen. Sie lehnt den Kopf an die Fensterscheibe. Die alte Frau streicht sich mit dem Handrücken über die Wangen, so als würde das etwas in Ordnung bringen, was durcheinandergeraten ist. Die Melodie, die sie dabei summt, ist Ida auf eine nicht sehr angenehme Weise vertraut. Sie nimmt ihr Smartphone aus dem Rucksack, stellt die Tastatur vom kyrillischen auf das lateinische Alphabet um, scrollt durch ihre Kontakte. Außer ihrem Vater und Otti gibt es niemanden in diesem Land, den sie anrufen könnte. Beide hat sie vor neun Jahren zum letzten Mal gesehen; den Vater bei der Beerdigung der Ohm, und mit Otti ist sie ein paar Stunden später in diesen Klub nach Chemnitz gefahren. Sie müssten unbedingt in Kontakt bleiben, hat Otti ihr damals durch die Technobeats hindurch ins Ohr gebrüllt, schon der alten Schulzeiten wegen, und dass sie sie im Sommer in Kyjiw besuchen wolle. Unwahrscheinlich, dass ihre Telefonnummer noch gilt. Der Mond steht blass an dem tagblauen Himmel. Häuser sammeln sich in den Senken zwischen den Äckern und Wiesen zu Siedlungen. Kirchturmspitzen ragen wie Leuchttürme aus der wogenden Landschaft. Strohballen überrollen die abgeernteten Felder, und wieder ist da Jewhen, nur für einen Augenblick, der Gedanke zerstiebt wie die Spreu über den Erntemaschinen. Ida kratzt die Reste der eingetrockneten Bolognese aus ihrer Jeans. Die Instantnudeln an der ukrainisch-polnischen Grenze sind das Letzte, das sie gegessen hat, und der Kaffee ist lau.

«Wir sind ja die alte Generation, wissen Sie. Wir können mit Geld umgehen», hört Ida die alte Frau sagen, mit einer plötzlichen Klarheit, vor der Ida noch mehr erschrickt als vor dem Gebrabbel zuvor. Doch die Alte hat es nicht zu ihr gesagt, sie stiert auf den freien Platz ihr gegenüber und streicht noch immer mit der Hand über ihre Wange.

«Vierzig Mark hab ich bezahlt. Vierzig Mark.»

Ida lehnt ihren Kopf an die Fensterscheibe und überlegt, ob sie so tun soll, als verstünde sie kein Deutsch. Einige Bahnhöfe und Streckendurchsagen später beginnen sich die Hügel aufzutürmen. Buchenmischwälder überziehen die Landschaft. Zwischen den Bäumen brechen Felsen hervor, rücken näher und zwingen die Gleise und den Fluss und die Straßen und die Häuser in lang gezogene Täler.

Der Zug hält.

Ida nimmt ihren Rucksack und ihren leeren Kaffeebecher, als sie den knochigen Griff der Alten an ihrem Unterarm spürt.

«Betrügerin haben sie gesagt. Ich kann das doch nicht lesen. Mit den Augen», sagt sie. «Schauen Sie sich das an!»

Die Riemen des Rucksacks schneiden sich in Idas Schultern.

«Was?», fragt Ida. «Was soll ich mir anschauen?»

«Es gibt einen Golfplatz auf der Wolfshöhe. Da sind Männer, die im Ort keiner kennt. Auf dem strahlenden Müllberg stehen die mit ihren Golfschuhen», sagt sie, und ihre Gesichtszüge sind ruhig, ihr Blick ist trüb, dann lässt sie los und fällt in ihren Sitz zurück.

Ida stopft den leeren Kaffeebecher in den Müll, verlässt das Abteil und tritt auf den Bahnsteig. Sie wendet sich noch einmal um. Der Zug fährt an, die alte Dame sitzt auf dem Platz, auf dem Ida gesessen hat, lehnt den Kopf an die Fensterscheibe und streicht über ihre Wangen. Es war ein Weihnachtslied, denkt sie. Sie hat es zuletzt im Wohnzimmer der toten Bembel gehört, die auch eine von der Zeit Ausgespuckte war. Schweigend überquert sie die Gleise, geht auf den Wilden Mann zu. Das Gebäude ist kleiner als in ihrer Erinnerung. Scherben knirschen unter ihren Schuhen. Wismut Bastards. Wir kriegen euch alle. Antifa. Ida blickt den Fluss entlang, der gleichmäßig neben der Straße der Einheit ins Tal plätschert.

«Und der Wolf ist zurück in Tann an der Aach», hört Ida die Alte sagen.

Ida wendet sich um und blickt auf den verwaisten Bahnsteig. Dahinter führt ein Feldweg zu einem Hügel, der aussieht, als hätte jemand ein grünes Tuch über einen riesigen Kegel geworfen. Auf den kahl rasierten Kuppen der Zwillingsberge am anderen Ende des Ortes ragen zwei Windräder in die Höhe. Ida holt den Wismutfusel aus ihrem Rucksack. Die Flasche hatte ihr die Ohm damals aus dem Keller geholt und in ihre Tasche gesteckt, als sie Tann verlassen hatte. Ida hat nie einen Anlass gefunden, sie zu öffnen, oder vielmehr hat sie befürchtet, dass das Zeug für Menschen, die den Uranbergbau nicht kennen, nur ist, was es eben ist, Fusel. Sie nimmt einen Schluck, trinkt auf den Großvater und die Ohm. Mit der Flasche in der Hand geht sie um die Bahnhofskneipe herum, durch das Gestrüpp, das dort wächst. Die dornigen Zweige der Brombeersträucher, die ihre letzten Früchte tragen, verhaken sich in Idas Jacke. Graffitis überziehen den verwitterten Backstein, die Tür ist mit einer Kette und einem Vorhängeschloss gesichert. Ida schaut durch die Glasbausteine hindurch in den Gastraum. Vor dem Tresen stehen eine Palette Gipskartonplatten, daneben Silikontuben und ein paar Farbeimer. An der Tresenwand sind noch die Löcher zu erkennen, durch die sie als Kind die Leute beobachtet hat, die trinkenden Männer, die kichernden Frauen, die Krampfadern der Ohm. Das Essen brachte die Ohm, das Bier der Marenke. Ein Schnaps ist ein Doppelter, und wer sich einpisst, fliegt raus. Ida wendet sich um, spürt das Ziehen im Bauch, das sie am Busbahnhof in Kyjiw zum ersten Mal bemerkt hat. Ein Trennungsschmerz vielleicht.

Eine Krähe schreit.

Aus dem nahen Waldstück heraus riecht es nach Fichtenharz und kühler, feuchter Erde. Das dürre Licht der Sonne scheint das Grün der Hänge kaum noch zu berühren. Der

Sommer zieht sich bereits hinter die Berge zurück. Ida nimmt einen Apfel aus ihrer Tasche, den sie noch in Kyjiw vor der Metro einer alten Frau abgekauft hat. Sie reibt ihn an ihrer Hose und blickt auf den grünen Kegelberg, der früher eine Halde war und vor dem die Ruine einer Munitionsfabrik gestanden hat. Sie setzt sich auf die Eingangsstufen des Wilden Manns, lehnt sich an die Tür, legt ihre Beine auf den Rucksack, isst den Apfel, trinkt den Fusel. Für die nächste Stunde ist der Wilde Mann eine Art Basislager für ihre Rückkehr. Sie wartet, bis der Druck hinter dem Brustbein nachlässt, bevor sie sich all dem stellt, was sie kennt, und dem, was sie nicht kennt, bevor sie bereit ist zu sehen, was aus dem Vater und was aus ihr geworden ist und was hätte sein können. Was willst du vom Leben? Ida hat in all den Jahren des Fernbleibens keine Antwort auf Jewhens Frage gefunden, und so ist es gekommen, dass in dem Rucksack, der Handgepäckgröße misst und in den ihre Beine gerade eine Delle drücken, so ziemlich alles ist, was sie besitzt: zwei Hosen, vier T-Shirts, drei Pullover, eine Jacke, diverse Strümpfe und Unterwäsche, eine zerkaute Zahnbürste, ein Smartphone, ein Laptop, ein Pass. Das, ein bisschen Geld auf einem Konto und was sie durchgeschwitzt am Leib trägt, sind Idas materielle Errungenschaften. Bei ihr ist es anders als in den Fotoalben der Ohm, in denen jedes Bild hinter dem milchigen Transparentpapier eine nicht enden wollende Vermehrung präsentiert – das neue Schild an der Wirtschaft, das Kind, die moderne Küche, der erste Urlaub im FDGB-Heim in Zinnowitz, der Blick auf die Ostsee – Jahr für Jahr schien das Leben hinter der lächelnden Ohm etwas angeschwemmt zu haben. Ida nimmt einen Schluck aus der Flasche und schaut über die Gleise, bis eine Krähe in ihr Blickfeld fliegt, sich auf einem Baumstumpf niederlässt und sie ansieht. Die Krähe stößt ein Krächzen in ihre Richtung aus.

Ida steht auf, holt aus, wirft den Apfelgriebsch weit über die Brücke in die Aach. Krächzend erhebt sich die Krähe und fliegt das Tal entlang in den Ort. Idas Beine kribbeln vom Schnaps oder weil ihre Füße zu lange auf dem Rucksack übereinandergelegen haben. Sie steckt die Flasche in die Seitentasche, nimmt ihren Rucksack und läuft der Krähe hinterher, vorbei an frischen Fassaden, glänzenden Autos in den Auffahrten, Werbetafeln, Plakaten für das Stadtfest an den Straßenlaternen. Der Asphalt ist glatt, die Pflastersteine unter ihren Füßen sind neu, wie der Elektrobus, der geräuschlos durchs Tal fährt. Nichts von alldem könnte einem Fremden erzählen, wie es einmal war.

Das Tann, das Ida vorfindet, ist ein Ort, der zu halten scheint, was Erzgebirgsorte in den Prospekten versprechen: nebelverhangene Täler im Herbst, Schwibbögen in den Fenstern an Weihnachten, schwerer Schnee auf den Dächern im Winter, Apfelblüten in den Vorgärten im Frühling, flirrende Stille über den Streuobstwiesen an den Hängen im Sommer, Gruselgeschichten aus dem dunklen Wald und ein Marktplatz, auf dem über den Fremden noch geredet wird, ein Hort vormoderner, postkartentauglicher Gemütlichkeit. Haus Edith schiebt sich in Idas Blick. Ihr Herz schlägt, schwillt an wie das vielstimmige Motorengeräusch der schweren Bikes, die aus den Bergen ins Tal rollen. Ida fingert am Seitenfach ihres Rucksacks nach dem Fusel, nimmt einen Schluck. In einer langen Reihe fahren die Bikes an ihr vorbei. Sie sieht ihnen nach, und als sie hinter der nächsten Kurve verschwunden sind, überquert sie die Straße und steht vor Haus Edith. Sie starrt auf den abgegriffenen goldenen Türknauf und zählt die Schläge ihres Herzens. Jede Schramme in dieser Tür ist ihr vertraut, und genau das ist es, was ihr Herz rasen lässt. Wie kurz der Weg doch ist, der hinter ihr liegt, als wären die vergangenen Jahre nicht mehr gewesen als ein langer Gedanke auf einem Spaziergang ohne Ziel. Sie beschließt, dass sie noch etwas Zeit braucht, geht drei Schritte rückwärts, wendet sich ab, überquert die Brücke über die Aach, hofft, dass ihr Vater sie nicht sieht, und läuft den Zechenweg hoch ins Barackenviertel zum Friedberg und ins Kurviertel. Sie kommt an einer Reihenhaussiedlung vorbei, die in ihrer Erinnerung Brachland und Baustelle war, genauso wie die Einkaufspassage, das neue Radonbad, das Eiscafé Venezia und der Kurpark, der Erwin-Wiehler-Wiesen heißt. Im Kurpark grasen Alpakas in einem Freigehege. Auf den Bänken zwischen Holzskulpturen und Installationen haben sich grauhaarige Frauen und Männer niedergelassen und strecken ihre radonwassergetränkten Körper in den lauen Nachmittag. Dort, wo früher Elektro-Schettlers SERO-Annahmestelle und das Geschäft waren, klafft eine Baulücke. In den Abdrücken der Planierraupe steht schlammiges Wasser bis zum Rand. Nur die Findlinge mit den goldenen Plaketten, auf denen die Lebensdaten der Schächte vermerkt sind, und ein Schachtturm in der Ferne erinnern noch daran, dass eine Generation nach der anderen für Silber, Zinn, Eisen, Kupfer, Arsen, Blei, Kobalt, Nickel, Wismut, Wolfram, Zink, Uranerz – für die Mineralien der Zukunft – ihre Knochen in die Berge getragen hat. Der Fluss, das Kulturhaus, die Schule, das alte Postgebäude, das jetzt ein Gasthof ist, und die Burg, die am südlichen Ende des Ortes auf einem Felssporn steht, sind die einzigen Punkte, die Ida Orientierung geben. Selbst die Gebirgssilhouette ist trügerisch. Sie haben die Halden abgeflacht, begrünt und zu einem Teil Landschaft gemacht.

Sie haben das Gebirge umgebaut.

Ida stolpert.

Sie geht bis an die Enden des Ortes und zurück, bis ihre Füße schmerzen, bis sie mit jeder Faser ihres Körpers begreift, dass dies alles besser ist als das Alte, aber dass es noch nichts gibt, was sie mit dem neuen Grün verbindet. Auf dem Weg zurück an die Aach kommt sie an Gärten vorbei, läuft über die Wiesen, auf denen das Gras hoch steht. Die grauen Fassadensteine von Haus Edith sieht sie schon von Weitem. Granit, fein geschliffen, das hatte die Ohm immer betont und dabei das Kinn gehoben.

Der Hausschlüssel hakt.

Ida rüttelt am Türknauf, bis ihr wieder einfällt, wie es geht; die Tür zu sich heranziehen und etwas nach unten drücken. Sie hört das Klacken des Schlosses. Nie hat sie sich gefragt, ob ihr Schlüssel noch passen würde.

«Papa?», ruft sie und tritt in den Hausflur, der sie mit frühherbstlich anmutender Kühle empfängt. Ida lauscht in die Stille, wartet auf eine Antwort. Es riecht nach dem Linoleumboden und den alten Holzpaneelen an den Wänden. Sie lässt ihren Rucksack fallen, sieht sich um; die leeren Bügel an der Garderobe, der Spiegel, der über die Zeit blind geworden ist, das Schränkchen, in dessen Schublade die Haarkämme neben der Schuhbürste liegen, über der Küchentür der Holzteller mit den angeklebten alten Münzen, den die Großeltern zur Hochzeit geschenkt bekommen haben, die Treppen, die nach oben und nach unten führen, die Stiefel, die der Großvater getragen haben soll, als er und die drei Männer neunzehnhundertsechsundvierzig vor der Tür gestanden haben. Das Haus der Ohm ist zu einem Geisterhaus geworden. Ida wendet sich von den eingestaubten Stiefeln ab. Die Eingangstür steht noch offen. Das Sonnenlicht fließt warm über die Pflastersteine.

Sie wird durchlüften müssen. Neben ihr brummt der Kühlschrank, der noch wie damals aus Platzgründen in der Diele steht. Ida zieht die Kühlschranktür auf. Erst jetzt, als sie die fast leeren Glasborde darin sieht, spürt sie, wie hungrig sie ist. Sie nimmt Salami, Senf und Gurken mit in die Küche. In der Mitte steht noch immer der Holztisch mit den Stühlen. Ein Stuhl ist verrückt, als sei der Großvater gerade erst aufgestanden, um wieder in die Werkstatt zu gehen. Die Küche riecht nach dem Küchenbuffet, in dessen Holz über die Zeit das Aroma von Pfeffer, Zimt, Muskatnuss, Wacholderbeeren und Kümmel gezogen ist. Die Möbel, das Geschirr, der Nippes, selbst die Gardinen an den Fenstern, alles ist, soweit Ida das beurteilen kann, noch an seinem Platz, so, wie es die Großeltern eingerichtet haben oder wie es vielleicht bereits eingerichtet war, bevor der Großvater nach Tann kam. Ida nimmt sich ein Frühstücksbrett, ein Messer und ein Glas aus dem Küchenbuffet. Sie setzt sich an den Platz des Großvaters, gießt sich Fusel ins Glas, schneidet Salami, schmiert Senf darauf, isst, trinkt, schaut auf den Gasherd und die Tonschale mit den Streichhölzern, die dort steht, seit sie denken kann. Ida lehnt sich zurück.

«Papa?», ruft sie noch einmal in die Diele.

Ihr Ruf verhallt wie der vorherige. Ida hat noch nicht darüber nachgedacht, was sie in Tann, mit dem Haus, das ihr bald gehören soll, anfangen will. In diesem Museum ihrer Kindheit sitzend überfällt sie eine wächserne Trägheit, und in der Stille tickt die Küchenuhr. Im Grunde ist sie froh, dass sich das Wiedersehen mit ihrem Vater verzögert. Wie am Wilden Mann muss sie sich erst akklimatisieren. Basislager zwei. Die Küche im Haus Edith. Sie legt ihren Kopf auf die Tischplatte, schließt die Augen. Sie spürt den Widerstand, gegen den sich ihr Herz zusammenzieht, wie dieses Herz Blut in ihren Körper pumpt, die Schwere ihres Körpers, den Kopf und die Hände, die auf der Tischplatte liegen, und die Füße, die den

Boden berühren. Sie vernimmt das Ticken der Uhr und atmet den Geruch der alten Küchenmöbel.

Ida öffnet die Augen wieder, richtet sich auf, reibt die kalten Hände gegeneinander, und ihr Blick fällt auf die Schublade an der langen Seite des Küchentischs, in der die Kreuzworträtsel liegen, die die Ohm am Nachmittag gelöst hat. Ida zieht die Schublade auf. Neben dem Rätselheft findet sie einen Stapel Postkarten, die von ihr sind, und die die Ohm mit Geschenkband zusammengebunden hat. Ida stellt sich die Ohm vor, wie sie nach dem Mittagessen, nach dem Geschirrspülen, nach dem Bodenfegen hier am Tisch die Karten gelesen hat, auf dem Stuhl, auf dem sie jetzt sitzt, die Unterarme auf die Tischplatte gelehnt. Sie nimmt den Stapel, zieht das Band auf, blättert durch die Karten, schaut auf die immer gleiche Adresse, mit einer blauen Kugelschreibermine geschrieben. Sie überfliegt den Stapel, ihr fällt auf, dass sich ihre Handschrift in den Jahren nicht verändert hat. Ida legt die Karten beiseite und räumt die Schublade leer. Ganz hinten in der Ecke findet sie die alten Briefmarken mit dem Bild der Eltern. Der Vater mit Hollerbusch und die Mutter am Trapez. Ida blättert durch das Rätselheft, will den Eindruck von Ohms Stift spüren, und sie fragt sich, ob der Vater schon Äpfel geerntet hat.

Ida überwindet die Trägheit, nimmt einen Pullover aus dem Rucksack, zieht ihn über und springt die Stufen nach unten, so wie sie es früher oft getan hat. Sie schaut in das Schlafzimmer der Großeltern, das staubig aussieht und riecht, als hätte seit Jahren niemand mehr gelüftet. Ida schließt die Tür und hört ein Geräusch, das aus dem Badezimmer zu kommen scheint. Sie wendet sich um und läuft auf das Badezimmer zu. Ihr Herz tobt. Sie drückt die Klinke nach unten.

Der Vater sitzt nackt und ohne Wasser in der Badewanne.

Er zittert.

«Ida, mein Mädchen», sagt er tonlos.

Ida schaut ihren Vater an. Seine Augen sind glasig, und er lächelt, aber kein anderer Muskel seines Gesichts bewegt sich mit den Mundwinkeln. Es ist, als habe der Vater das Lächeln eingeübt, als habe er mit diesem eingeübten Lächeln in der Wanne auf Ida gewartet, als habe er sich, als die Tür aufging, den Befehl gegeben zu sagen, Ida, mein Mädchen.

«Komm, hoch», sagt sie knapp, wütend auf sich, weil sie sich trotz ihrer Furcht vor der Rückkehr auf den Vater gefreut hat und nicht in der Lage ist, diese Freude im Moment des Wiedersehens zu empfinden.

Sie greift ihm unter die Arme, zieht an ihm.

«Ich wollte duschen, bevor du kommst», sagt er, und seine Stimme klingt verwaschen.

Der Vater fügt sich ungelenk ihrer Anweisung und steigt an ihrem Arm aus der Badewanne. Haut und Muskeln hängen an den Knochen. Seine linke Hand zittert feinschlägig. Ida versucht zusammenzubringen, dass die Arme und Hände dieselben sind, die sie hatten auffangen wollen, als sie am Trapez hing, und Ida hatte damals nicht daran gezweifelt, dass sie das konnten. Unwirsch windet sich der Vater aus Idas Griff. Er lässt sich auf die rote Ottomane fallen, die neben der Wanne steht, Ida legt einen Bademantel um seine Schultern und schlägt eine Decke um seine Beine. Sie setzt sich auf den Badewannenrand, legt die Hände in den Schoß, sieht ihren Vater an, das dünne graue Haar, das er noch immer zu einem Zopf trägt. Er scheint in allem weniger geworden zu sein, und er riecht nach dem gleichen Fusel, den auch sie getrunken hat.

«Was machst du nur?», fragt Ida.

Sie geht in den Kohlenkeller, der nur eine Tür weiter ist, und kommt mit einem Eimer Holz und Briketts zurück, öffnet die Klappe des Badeofens, stapelt die dünnen Scheite gegeneinander, schiebt den brennenden Anzünder unter den Holzhaufen, und ihr Blick verfängt sich in den kleinen Flammen, die an den Holzscheiten entlangzüngeln. Sie hört das Holz knacken, spürt die Hitze an ihren Wangen.

«Ich hab dich so lang nicht gesehen», sagt der Vater.

«Ich war bei Judy und Hollerbusch», antwortet Ida, ohne ihn anzusehen.

«Was machen sie?»

«Sie haben eine neue Mahut, Olga heißt sie», sagt Ida, dreht sich um, der Vater nickt, sie sieht den Dreck unter seinen brüchigen Fingernägeln.

«Ich könnte einen Espresso vertragen», sagt der Vater nach einem langen Schweigen.

Ida ist froh über diesen Wunsch des Vaters, der es ihr erlaubt, das Badezimmer zu verlassen und ihre Gedanken zu sammeln.

«Die Maschine steht im Zirkuswagen», ruft er ihr nach oder vielmehr versucht er zu rufen.

Ida dreht sich um.

«Im Garten.»

Wie kraftlos seine Stimme ist.

Sie läuft nach unten, an der Uhrmacherwerkstatt des Großvaters vorbei, öffnet die Hintertür. Das Licht des Nachmittags fällt in den dunklen Kellergang und erwärmt die schale Luft. Ida kneift die Augen zu, die Helligkeit blendet. Ein Trampelpfad führt durch das hohe Gras zum Wohnwagen. Die Beete am Rand des Grundstücks sind verkrautet und von Rosen, Malven, Lavendel überwuchert, unter denen die Einfassungen längst nicht mehr zu erkennen sind. Neben dem Zirkuswagen blühen Dahlien, riesige Pompons in Gelb, Orange, Rot, angebunden an alte Zaunlatten. Die Äste des Apfelbaums hängen tief und lassen ihre Früchte fallen. Ida öffnet die Tür. Es riecht nach schalem Bier und kaltem Zigarrettenrauch. Neben dem zweiflammigen Propangasherd stapeln sich leere Pizzaschachteln vom Lieferdienst. In der Schlafnische am Ende des Wagens liegt ein Schlafsack. Davor stehen Bierflaschen, leere und angefangene, Wismutfusel, ein Aschenbecher, der überquillt, dazwischen Luftpolsterfolie und Packpapier, ein Buch über Solimans Reise, das sich der Vater kürzlich bestellt haben muss, und ein Stapel Zeitungen. Ida setzt sich auf das Bett. Sie knipst die alte Lichterkette an, einige Lämpchen funktionieren noch. Das orangene brüchige Licht legt sich wie ein Pflaster über Georgs äußeres und Idas inneres Chaos. Sie schlägt die Zeitung auf. Drei pausbäckige Babygesichter schauen sie an, die diesjährigen Zeitungsküken, wie sie aus der Überschrift erfährt, daneben die Meldung, dass es in diesem Jahr keine einzige Bewerbung zur Wahl des Brunnenmädchens gibt, dass es Tann im Rennen um den Titel *Herbstleuchten. Die schönste Gemeinde Mitteldeutschlands* unter die Favoriten geschafft hat, eine Pro-Kontra-Diskussion, ob für den alten Bürgermeister Erwin Wiehler ein Stolperstein verlegt werden soll, ein Bericht über ein kanadisches Bergbauunternehmen, das Lithiumvorkommen im Erzgebirge erkundet, und einer darüber, dass ein Riss in der oberen Abdeckschicht des ehemaligen Deformationsgebietes die Bergbausanierer beschäftige. Ida legt die Zeitung auf das Tischchen, zündet eine der Gasplatten an, füllt das Espressokännchen, stellt es auf den Herd. Sie setzt sich wieder und wartet und starrt auf die kleine Fensterbank, auf der ein Veilchen und zwei Kakteen stehen, auf das Regal darunter mit dem Farn, der Aloe und dem Geldbaum, auf die Blumentöpfe, aus denen Düngestäbchen ragen, auf den angerissenen Beutel mit der Blumenerde, der hinter der Tür des Wohnwagens liegt. Ida hat ihren Vater Lkw fahren,

Elefanten dirigieren, Ställe ausmisten, Zirkuszelte auf- und abbauen, Volleyball spielen, kochen, abwaschen sehen, aber nie hat sie gesehen, dass er mit einer Gießkanne in der Hand Topfpflanzen gießt oder sie umtopft oder sie düngt. Und Ida begreift, dass der Dreck unter den Nägeln des Vaters Fürsorge bedeutet, nicht Vernachlässigung, und dass die Zeit nicht nur durch sie, sondern auch durch ihn hindurchgegangen ist. Das Kännchen rasselt. Espressoduft legt sich über den Geruch der leeren Bierflaschen, über den Wismutfusel, den Aschenbecher. Ida dreht das Gas ab. Sie gießt den Espresso in Tassen, stellt sie und eine Packung Kekse, die sie in dem kleinen Hängeschrank gefunden hat, auf das Tablett und trägt es ins Haus.

«Ich bin nicht betrunken», sagt der Vater, als Ida mit dem Tablett in der Hand das Bad betritt. «Ich wollte nur duschen. Vielleicht hatte ich einen Schnaps zu viel. Ich hab deine Schritte gehört, und dann ist das passiert, und du kamst zur Tür rein.»

«Schon gut, Papa.»

Ida bemerkt die glasigen Augen des Vaters. Der Badeofen brodelt. Sie lässt Wasser in die Wanne, greift nach der Flasche mit dem Badezusatz. Auf dem Etikett ist ein Preisschild aus der DDR. Sie öffnet die Flasche und sieht den Vater an, hebt eine Augenbraue. Der Vater zuckt mit den Schultern.

«Davon ist noch eine Stiege im Kartoffelkeller.»

Ida lacht.

Der Vater lacht.

Latschenkieferduft zieht durch den Raum. Das Badewasser färbt sich grün, Schaumberge türmen sich auf. Als sie den Wannenrand überragen, dreht Ida das Wasser ab. Der Vater erhebt sich ächzend. Der Bademantel fällt auf den Boden. Er stützt sich am Wannenrand ab, stellt unsicher erst einen, dann den anderen Fuß ins Wasser und lässt seinen Körper langsam sinken. Wie versteinert sieht Ida, dass der Vater versucht, nach dem Shampoo zu greifen, dass er es sein lässt, weil seine Hand vergessen zu haben scheint, wohin sie greifen soll, wie er den Kopf senkt und die Augen schließt, aussieht, als sei er tief in Gedanken versunken, und nach einem langen Schweigen sagt er: «Ich heiße Georg. Aber du kannst Papa zu mir sagen.»

Idas Herz klopft.

«Heb mal den Arm.»

«Ich kann das allein, Ida.»

Ida nimmt den Schwamm. Wasser und Seifenschaum laufen über den Rücken des Vaters. Sie reibt dem Vater Shampoo ins Haar und wundert sich, wie routiniert sich ihre Handgriffe anfühlen. Sie spürt die Halswirbel und den Schädelknochen unter der dünnen Kopfhaut, und hinter dem Schaum sieht sie den Fleck auf ihrem Handrücken hervorschimmern. «Lentigo senilis», hat die Kyjiwer Hautärztin gesagt und ihre Gummihandschuhe von den Fingern gezogen. «Ein Altersfleck.»

DER EINE GRÄBT DAS SILBER /
DER ANDRE GRÄBT DAS GOLD

In ihrer frühesten Erinnerung hat Ida ihren Kopf im Pullover des Vaters vergraben, ihre Beine um ihn geschlungen, alle Muskeln angespannt, und die Kehle brennt vom Schreien, und sie spürt seine große, warme Hand auf ihrem Rücken.

Ida liegt auf der Couch im Wohnzimmer. Übelkeit und ein hämmernder Kopfschmerz haben sie weit vor der Zeit geweckt. Sie steht auf, legt sich die Sofadecke über die Schultern, schiebt die Gardine zur Seite und öffnet das Fenster. Die Straßenlaterne wirft einen schalen Lichtkegel auf den Fußweg und auf den Schuppen. Die Aach plätschert durchs Tal. Ida setzt sich auf den Tisch, der früher nur für Familienfeste gedeckt wurde, und schaut über den Fluss, über die Dächer der Siedlung, zu den Sternen, die sie in dieser Konstellation seit so vielen Jahren nicht gesehen hat, obwohl sie nicht hätte sagen können, woran sie das erkennt. Sie spürt die nächtliche Kühle an ihren Wangen, wartet, dass es hell wird und dass die Übelkeit nachlässt und der Kopfschmerz, den der Wismutfusel vom Vorabend hinterlassen hat.

Ida fragt sich, was ihr Vater bei ihrem Wiedersehen empfunden hat. Sie hat seine Blicke gesehen und glaubt, darin die gleiche Enttäuschung entdeckt zu haben, die auch sie spürte. Als die Morgendämmerung den Blick in den Garten freigibt, lehnt sich Ida aus dem Fenster und sieht zum Zirkuswagen hinunter. Die Tür steht offen. Auch darin scheint sich der Vater verändert zu haben. Früher schlief er lange, wenn er konnte. Ida lauscht dem Amselgesang. Wind kommt auf, fährt durch die Blätter, das Geäst. Es riecht nach reifen Äpfeln und der taugetränkten Wiese. Ida saugt den Duft in sich auf und legt sich zurück aufs Sofa. Sie schließt die Augen und denkt an Jewhen, sieht Weizenfelder, die sich schier endlos bis zum Horizont erstrecken. Im Traum spürt sie die Ähren an ihren Händen und breitet die Arme aus, lässt die Spannung aus ihren Muskeln entweichen. Sie spürt den Fall. Sie spürt den Aufprall und den Schmerz, der ihr die Luft nimmt. Ida vergräbt ihre Hände in den Schollen, die der Pflug aufgeworfen hat. Sie zerbricht einen Klumpen, zerdrückt ihn, und die Erde quillt zwischen ihren Fingern hindurch. Ein Korn schiebt sich unter ihren Fingernagel, Saat, die nicht aufgegangen ist, und die Zikaden schnarren. Ida zieht ihre Hand aus dem schwarzen Boden. Sie rollt das Saatkorn unter dem Fingernagel hervor und hält es gegen den mondlosen Julihimmel. Die Sterne erlöschen einer nach dem anderen, und als sich die Nacht tief über sie beugt, legt Ida das Saatkorn auf ihre Zunge. Es schmeckt nach den langen Tagen am Kyjiwer Meer, nach den Grashalmen, die sie sich zwischen die Zähne geschoben haben, nach dem Schweiß auf seiner Haut, wenn sie miteinander schliefen, nach dem Humus, der die Erde schwarz färbt, nach dem Regen und dem Wind, der durch das Feld gegangen war, und in dessen Furchen sie und Jewhen im nächsten Frühjahr, wenn die ersten Halme wieder wachsen, nicht mehr liegen werden. Ida fragt sich, wie das alles begonnen hat, und es scheint ihr, dass ihre Liebe zu Jewhen, als sie noch von der Größe eines Saatkorns war, aus einem einzigen Gedanken bestanden hat. Ida spürt den Fall, spürt den Aufprall und den Schmerz. Sie öffnet die Augen und findet sich im Wohnzimmer in Haus Edith auf dem Parkett neben dem Sofa liegend vor.

Mittlerweile ist es taghell. Die Sonne scheint durch das ge-
öffnete Fenster. Ida sammelt sich und steht auf. Sie kramt ein
frisches T-Shirt aus ihrem Rucksack und streift es über, als
sie den Vater an der Haustür hört. Ida tritt in den dunklen
Flur. Die Wohnzimmertür fällt hinter ihr ins Schloss, und der
Vater kommt ihr mit einer Tüte Brötchen und einer Zeitung
entgegen.

«Wo warst du?»

«Die Neurologin hat gesagt, ich soll mich bewegen.»

«Du warst bei einer Neurologin?»

«Ja, so ist das jetzt, und sie sagt, ich soll mich bewegen.»

Sie nimmt dem Vater die Brötchentüte und die Zeitung ab,
holt Margarine und Eier aus dem Kühlschrank, geht in die
Küche, stellt alles auf den Tisch. Aus der Brötchentüte duftet
es. Wieder sind die Zeitungsküken auf Seite eins, und das
pausbäckige Mädchen trägt eine Schleife im blonden Haar.
Ida schaltet das Radio ein, das in der Küchenanrichte steht.
Die Antenne ist zum Fenster gerichtet und hat sich in der
Gardine verfangen. Über die wohlbekannte Frequenz erklingt
die Programmmelodie für das *klingende Sonntagsrätsel*. Es ist
noch dieselbe wie in ihrer Kindheit, wenn die Ohm mit dem
Lexikon und dem Opernführer die Rätselaufgaben löste, ohne
je an einem der Preisausschreiben teilgenommen zu haben,
weil der Sender ein Westsender war und, wie sie immer sagte,
unter den wachsamen Augen der Staatssicherheit aus einem
Lösungswort leicht ein Losungswort wurde, eine Verschwö-
rung, eine Zersetzung, eine Konterrevolution. Ida dreht an
der Antenne und am Programmknopf. Als sie Simon & Gar-
funkel hört, verhakt sie die Antenne wieder in den Gardinen-
maschen. Auch wenn amerikanischer Folkrock noch nicht so
recht in die Küche passt, sie würden es beide mögen. Hinter
den Kochlöffeln entdeckt sie ein altes Glas Honig. Sie nimmt

es heraus, ohne auf das Verfallsdatum zu schauen, zusammen mit Tassen und Tellern. Ida hat einmal gelesen, dass Archäologen in einer dreitausend Jahre alten ägyptischen Amphore Honig gefunden haben und dass er noch essbar gewesen sei. Sie deckt den Tisch, wirft die Kaffeemaschine an und setzt einen Topf mit Wasser auf.

«Hart oder weich?», ruft sie und wendet sich um.

Der Vater steht noch immer im Flur neben dem Kühlschrank. Er schaut konzentriert auf die Küchentür und huschelt mit unendlich vielen kleinen Schritten an die Türschwelle heran. Er bleibt davor stehen, hält sich am Türrahmen fest und hebt erst das eine, dann das andere Bein über die Türschwelle, so, als sei sie nahezu unüberwindbar. Ida starrt auf die Beine des Vaters, die sich kantig unter der Hose abzeichnen. Tränen schießen ihr in die Augen. Die Kaffeemaschine röhrt, auf dem Herd brodelt das Wasser, und der Nachrichtensprecher verliest die erste Meldung.

«So ist das», sagt der Vater, als er die Schwelle überwunden hat und sich mit einer Haltung dem Tisch nähert, als hätte er Angst zu fallen.

Der Gang des Vaters war Ida am Vortag schon aufgefallen, aber sie hatte es auf das Bier und den Fusel geschoben. In ihrem Kopf übertönt das Ticken der Küchenuhr die Stimme des Sprechers im Radio. Sie legt die Eier in das kochende Wasser.

«Wir müssen durchlüften», sagt Ida und dreht den Deckel auf die Thermoskanne.

«Du musst dir keine Sorgen machen.»

Ida wischt sich die Tränen von der Wange und wendet sich dem Vater zu.

«Zittert deine Hand deswegen?»

«Ja.»

«Und dein Gesicht. Was ist mit deinem Gesicht, Papa?»

«Du musst dir keine Gedanken machen.»

«Sagt wer?»

«Die Neurologin unten an der Ecke.»

Der Sprecher kündigt für den Nachmittag Regen an.

«Wohnst du im Zirkuswagen?»

«Ich bereite mich auf eine Reise vor.»

«Trinkst du?»

«Nicht mehr als du, nehme ich an», sagt der Vater und versucht, eine Augenbraue nach oben zu ziehen, so wie früher, wenn ihm eine rhetorische Volte gelungen war, die Ida aus dem Konzept gebracht hatte.

«Wir müssen durchlüften», sagt Ida.

«Du fängst oben an.»

Ida lächelt. Sie gießt dem Vater Kaffee in die Tasse, schaut auf seine Hand, die neben dem Teller liegt. Seine Fingerspitzen schlagen an den Tellerrand. Der Vater scheint das nicht zu bemerken, es ist, als habe er sich das Zittern einverleibt, als sei das feine Trommeln zur Normalität geworden. Aus dem Radio ist ein Klopfen, Spachteln und Graben zu hören, dann die dünne Stimme eines Mädchens, das erklärt, wie die ganze Klasse im nächsten Frühjahr die Moderlieschen zurück in den neu angelegten Schulteich setzen wird, dann eine Moderatorin, die mit gespielter Aufgeregtheit ankündigt, jetzt gleich live dabei zu sein, wenn die Entscheidung für den Titel *Schönste Gemeinde Mitteldeutschlands* fällt.

«Der Ort ist so anders», sagt Ida und erzählt, wie sie gestern in die Stadt gekommen ist – dass sich der Asphalt spiegelglatt durchs Tal schlängelt, dass die Hügel grün sind, der Himmel blau, die Luft klar und dass es den Elektro-Schettler nicht mehr gibt, dass sie auf die Baulücke gestarrt hat, dass nichts mehr an sein Geschäft erinnert, dass dort, wo es war, planierte Erde ist.

«Die haben hier gründlich aufgeräumt», schließt Ida ihre Rede und nippt am Kaffee.

«Du warst lang nicht da, Ida.» Der Vater schmiert den krisseligen Honig auf sein Brötchen. «Die Leute wollen es schön haben. Die dralle Otti ist übrigens Bürgermeisterin. Mit der bist du doch zur Schule gegangen, oder?»

Ida schweigt.

Der Vater sieht von seinem Brötchen auf.

«Aber das Haus? Du hast es zu einem Museum gemacht.»

«Ich habe gar nichts gemacht. Es ist von allein zu einem geworden.»

Aus dem Radio dringt ein vielstimmiges Jubeln. Ida hört die Stimme des Vaters wie durch Watte. Sie sieht auf die Zeitung und spürt Übelkeit in sich aufsteigen, steht auf, hält sich die Hand vor den Mund, eilt um den Tisch, reißt die Tür auf, rennt die Treppe nach unten aufs Klo, und während sie sich übergibt, scheint die Sonne durch das offene Fenster auf ihren Kopf, und sie hört das Rauschen der Aach und in der Ferne eine Blaskapelle. Ida kniet sich hin, stützt sich mit den Ellbogen auf der Klobrille ab, drückt ihren Kopf zwischen den Händen zusammen und wartet, dass der Brechreiz und die Magenkrämpfe und das Hämmern im Kopf nachlassen. Sie denkt an Otti, die, als sie sich das letzte Mal gesehen haben, noch einmal etwas ganz anderes mit ihrem Leben anfangen wollte, die wegwollte aus der Bankfiliale, weg aus dem Provinzkaff, in dem sie ihrer Mutter immer ähnlicher zu werden schien.

«Jetzt hab ich gedacht, du bist die Brigitte», hatte eine Nachbarin zu ihr gesagt, die mit einem Bündel Geldüberweisungsscheinen vor Ottis Schalter gestanden hatte. Otti wollte weg aus der Einliegerwohnung im Haus der Schwiegereltern, weg von den Orchideen hinter den Spitzengardinen, weg von den

Wäscheleinen im Garten, auf denen die Unterhosen und Socken nach Farbe und Größe sortiert hingen, weg von der ge-
fegten Auffahrt, dem getrimmten Rasen, dem frisierten Pudel,
der Mittagsruhe, dem Schuhregal vor der Wohnungstür und
dem sonntäglichen Sex auf dem Sofa, nachmittags um fünf,
nachdem die Schwiegereltern wieder gegangen waren und der
Kuchen, den die Schwiegermutter für ihren Jungen gebacken
hatte, noch auf dem Tisch stand, und weg von diesem Jungen,
der sie auf seinem Schoß hin- und herschob und dessen Atem
nach dem ersten Bier roch, während der Pudel durch die
Wände kläffte und im Fernsehen ein Formel-eins-Rennen lief.

«Das bin doch nicht ich», hatte Otti immer wieder gegen
die hämmernden Technobeats gerufen und sich mit der fla-
chen Hand auf die Brust geklopft, und Ida hatte sich gewun-
dert, weil sie sich Ottis Leben immer genau so vorgestellt hatte und Otti mit dem auftoupierten Pony, der Bluse und den
klappernden Silberarmreifen in dem illegalen Technokeller
wirkte wie ein verirrter Schwan, doch als sie Ottis verschwitz-
tes Gesicht im Strobolicht aufblitzen sah, sah sie darin etwas,
das sie nicht vermutet hätte: lärmenden Aufruhr.

Als Ida in die Küche zurückkommt, fällt ihr Blick auf den
Topf, der auf dem Herd steht und aus dem das kochende Wasser schwappt. Sie dreht das Gas ab, stellt den Topf ins Wasch-
becken, gießt das heiße Wasser ab, lässt kaltes hineinlaufen,
holt die Eier aus dem Topf und legt sie in die Eierbecher, die
auf dem Tisch stehen. An ihrem Platz liegt ein Zettel. Ich
leg mich hin, steht darauf in einer kleinen, zittrigen Schrift,
die Ida, wenn sie nicht wüsste, dass der Vater den Zettel geschrieben hat, niemals als seine erkannt hätte. Ida setzt sich
wieder, schiebt den Teller mit dem Brötchen an die Seite, fährt
mit der Hand über die Tischplatte. Sie blättert die Zeitung auf
und starrt auf das Bild des blonden Bergvermessers aus dem

Fernbus, der zu dem kanadischen Bergbauunternehmen zu gehören scheint, das im Erzgebirge nach den «Mineralien der Zukunft» graben will.

«Na, dann schauen wir mal», sagt die Ärztin und zieht das Ultraschallgerät zu sich heran.

Gel tropft kalt auf Idas Unterleib.

Die Ärztin schiebt den Ultraschallkopf millimeterweise vorwärts und sieht auf den Bildschirm. Eine Falte bildet sich zwischen ihren Augen. Ida schaut auf die Falte, auf den Bildschirm, auf die Hand der Ärztin, auf ihren Unterleib, auf dem das Gel glänzt. An der Wand tickt eine Uhr.

«Hier», hört sie die Ärztin sagen.

Ida wendet sich dem Bildschirm zu. Ein Schatten, der aussieht wie eine Kuhbohne, schiebt sich ins Bild. Die Gesichtszüge der Ärztin entspannen sich, und ihre Augen glänzen. Sie stoppt das Bild und vermisst die Größe des Schattens.

«Sieht alles normal aus, so weit», sagt sie und löst den Screenshot aus.

Normal, denkt Ida und wundert sich, wie die Ärztin auf die Idee kommt, dass eine helle Kuhbohne vor einem weitgehend schwarzen Hintergrund für Ida normal sein könnte.

Die Ärztin druckt das Bild aus. «Herzlichen Glückwunsch», sagt sie, drückt es ihr in die Hand. «Sie sind schwanger.»

Ida richtet sich auf.

«Sie können sich wieder anziehen», sagt die Ärztin, wäscht sich die Hände und verlässt das Untersuchungszimmer.

Ida steigt vom Gynäkologenstuhl. Sie sieht auf das Bild in ihrer Hand, ist unschlüssig, ob sie es behalten darf, legt es auf den Untersuchungsstuhl und geht hinter den Paravent. Sie sieht sich ihren Slip nehmen, ihre Jeans nehmen, spürt den Stoff auf ihrer Haut und den Knopf an ihrem Bauch. Ida setzt sich und lauscht dem Klappern der Tastatur und dem Scrollen der Maus, die aus dem Nachbarzimmer zu ihr herüberdringen, und sie begreift, dass in diesem Moment aus der Kuhbohne eine Notiz in einer Akte wird, ein Vorgang, ein Sachverhalt, ein Zahlencode, etwas, das bereits beginnt, außerhalb ihres Körpers zu existieren, und sich ihrer Kontrolle entzieht. Die Uhr zeigt dreizehn Uhr fünfundvierzig.

«Frau Kokosch, alles in Ordnung bei Ihnen?»

Ida steht auf. Sie verlässt das Untersuchungszimmer, setzt sich an den Schreibtisch der Ärztin. Neben dem Zettelkästchen stehen drei Specksteinnashörner; eine Kuh und zwei Kälber. Die Ärztin schaut auf ihren Bildschirm, ohne ihr Beachtung zu schenken. Wieder bildet sich diese Falte zwischen ihren Augen. Sie holt ein Heft aus der Schublade, schreibt etwas darauf, klappt es auf und sieht Ida an.

«Wo ist das Bild?», fragt sie.

«Welches Bild?», fragt Ida.

Die Ärztin steht auf, diesmal ohne Ida aus den Augen zu lassen, geht zurück in das Untersuchungszimmer, holt das Ultraschallbild, setzt sich wieder, legt es in das Heft, klappt es zu und schiebt es über den Schreibtisch.

«Wussten Sie, dass die Nördlichen Breitmaulnashörner vom Aussterben bedroht sind?», fragt Ida und greift statt nach dem Heft nach einem der Specksteinnashörner.

«Sie kennen sich mit Nashörnern aus?»

«Es gibt noch drei von ihnen auf der Welt. Das war's. Wir hatten in Kyjiw den letzten Nashornbullen. Der lebt jetzt mit den zwei letzten Nashornkühen in einem Reservat. Bewacht von zwei Bodyguards. Der Bulle ist über vierzig, ein Greis, könnte man sagen. Ich war für ihn zuständig, er liegt herum, manchmal rupft er Gras, mehr tut er nicht. Seine Hoden sind geschrumpft, die Spermienqualität ist miserabel», Ida stellt das Specksteinnashorn wieder an seinen Platz. «In seinem Alter könnte er sich eh nicht mehr lange genug auf den Hinterbeinen halten, um eine der beiden Nashorndamen zu begatten. Nashornsex dauert eineinhalb Stunden, müssen Sie wissen. Und um die Nashorndamen ist es auch nicht besser bestellt. Die eine hat eine vernarbte Gebärmutterschleimhaut und kann nicht trächtig werden, die andere hat kaputte Achillessehnen und würde die Gewichtszunahme während einer Schwangerschaft nicht aushalten. Achtzig Kilo wiegt so ein Nashornbaby, wenn es auf die Welt kommt.»

«Vielleicht hilft ja eine künstliche Befruchtung bei der Ersteren», erwidert die Ärztin und schiebt das Heft weiter in Idas Blick.

Ida starrt auf das Heft, das ein «Mutterpass» ist. Sie hatte keine Ahnung, dass es so etwas gibt. Auf dem Heft ist ihr Vorname und ihr Geburtsdatum notiert, nicht aber ihr Nachname.

Wie bei einem Kind, denkt sie.

«Es gibt gefrorenes Sperma. Aber die Eierstöcke liegen eineinhalb Meter tief im Körper des Nashorns. Das ist auch nicht so leicht.»

«Dann ist es schlecht bestellt um die, wie, sagten Sie, heißen die Nashörner?»

«Nördliche Breitmaulnashörner», sagt Ida.

Sie spürt den ungeduldigen Blick der Ärztin.

«Und wenn ich das gar nicht will?», sagt Ida.

«Sie meinen das Menschenkind?»

Ich meine die Kuhbohne, denkt Ida und nickt. Ihr Mund fühlt sich trocken an.

Die Ärztin sieht auf ihren Bildschirm, klickt etwas. «Dann sollten Sie sich beeilen. Sie sind in der neunten», sagt sie, lehnt sich zurück und dreht den Stift zwischen ihren Fingern.

Es klingt, als handelte es sich um das Ende einer Rabattaktion. Die Lehne ihres Schreibtischstuhls quietscht.

«Wissen Sie, die letzten drei Nashörner wurden nicht in ein Reservat gebracht, um ihre Art zu retten. Sie sind dort, damit man ihnen beim Aussterben zusehen kann. Als wir den Nashornbullen auf den Transport vorbereitet haben, hab ich mir gewünscht, ich wäre die Nashornkuh mit der vernarbten Gebärmutter», sagt Ida. «Irgendwie gefiel mir der Gedanke, die Letzte zu sein.»

Ida widersteht dem Reflex, ihren Blick zu senken. Die Ärztin richtet sich auf und beugt sich zu Ida herüber.

«Gewöhnlich habe ich es bei Frauen Ihres Alters nicht mit ungewollten, sondern mit herbeigesehnten Schwangerschaften zu tun.»

«Ja, klar», sagt Ida.

«Wissen Sie was, behalten Sie das Nashorn und lassen Sie den Mutterpass hier, bis Sie sich entschieden haben. Ein paar Tage haben Sie ja noch.»

Ida nimmt das Specksteinnashorn, das ihr die Ärztin hinhält. Sie tut es mehr aus einem Reflex als aus einer bewussten Entscheidung heraus. Sie hört sich «vielen Dank» sagen und sieht, wie die Ärztin den Mutterpass zurück in die Schublade legt. Ida hält ihr die Hand hin. Sie ist unsicher, ob man das hier noch so macht. Die Ärztin steht auf, steckt ihre Hände in die Kitteltaschen und sagt Tschüss oder Auf Wiedersehen. Sie nimmt ihre Jacke von der Stuhllehne und ihre Tasche und geht, ohne etwas zu erwidert zu haben. Sie hat es über das Grübeln, wie man sich ordentlich verabschiedet, schlicht vergessen. Die Tür des Sprechzimmers fällt laut hinter ihr ins Schloss.

Ida läuft durch die neue Siedlung, wo die Trampoline und Bobbycars in den Vorgärten stehen, immer bergauf zu den Zwillingsgipfeln, nicht weil sie ein Ziel hat, sondern weil das Bergauflaufen sie zwingt, in kleinen Schritten ein Bein vor das andere zu setzen, und die Unruhe, die sie in sich spürt, in den Berg abfließt. Ida läuft, bis die Dunkelheit des Waldes sie empfängt, bis das Unterholz unter ihren Füßen knackt, bis sie das harzige Tann riecht. Sie trägt das Nashorn in der Hand, so wie Kinder ein Spielzeug mit sich herumtragen. An der Gabelung, an der ein Weg direkt zum Gipfel führt und einer um den Berg herum zum Nachbarort, setzt sie sich auf einen Baumstumpf. Das Horn des Nashorns hat sich in die Innenfläche ihrer Hand gebohrt. Sie denkt an Switlana. Einmal waren sie, als Switlana schon hochschwanger war, zu der privaten Geburtsklinik gefahren, in der die Leihmütter die Babys auf die Welt brachten. Gleich nebenan stand das Apartmenthaus der Agentur, in dem die Paare einquartiert wurden, wenn es so weit war und sie ihre Kinder abholen konnten. Es war nicht weit von dem Mormonentempel entfernt. So war Switlana überhaupt erst auf die Agentur aufmerksam geworden. Ida und Switlana waren um das Apartmenthaus herumgeschlichen. In der Nähe gab es ein Café. Sie hatten sich in das Café gesetzt und die Paare mit ihren Kinderwagen beobachtet. Die Paare sprachen englisch, deutsch, portugiesisch, spanisch, chinesisch. Ihre Kinder waren ein paar Tage alt. Immer wieder schaute sich Switlana um, weil sie befürchtete, von ihren Mormonenfreunden gesehen zu werden, die hier zum Nachmittagslunch hingingen und die nicht ahnten, dass Switlana, während sie Tee trank und Salat aß, Zwillinge für ein Paar aus Amerika produzierte. Zwillinge! Ein außerordentlicher Glücksfall, hatte die Agenturchefin zu Switlana gesagt. «Sehen alle gleich aus, die Babys, oder?», murmelte Switlana. «Und schau dir die Frauen an, mit ihren vertrockneten Eierstöcken und Gebärmüttern.» Und beim Hinausgehen präsentierte sie den Paaren ihren gigantischen Babybauch und hoffte doch, dass ihr Paar aus Amerika sie hierhin zum Lunch einladen, ihr ein Paket Klamotten mitbringen und sie am besten gleich mit adoptieren würde.

Fünfzehn Uhr zehn war es auf der Uhr, die an der Wand des Cafés hing. Seit dem Tod des Großvaters verbindet Ida nahezu jedes Ereignis mit einer Uhrzeit.

Diese blödsinnigen Uhrzeiten, denkt sie. Diese blödsinnigen Uhrzeiten, hat auch Jewhen gesagt, als sie auf die rostige Uhr in Reaktorblock IV gestarrt hatten, die am sechsundzwanzigsten April neunzehnhundertsechsundachtzig in der Nacht um ein Uhr dreiundzwanzig stehen geblieben war und damit den Moment markierte, an dem das Schicksal entschied, dass Jelena sterben und sie kein Kind haben würden. Diese blödsinnigen Uhrzeiten, hatte auch die Ohm gesagt, als der Großvater gestorben war und sie um fünfzehn Uhr zwanzig die unzähligen Uhren in seiner Werkstatt anhielt, damit dieses unerträgliche Ticken aufhörte. Neun Uhr zwanzig war es da in New York, zehn Uhr zwanzig in Buenos Aires, dreizehn Uhr zwanzig in Reykjavík, dreiundzwanzig Uhr zwanzig in Wladiwostok, null Uhr zwanzig in Melbourne, einundzwanzig Uhr zwanzig in Taipeh und sechzehn Uhr zwanzig in Tschornobyl, dem in das Grün der Polesje gebetteten Provinzstädtchen, über dessen Kirsch- und Apfelblüten nur einige Wochen später der Tod seinen himbeerfarbenen Mantel breitete. Trotz der stehen gebliebenen Uhr in Reaktorblock IV fiel im Winter nach der Havarie wieder der Schnee, und im Frühjahr begann das Weinrebendickicht wieder zu wachsen und bedeckte die reetgedeckte Bauernkate, in die Jewhens Vater zwanzig Jahre später wieder einzog, der älter aussah, als er war, und den Ida genau deswegen mochte, weil alles an ihm wie im Zeitraffer verging und er sich nicht dagegen wehrte. Was willst du vom Leben? Sie weiß es nicht. Statt einer Antwort ist da eine Leere. Bislang hat sie sich die Leere damit schöngeredet, dass das Leben leichter zu ertragen ist, wenn man ihm keine Bedeutung beimisst, die das eigene Existieren übersteigt. Aber in dieser Leere ist so etwas wie eine Kuhbohne auf einem Ultraschallbild nicht vorgesehen, und nun sitzt sie an diesem sonnigen vierzehnten September um vierzehn Uhr vierunddreißig mit einem Specksteinnashorn in der Hand auf einem Baumstumpf im Tanner Forst und fragt sich, woher sie wissen würde, wie das geht, so eine Kuhbohne heranwachsen zu lassen. Wie das geht, dass so ein Kind nicht unglücklich wird; wie das geht, dass es heil bleibt. Wie das geht, etwas festzuhalten, wo sie doch immer nur gelernt hat loszulassen, und vor allem, wann genau sie damit beginnen muss, das zu lernen, und für einen flüchtigen Moment taucht zwischen all diesen Gedanken ein Gefühl auf, mit dem Ida wohl am wenigsten gerechnet hätte: Glück.

Ida stapft durch das Unterholz in den Ort zurück. Die Zweige der Sträucher und jungen Bäume peitschen ihr ins Gesicht, das Laub raschelt unter ihren Füßen und klebt noch im groben Relief der Schuhsohlen, als sie wieder an den Vorgärten vorbeikommt, über deren Zäune die Äste der Apfelbäume ragen und ihre Früchte auf den Weg fallen lassen. Der Duft der aufgeplatzten Äpfel in der Septembersonne erinnert Ida an den Blechkuchen, den die Ohm jedes Jahr um diese Zeit gebacken hat, wenn die Eltern für ein paar Tage zur Apfelernte gekommen waren. Wieder im Ort, kauft sie auf Verdacht Zucker, Mehl, Eier, Hefe, Butter, Rosinen, Mandeln, irgendein Aroma und was sie sonst noch im Regal mit den Backzutaten finden kann, und geht nach Hause. Tatsächlich denkt sie nach Hause und murmelt es vor sich hin. Nach Hause und das Gefühl, das diesen Gedanken begleitet, ist wohlig und warm und fließt wie Sirup über die Angst.

Ida stellt die Einkäufe auf dem Küchentisch ab. Die Sonne wirft ihr Licht über das verblichene Blumendekor der Wachstuchdecke. Sie öffnet eine Schranktür, zieht das Rezeptheft mit Ohms Eigenkreationen zwischen den Kochbüchern hervor. Ihr Blick bleibt an der Fuselflasche hängen, die neben den Kaffeetassen steht, und die Übelkeit steigt in Idas Magen auf. Nicht so heftig wie in den Tagen zuvor, vielmehr ist sie jetzt eine Art Grundempfindung, und hinter der Übelkeit breitet sich eine Wärme bis in ihre Fingerspitzen aus, und ihre Brüste beginnen zu spannen. Jetzt ist es so, wie sie es gelesen und gehört hat, und Ida sieht an sich herunter, und alles, sogar ihr Kopf, fühlt sich weich, warm und voll an. Sie klemmt sich das Kochbuch unter den Arm, setzt sich an den Tisch und blättert sich durch die Kohlrouladen-, Kümmelbraten-, Entenbrust-, Forellenrezepte. Die Ohm hat die Zutaten und Arbeitsschritte fein säuberlich auf die jeweils linke Seite geschrieben und auf der rechten die Gewürzalternativen und Korrekturen der Gramm- und Temperaturzahlen, der Garzeiten und Garabfolgen notiert. Das Apfelkuchenrezept findet sie nicht, aber Ida ist sich sicher, dass es sich um eine Eigenkreation handeln muss. Diesen Kuchen gab es nur bei ihr, nie hat sie etwas Ähnliches in einer Bäckerei oder bei Freunden bekommen. Ida fährt den Rechner hoch und scrollt sich durch Rezeptewebsites, doch kein Rezept kommt auch nur in die Nähe dieses Apfelkuchens. Er bleibt, was er ist, eine Erinnerung aus der Kindheit. Ida beschließt, mit der Zutat zu beginnen, die unstrittig ist. Sie schlüpft in Ohms Gartenschuhe, die noch im Schuhregal stehen, geht in den Schuppen, um den Apfelpflücker und einen Korb zu holen. Unter dem Wellblechdach riecht es nach warmem Staub, und tatsächlich steht ihr Einrad noch dort. Der Geruch und das Einrad sind wie eine Art Wurmloch, das Ida in die Kindheit katapultiert; wie oft ist sie, wenn die Sonne schon tief stand, die kleine abschüssige Rampe ungebremst bis zur Schuppentür hinuntergefahren und erst in letzter Sekunde durch eine Drehung im Split zum Stehen gekommen, sodass kein Blatt Papier mehr zwischen sie und die Blechtür des Schuppens passte. Das Wurmloch hat Ida ein wenig aus dem Konzept gebracht, und sie muss überlegen, was sie hier will. Ihr Blick fällt auf den Apfelpflücker. Sie schnappt ihn sich und einen Korb und geht in den Garten. Der Vater sitzt aufrecht auf einem Stuhl vor seinem Wohnwagen. Seine Hände liegen in seinem Schoß wie eine kleine Schale. Er atmet ein und atmet aus, als Ida mit dem Apfelpflücker auf ihn zukommt. Sie lehnt den Pflücker an den Stamm, stellt den Korb ab, blickt in das dicht belaubte Geäst des Baumes und beginnt, die unteren Äste leer zu pflücken. Der Korb füllt sich schnell. Der Vater dreht den Kopf nach links und rechts, er zieht die Schultern nach oben und lässt sie fallen. Ida beobachtet ihn. Es ist kein Vergleich zu seinem Zustand im Bad und bei ihrem ersten Frühstück, und für einen Augenblick fühlt sich für Ida alles so mild an wie das gedämpfte Licht der Septembersonne, wie eine große schöne Selbstverständlichkeit.

«Weißt du, was das Geheimnis von Ohms Apfelkuchen war?», fragt der Vater und blinzelt ihr zu.

«Woher weißt du, dass ich den backen will?»

«Sie hat ihn gar nicht gebacken.»

Ida geht den Hang hinunter, nimmt sich den Korbstuhl, der da steht, und setzt sich neben ihren Vater. Sie blicken in

den Baum und auf die Äpfel, die darunterliegen, das hochgewachsene Gras kitzelt an ihren Waden, aus dem Zirkuswagen
dringen leise Jazz und der Duft von Räucherstäbchen. Ida legt
ihren Kopf an die Schulter des Vaters, und ihr Blick verfängt
sich in der zerfurchten Borke des Apfelbaums.

«Kannst du dich an den einbeinigen Marenke erinnern?»

«Der hat mich immer Marjellchen genannt und von daheim erzählt. Ofenbänke, Fischmärkte und die Trakehner,
die er gegen ein mickriges Russenpferdchen hatte tauschen
müssen. Ich weiß ein Heimatland, und das heißt Preußenland,
hollahihollaho, und dann ist er auf dem Weg dorthin zurück
ertrunken. Der hat doch immer so einen Vogel nachgemacht»,
sagt Ida.

«Den Rohrsänger. Es war ein ostpreußischer Apfelkuchen.
Marenke hat ihn gebacken. Du brauchst Hefeteig, die eine
Hälfte für den Boden, die andere für den Deckel, und dazwi-
schen ist eine Füllung aus Äpfeln, Himbeersaft, Semmelbrösel,
Schmand, Rosinen.»

Die Sonne verschwindet langsam hinter dem Dach von
Haus Edith.

«Na, und Vogelbeergelee. Das gehört nicht zum Original-
rezept, das hat Marenke erst in Tann zugetan. Vuchelbärschelee.»

«Dein Dialekt, Papa, Ohm wird sich im Grab umdrehen»,
Ida lacht. «Wus solle denn de Nochborn denke?»

Ida rafft sich auf, hakelt mit dem Pflücker in den Ästen des
Baumes herum, bis der Korb voll ist. Sie hebt den Korb an
und überlegt, ob sie ihn in ihrem Zustand schleppen darf, und
wundert sich, in welcher Geschwindigkeit sie begonnen hat,
das Böhnchen in allem, was sie tut, mitzubedenken.

«Woher bekomme ich jetzt Vuchelbärschelee?», fragt sie
und schaut den Vater an.

«Neben der Stiege mit dem Latschenkieferbadezusatz steht ein Karton voll.»

Ida stellt Mehl, Zucker, Hefe, Milch, Vogelbeergelee auf den Tisch, klappt ihren Rechner wieder auf und sucht nach einem Rezept für Hefeteig. Sie mischt Mehl und Zucker in einer Schüssel, formt eine Mulde, löst die Hefe in lauwarmer Milch auf, legt ein Geschirrtuch über die Schüssel, stellt sie aufs Fensterbrett, und bei jedem Schritt schaut sie in das Rezept, um sicherzugehen, dass das, was sie da tut, so stimmt, und sie fragt sich, warum sie sich damals bei allem, was die Ohm versucht hatte, ihr beizubringen, so sicher war, dass sie es niemals würde gebrauchen können. In ihrer jugendlichen Welt schien es so etwas wie Kochen, Backen, Kleidung nähen, einen Garten bewirtschaften nicht gegeben zu haben. Einverleibt hat sie sich dagegen das, worauf die Ohm nie bestanden hat, die Feinheiten der Tischetikette und die Contenance einer Frau von Sack auf der Beerdigung ihres Ältesten. Während Ida also all diese Sachen aufgesogen hat wie ein Schwamm, hatte sie vom ganz praktischen Leben kaum Ahnung. Immerhin hat sie aus Jelenas Kochbuch gelernt, Wareniki mit Kartoffelfüllung zu kochen. Das war's aber im Großen und Ganzen. Nach zwanzig Minuten holt Ida den Vorteig vom Fensterbrett, gibt Butter hinzu, gräbt ihre Hände in das Mehl, hebt es über die Butter, und die Butter und die Milch quellen zwischen ihren Fingern hindurch. Sie knetet die Zutaten zusammen, bis aus ihnen ein Teig wird. Das Mehl stiebt, und der Teig klebt. Als Ida ihn für gut befindet, gibt sie ihn in die Schüssel zurück, stellt ihn wieder auf das Fensterbrett und beißt sich die Teigreste von den Fingern.

Sie setzt sich zurück an den Rechner, gibt Tann ein. Die ersten Suchergebnisse drehen sich um die Wahl zur schönsten Gemeinde, die Diskussion um die Stolpersteinverlegung für den alten Bürgermeister, um das neue Vertriebenendenkmal auf dem Platz der Neuen Heimat, das Fest der Freiwilligen Feuerwehr, immer wieder Otti, dann ein Youtube-Video von einer Bürgerversammlung im Rathaus. Ida klickt das Video an und beginnt, die Äpfel zu schälen und zu schneiden. Der Saal ist voll besetzt. Die Kamera wackelt, ein heimlicher, amateurhafter Mitschnitt. Otti sitzt mit zwei Männern auf einem Podium. Ein älterer Mann steht auf, erzählt etwas von seinen Enkelinnen, die sieben und zehn Jahre alt sind und nun nicht mehr allein zur Schule gehen können, weil die Ausländer vor der Schule herumlungern und unsere Mädchen angaffen. Was sie, die Frau Ott, die das alles zu verantworten hat, dazu sagt, dass in dem Heim unter den allein reisenden Minderjährigen – wobei er Minderjährige gestisch in Anführungsstriche setzt – Krankheiten auftreten. Wie lange sie, die sie die Verantwortung hat, gedenkt zu warten, wann denn endlich etwas geschieht. So, wie es jetzt ist, kann es nun wirklich nicht bleiben, und ob sie der Meinung ist, dass wir, der Mann blickt sich um und verweist mit einer ausholenden Geste auf die anderen im Saal, die Tanner, die nichts dazu getan haben, dass diese Menschen flüchten müssen – diesmal setzt er das Wort flüchten gestisch in Anführungszeichen –, die Zeche zahlen sollen, jawohl, die Zeche. Und wo er einmal dabei ist, was das denn jetzt alles kostet und woher das Geld kommt. Denn für den Umbau des alten Nachtsanatoriums zu einem Schwimmbad für die Kinder ist im letzten Jahr schließlich kein Geld da gewesen. Der Mann stemmt die Arme in die Hüften und beugt seinen Oberkörper leicht nach vorn. Ida sieht die Anspannung in seinem Kiefer. Der Mann neben ihm nickt eifrig bei jedem Satz. Aus einer anderen Ecke ruft eine Frau mit schwarz gefärbten Haaren, die ihr Kind auf dem Schoß hat, dass es doch um die Tanner Kinder geht und dass sie als Mutter ehrlich Angst um ihre Kinder hat. Als sie das sagt, zieht sie das Mädchen auf ihrem Schoß näher zu sich heran, und Beifall schwillt an, und Ida hört Ottis Stimme, die der Frau sagt, dass sie – wenn sie das so stört – ihre Kinder eben über die obere Bergstraße in die Schule schicken soll, denn dann kämen sie nicht an der Unterkunft vorbei. Kaum hat Otti diese Worte ausgesprochen, da hebt ein Buhen und Pfeifen an. Die Männer an Ottis Seite ruckeln nervös hin und her, während Otti sich zurücklehnt und die Arme verschränkt. Daraufhin Stühlerücken, die Leute stehen auf und winken in Ottis Richtung ab. Hin und wieder sind Versatzstücke von Beschimpfungen zu hören, und der Mann, der vorhin gesprochen hat, steht wieder auf, beugt sich nach vorn und hebt den Arm, und sein Kopf wird knallrot, bevor er Otti entgegenschleudert, dass *die* sich anzupassen hätten und nicht sie, dass kein anderes Land so etwas machen würde, nur die Deutschen seien so bescheuert. Dann will er von Otti wissen, wie viele der Invasoren – das Wort wiederum setzt er nicht in gestische Anführungsstriche – sie, die feine Frau Ott, denn schon bei sich, in dem schönen großen Haus einquartiert hat und wie viel sie an dieser Asylindustrie verdient. Otti aber sitzt seelenruhig da, man sieht ihr keine Aufregung an, sie hat noch immer die Arme vor ihrem Körper verschränkt, schaut die Leute an und weicht auch nicht zurück, als sich die Ersten vor ihrem Tisch aufbauen. Die Männer, die neben ihr sitzen, stehen jetzt auf, bereit, die Leute zurückzuhalten. Das Video bricht jäh ab, als Otti aufsteht und die Stimme erhebt. Ida klickt sich weiter durch die Nachrichtenportale. Otti hat es mit diesem einen Satz: «Dann schicken Sie Ihre Kinder eben über die obere Bergstraße» bis in einige kanadische und amerikanische Nachrichtenkanäle geschafft.

Ida klickt die Seite weg und blickt auf den Haufen Apfelschalen, der sich auf dem Holzbrett gebildet hat. Fünf Äpfel hat sie geschält, ohne es zu merken. In den ukrainischen Medien sind die Flüchtlinge nur ein Thema unter vielen. In den Beiträgen geht es um Zahlen, darum, was Putin in Syrien vorhat, und dass die Deutschen viel zu emotional sind. Ida schneidet die Äpfel in Würfel, rührt sie mit Schmand, Fruchtsaft, Semmelbröseln, Rosinen zu einer Füllung zusammen. Sie geht zum Fenster, sieht unter das Küchentuch in die Schüssel. Der Teig bläht sich ihr entgegen.

Otti scheint überhaupt keine Angst gehabt zu haben, denkt Ida und wundert sich, so viel Abgebrühtheit hat sie ihr nicht zugetraut. Sie nimmt den Teig, rollt ihn aus, das Mehl zerstiebt. Mit einer Gabel sticht sie den Hefeteig an. Auf dem Weg zum Herd schaltet sie das Radio ein, sucht den Sender, den die Ohm gehört hat, findet ihn, Blechbläser heben zu einem Quartett an. Sie entzündet die Gasflamme im Backofen und setzt sich wieder an den Rechner.

Ida sieht sich auf Ottis Facebook-Profil um. Otti postet Bilder vom letzten Urlaub auf Bali, sechzehn Stunden Flug, anstrengend sei das gewesen, alles voller Australier dort, unerträglich, dagegen seien die Russen die reine Wohltat, auch Franzosen gebe es viele, aber die sprechen kein Englisch, und so komme man mit ihnen gar nicht in Kontakt, und der Vulkan breche wohl vorerst doch nicht aus. Ida klickt sich durch die Bildergalerie, sieht nackte Füße mit rot lackierten Nägeln von azurblauem Meerwasser umspült, im Sand, auf eine Reling gelegt; Palmen, die sich dem Meer entgegenbeugen und aussehen wie die auf den Fototapeten, mit denen in den Neunzigern die Spielotheken zugeklebt waren. Ottis Älteste ist groß geworden, hochgewachsen, schlank, und sie sieht überhaupt nicht aus wie Otti, als sie jung war. Sie ist die letzte und damit wohl ewige Brunnenkönigin. Die jüngere Tochter ist acht oder neun Jahre alt. Als Otti und Ida sich das letzte Mal getroffen haben, war sie noch nicht auf der Welt. Die Mädchen sind auf den Bildern nur von hinten zu sehen. Sie laufen einen Steg entlang, auf einen mit Palmenwedeln gedeckten Bungalow zu, sitzen in Booten oder beim Frühstück und immer wieder *Hashtag Schwimmen, Hashtag Sunset, Hashtag Entspannungpur, Hashtag UnserParadies, Hashtag Niewiederweg,* gefolgt von einer Punktlinie und wenigstens drei Ausrufezeichen. Wieder daheim zeigen die Bilder Otti in Kostüm und mit Blumenstrauß in der Hand im Pflegeheim am Bett der ältesten Tannerin, die ihren hundertunddritten Geburtstag feiert, ein Bild aus der Versammlung des Ortsvereins, Tische zu einem U gestellt, Wasser, Bier und auf dem Podium die Glocke für die Sitzungsleitung, Bilder vom Bergmannstag, vom Maibaumsetzen. Ida schickt ihr eine Freundschaftsanfrage. In der Küche breitet sich die Wärme des Backofens aus. Die Blechbläser spielen einen Marsch, und ihr Blick fällt auf das Bild des Bergvermessers, dessen Profil ihr Facebook in die Freundschaftsvorschläge gemischt hat. Ida klickt auf das Profil, auf dem keine öffentlich geteilten Beiträge zu sehen sind, außer dem neuen Hintergrundbild, das einen in Nebel gehüllten, dunklen Wald zeigt und sie an *Twin Peaks* erinnert. Ihm schickt sie keine Freundschaftsanfrage. Wie schnell sie doch schon wieder in all die Vorgänge im Ort verstrickt ist, sogar eine Akte hat sie bereits, und das Böhnchen, das sie aus Kyjiw nach Tann mitgebracht hat, hat auch schon eine, dabei bestand ihre einzige Aktivität darin, in Tann Unterer Bahnhof aus dem Zug gestiegen zu sein. Die Rückkehr ist ihr, wie alles andere auch, widerfahren, oder vielmehr ist sie die Konsequenz dessen, was gewesen ist. Sie hat sich nicht mühen müssen, als sie ihren Rucksack gepackt und den Wohnungsschlüssel in Jewhens Briefkasten geworfen hat, ebenso wenig, wie sie sich neunzehnhundertachtundneunzig hatte mühen müssen, in den Zug nach Kyjiw zu steigen, im Zoo zu arbeiten, mit Jewhen zusammen zu sein, obwohl sie wusste, wie es enden würde. Selbst das Böhnchen ist ihr widerfahren, und was sie nun tut, ist auch nicht mehr als die logische Folge, die sich aus seiner Existenz ergibt.

Noch nie aber hat sie etwas gewollt, etwas, für das man ein Risiko eingeht, alles auf eine Karte setzt. Darin war sie anders als Switlana, Jewhen, Jelena oder Otti. Was willst du vom Leben? Jewhens Stimme klang dann väterlich, und sie kam sich vor wie ein Findelkind, das man ihm vor die Tür gelegt hatte, und ein bisschen war es ja auch so. Sie hat Kyjiw gemocht, weil die Stadt einem riesigen Transitraum glich, wo ergraute Komsomolfunktionäre, die noch Jahre zuvor im Schatten Lenins gegangen waren und an die staatliche Plankommission geglaubt hatten, mit einem Koffer voller Geld in der Hand und Big Business im Kopf durch die Kyjiwer Straßen eilten. Wo ein paar Straßen weiter Universitätsabsolventinnen aus gutem Nomenklatura-Hause mit dem Verleih von Schmuddelpornos und einer Hütchenspielergang milliardenschwere Imperien bauten, ein paar Straßen weiter Diebe keine Diebe waren, sondern Geschäftsführer, die hinter fest verschlossenen Türen Verträge frisierten. Wo ein paar Straßen weiter die alten Propheten nicht müde wurden, die Reliquien des untergegangenen Sowjetreiches mit Mahnwachen zu verteidigen und den historischen Materialismus herunterzählten wie einen Kinderreim: Feudalismus. Kapitalismus. Sozialismus. Kommunismus. Wo ein paar Straßen weiter die heroischen Söhne der Republik besungen wurden und die alten Symbole in den Farben der neuen Ukraine erstrahlten, wo vom verwaisten Sockel des Denkmals für die Sozialistische Oktoberrevolution Adidasluftballons in den Kyjiwer Himmel aufstiegen und alte Männer Taras-Schewtschenko-Gedichte rezitierten, wieder und wieder, wie die Anbetung eines Heiligen, während im Supermarkt ein Kilogramm Schweinefleisch den Wochenlohn eines Lehrers kostete. Und alle in diesem Transitraum schienen gewusst zu haben, welcher Ausgang der richtige wäre. Außer Ida. Ida war wie gemacht für dieses Dazwischen. Alles, was sie wollte, war, auf einer der Wartebänke ihr Lager aufzuschlagen und den Leuten bei Verrichtungen zuzusehen, die sie nichts angingen. Nun aber ist sie wieder zurück, es sind gerade zwei Wochen vergangen, und alles hier scheint sie etwas anzugehen. In Kyjiw konnte sie die Fremde bleiben, in Tann nicht. Ida verteilt die Apfelfüllung auf dem ausgerollten Hefeteig, legt den zweiten Fladen darüber und verklebt die Teighälften. Eigentlich ein Riesenwarenik, denkt sie. Sie schiebt den Kuchen in den Ofen und wäscht das Geschirr. Sie würden lüften müssen, sagt sie dem Nashorn, das an der Spüle steht und ganz mit Mehl bestäubt ist, und das Abwaschwasser fließt milchig trüb in den Abguss.

Ida liegt auf der Couch im Wohnzimmer und starrt in die Dunkelheit. Sie hat die Hand auf den Unterbauch gelegt, spürt die Wärme. Sie schläft jetzt mit BH, ihre Brüste spannen, besonders wenn sie auf dem Rücken liegt. Die Küche und das Wohnzimmer sind wieder bewohnt. Der Rest des Hauses gleicht einem schweren, staubigen Raum. Ida denkt über die Absurdität nach, dass zwei Menschen ein voll funktionstüchtiges Haus besitzen und nicht darin zu leben vermögen. Der Vater hockt in seinem Zirkuswagen, und sie schläft noch immer auf dem Sofa und lebt aus dem Rucksack. Bald würde sie Wintersachen brauchen und all die Dinge für das Baby. Sie hat keine Ahnung, was das alles ist und wie viele Wochen ihr noch blieben, bevor der Bauch ihre Füße verdeckt und es vorerst zu spät wäre fürs Renovieren; zu spät, um aus dem Museum ihrer Kindheit ein Zuhause zu machen, in dem der neue Mensch nicht mit jedem Schritt die Geschichte der Familie aufsammelt und mitschleppt.

Ida schaltet das Licht ein, steht auf und geht ins Obergeschoss. Dorthin, wo ihr Zimmer war. Ihr Kinderzimmer. Sie öffnet die Tür. Das Scheinwerferlicht eines Autos fliegt über die Wände, über die vertrauten Risse in der Zimmerdecke und über die Abdeckplanen, unter denen Schrank, Stühle, Sofa stehen. An der Wand über dem Kanonenofen hängen noch die Plakate diverser Punkfestivals, auch das von der Party in den Brandenburger Dünen, auf dem sie mit Bianca war, daneben Bravoposter von Morrissey und The B-52s. «Wasn das fürn Kommerzscheiß», hat Jacke gesagt, als sie einmal zu Besuch da war, wobei sie eher die Bravoposter und weniger die Bands meinte. Ida zieht die Stecknadeln aus der Tapete, legt die Poster übereinander, geht in das Nebenzimmer, wo noch immer ihr Schreibtisch steht, und legt den Posterstapel in die Schublade. Sie tut es wie eine Kuratorin, die die wertvollen Ausstellungsstücke in das Museumsdepot zurückbringt. Ida geht noch einmal zurück ins Wohnzimmer und holt ihr Nachtlager. Sie pellt die Plane von der Schlafcouch, zieht sie aus und kriecht unter die noch warme Decke, und wieder fliegt das Scheinwerferlicht eines Autos durchs Zimmer, und sie sieht die hellen Flecke an der Wand, dort, wo bis gerade eben noch die Poster gehangen haben, und das abschwellende Motorengeräusch verschwindet hinter dem Hügel. Sie schließt die Augen und spürt die Wärme ihrer Hand auf dem Bauch.

Am nächsten Morgen sitzt Ida mit Pappkisten vor dem Kleiderschrank; eine für Sachen, die sie noch tragen kann, eine zweite für die, über die sie später entscheiden würde, und eine dritte für den Rest. Nach dem ersten Durchlauf ist die Gehtnoch-Kiste erstaunlich voll, vor allem mit Jeans und T-Shirts, die irgendwie zeitlos zu sein scheinen, die zweite auch, mit allem, was man nur gut kombinieren müsste oder wofür sie abwarten könnte bis zur nächsten Neunzigerwelle. In der dritten Kiste liegt lediglich die Unterwäsche, die ihr erster Freund aus dem Otto-Katalog bestellt hatte, aus weißer Seide, weil die Frau auf dem Katalogbild damit angeblich aussah wie Brooke Shields in der *Blauen Lagune*, die dort nie Seide getragen hat, und Ida hat sich auch nie gefühlt wie eine Katalogfrau oder Brooke Shields. Ida rollt die Planen zusammen und räumt all die Dinge, die sie nicht braucht, auf den Trockenboden. Im Bad nebenan rumpelt die Waschmaschine mit der alten Bettwäsche. Ida schaut sich um. Die beiden verbundenen Räume sind gut für den Anfang mit Kind. Den kleineren Raum würde sie zum Kinderzimmer machen. Dort scheint die Morgensonne hinein, und er ist etwas ruhiger, weiter von der Straße entfernt. Der größere Raum bliebe ihr Schlafzimmer. Im Grunde wie früher. Als sie fertig ist, die Sachen zu sortieren, schiebt sie im neuen Kinderzimmer die Möbel in die Mitte. Das Fenster steht offen, es ist sonnig und warm, sie hört das Plätschern der Aach, und ihr Blick geht hinüber zu den Alpakas auf den Erwin-Wiehler-Wiesen. Das Kind würde die sanften Hügel sehen, ohne daran zu denken, was das Grün der Wiesen verbirgt. Sie schließt das Fenster, zieht die Gardine zu und drängt ihre Gedanken zu der Frage, welche Wandfarbe dem neuen Menschen wohl gefallen könnte. In einer Zeitung hat sie einmal gelesen, dass Farben, die der Gebärmutter ähneln, einen beruhigenden Einfluss auf Neugeborene haben. Mit der Vorstellung steigt Übelkeit in ihr auf. Ida setzt sich. Auf Mütter trifft das augenscheinlich nicht zu. Mutter. Ida kaut auf diesem Wort herum wie auf Brotrinde.

«Willst du auch einen?», fragt der Vater, als Ida mit der nassen Bettwäsche und dem Apfelkuchen in den Garten kommt.

Der Vater steht am Herd und setzt das Espressokännchen auf die Flamme. Auch er hat aufgeräumt und durchgelüftet, und vor dem Zirkuswagen liegen welke Dahlienköpfe in Gelb, Orange, Rot.

«Nein, danke.»

«Tee?»

Ida nickt, stellt den Kuchen auf den kleinen runden Tisch und beginnt, die Bettwäsche auf die Wäschespinne zu hängen.

Der Vater setzt auf der zweiten Flamme einen Kessel mit Wasser auf.

«Ich wusste gar nicht, dass du dich so liebevoll um Pflanzen kümmerst», sagt Ida mit Blick auf die kopflosen Dahlienstängel.

«Für die große Dressur reicht es nicht mehr.»

Ida fällt auf, dass sie die fehlende Mimik, die vornübergebeugte Haltung und die Langsamkeit in jeder Bewegung gar nicht mehr so deutlich wahrnimmt. Die Erinnerung an den Vater, wie er einmal war, gleicht aus, was er nicht mehr kann.

«Du vermietest den Wilden Mann?», fragt Ida.

Der Espresso brodelt im Kännchen. Der Vater schaltet die Flamme aus. Dann holt er eine Teekanne aus dem Regal. «Pfefferminz?», fragt er, ohne sich umzuwenden.

«Ja», antwortet Ida, und der Vater nimmt getrocknete Pfefferminzblätter aus einer Dose, steckt sie in die Teekanne und gießt heißes Wasser darüber.

Seine Brille beschlägt. Blind stellt er die Kanne und eine Tasse neben den Kuchen.

«Hast du die Minze selbst gezogen?», fragt Ida und rührt Zucker in den Tee.

«In der Kräuterspirale, noch nicht gesehen?»

Ida zieht die Augenbrauen hoch.

«Auf der anderen Seite. Dort, wo der Pflaumenbaum steht.»

Ida ist in den zwei Wochen, seitdem sie zurück ist, noch nicht auf der anderen Seite des Hauses gewesen.

«Ist der Grill noch da?»

«Klar. Wenn du willst, grillen wir am Abend.» Er nimmt das Espressokännchen vom Herd und setzt sich neben Ida.

Der Espresso fließt zäh in die Tasse. Ida spürt seinen Blick. Anfang Juli sei das gewesen, erzählt er, da habe Otti oben am Gartenzaun gestanden und ihn gebeten, doch den Wilden Mann an die Kanadier zu vermieten. Er habe schon eine geraume Zeit überlegt, was er mit dem Gebäude anstellen solle.

«Ich weiß nicht, ob das richtig ist, was die machen, aber sie haben versprochen zu renovieren. Komm, ich zeig dir was», sagt er, holt seinen Laptop aus dem Zirkuswagen, klappt ihn auf, und während er spricht, sucht er konzentriert in der Mediathek nach einem Beitrag. «Deine Mutter war eine der besten Artistinnen der Welt. Sie hat sechsundsiebzig beim Festival Mondial du Cirque in Paris Silber geholt, achtzig in Monte Carlo abgeräumt, hatte sechsundachtzig eine Soloshow in Vegas, war im gleichen Jahr auf dem Titel des *Time Magazine*. Im Palazzo in Vegas trägt noch immer eine Suite ihren Namen, und selbst der dämlichen Buffalo-Bill-Show hat sie zu Format verholfen. Ja, sie, und nicht die anderen Luschen. Sie war der Star. Keiner konnte ihr das Wasser reichen.»

Ida mustert den Vater. Das Blut pulsiert hinter der wächsernen Mimik, seine Lippen zittern wie seine Hände. Sein Blick klebt am Bildschirm.

«Und nun, sieh dir an, was aus ihr geworden ist.» Georg hält ihr den Laptop hin.

Ida blickt auf den Bildschirm. Mit einem Mikrofon in der

Hand rennt die Mutter einem dicken Mann in Lederhose hinterher.

«Auch die Promis stehen hier beim Opernball in Dresden nach einem Kaffee an; fast wie ganz normale Menschen», flötet sie in die Kamera. Sie spricht den dicken Mann an, den Ida noch nie gesehen und dessen Namen sie noch nie gehört hat. Der dicke Mann wendet sich um und sagt einen Satz, den Ida genauso schnell wieder vergessen hat wie die Frage der Mutter. Dann wendet sich die Mutter wieder der Kamera zu. Der angeklebte Wimpernkranz am linken Oberlid ist verrutscht, ein wenig nur, ein kleiner Fehler, fast nicht zu bemerken.

«Urteile nicht so streng», hört sie sich sagen, und ihr Blick fällt auf den viktorianischen Blazer, der an der Tür des Zirkuswagens hängt. «Willst du den zum Stadtfest tragen?»

«Einmal noch.»

Ida putzt sich die Zähne, zieht sich dabei auf einem Bein hüpfend die Hose an, wirft sich Wasser ins Gesicht. Sie schiebt ein wenig Geld in die Hosentasche, schnappt sich den Schlüssel, und wenige Augenblicke später fällt die Tür von Haus Edith hinter ihr ins Schloss.

Sie folgt dem Ruf der Blaskapelle auf die Erwin-Wiehler-Wiesen. Bergmannszüge marschieren in Habit an ihr vorbei, sogar die Wismutkumpel, die auf der letzten Parade, die Ida kurz nach der Wende hier im Ort gesehen hat, nicht einmal am Katzentisch sitzen durften. Die Sonne steht schon hoch, und auf der Promenade drängen sich Menschen mit Bierbechern an ihr vorbei. Händler haben ihre Stände aufgebaut, verkaufen Korb- und Töpferwaren, Strohpuppen, Schwibbögen, Pyramiden und Nussknacker, obwohl Weihnachten noch weit ist, geklöppelte Deckchen, geschnitzte Matrjoschkas, Kürbisse, Äpfel, Zwiebelzöpfe, Kuchen. Es riecht nach

Bratwurst, Ketchup, Kräppelchen, Gyros, Langos und Döner. Die Polizeigewerkschaft ist mit Trabi da, der WWF mit einem ausgestopften Wolf, und auf einer kleinen Bühne am Rande der Einkaufspassage tanzt eine Mädchengruppe eine Choreografie zu einem Helga-Hahnemann-Song. Ida entscheidet sich für Bratwurst, und während sie in der Schlange wartet, sieht sie zum Kinderschminkstand hinüber. «Wenn de deinen Job behalten willst, darfste nich mehr s Maul aufmachen, ist schlimmer wie zu Honeckers Zeiten», raunt ein Mann um die fünfzig in der Warteschlange einem anderen zu, der ein Spongebob-Kostüm mit EU-Flagge auf dem Bauch trägt. Vom Kinderschminkstand wabert ein Bonnie-Tyler-Song herüber, die Frau hinter dem Tapeziertisch ist in ein Batiktuch gewickelt, und über den Köpfen der bunt geschminkten Kinder wehen die Luftballons der Neuen Rechten, der Sozialdemokraten, der Linken, der Eisenbahngesellschaft, dazwischen Hello-Kitty-Ballons mit Glitzerstaub.

«Ham Se zwanzig Pfeng?»

Pfeng. Ida sucht nach Spott im geröteten Gesicht des Verkäufers, doch da ist nichts. Sie kramt in ihrer Hosentasche, gibt ihm Kleingeld. Mit der Bratwurst in der Hand läuft sie weiter zum Park. Vor der Bühne sind in langen Reihen Bierbänke und Tische aufgebaut, an denen Menschen sitzen. Ida schaut sich um. Auf den ersten Blick sind sie ihr fremd, aber je länger sie hinsieht, umso deutlicher erkennt sie hinter den schlaffen Wangen und den Falten und den Bäuchen die Menschen von damals. Roth, die Staatsbürgerkundelehrerin, die ihnen mit dem Bild eines westdeutschen Pflaumenmusbechers, das sie mit dem Polylux an die Wand projiziert hat, zu erklären versuchte, wie kapitalistische Propaganda funktioniert, und deren Neurodermitis nach dem Mauerfall jeden Tag mehr blühte. Der Mathelehrer, der jetzt am Stock geht, mit dem sie in den Sommerferien Orchideen vor den Baggern gerettet hatten und von dem es hieß, dass er die Jungs immer ein bisschen mehr gemocht habe als die Mädchen. Der alte Bürgermeister, der, nachdem die Russen alle Abnahmeverträge für das Uranerz aufgekündigt hatten, den letzten Wismutfusel versetzt hat, um die Kumpel bezahlen zu können, und den sie aus lauter Dankbarkeit auch nach der Wende ins Amt gewählt haben, obwohl er in der Partei gewesen ist. Das Fräulein Moritz, das alle so nennen, weil sie trotz ihrer außergewöhnlichen Schönheit nie einen Mann gehabt haben soll, und bei der sich die Ohm jeden Morgen auf dem Weg zum Wilden Mann die Haare legen ließ, und die elegant frisiert und mit Rouge auf den Wangen auch mit über neunzig noch eine Erscheinung ist.

Ida setzt sich an den Rand einer der Bankreihen, beißt in ihre Bratwurst, lauscht den Gesprächen am Tisch, die sich um die Handyflat, die Getränkeflat, die Fitnessstudioflat drehen: «Ist ein bisschen teurer, aber was schön ist: Du bist da beim Sport nicht so mit den alten Leuten zusammen.» In einer überdimensionierten goldenen Muschel bereitet sich die Blaskapelle auf ihren Einsatz vor. Ida sieht Otti, die zwei Tischreihen vor ihr mit einer Maurerkelle in der Hand auf die Tischplatte klopft, ihre Hand auf Schultern legt, etwas sagt, sich biegt vor Lachen, zum nächsten Tisch geht, wieder auf die Tischplatte klopft, wieder ihre Hand auf Schultern legt, wieder etwas sagt, sich wieder vor Lachen biegt. Ida starrt auf die Laufmasche in Ottis Strumpfhose, erinnert sich, dass die Ohm bei Fräulein Moritz nicht nur die Haare hatte machen lassen, sondern auch die kaputten Nylonstrümpfe zum Stopfen abgegeben hat. Die Strümpfe hatten ihre eigene Schublade, aus der sie die Ohm leicht schüttelnd mit Daumen und Zeigefinger herausnahm und über die Hand gespannt ins Licht hielt, bevor sie sie anzog. Über den Erinnerungen hat Ida Otti vergessen. Sie hört eine sich überschlagende Stimme, die ihren Namen ruft. Ida schreckt hoch. Otti steht nun direkt neben ihr, breitet die Arme aus und zieht Ida an ihre Brust. Ida riecht das süße Parfüm und den Puder. Der Mann, der ihr gegenübersitzt, ruckelt unruhig auf seinem Platz hin und her, als Otti sich neben ihn setzt.

«Siehst gut aus. Seit wann? Wie lange? Wo wohnst du jetzt?»

«Du auch. Seit ein paar Wochen. Weiß nicht. Im Haus Edith.»

Otti legt die Mauerkelle auf die Bierbank, grüßt den Mann und gibt ihm die Hand. Der Mann feixt pausbäckig wie ein Schuljunge. Ida spürt Ottis warme Hand auf ihrer und ist sich noch nicht klar darüber, ob sie sich über das Zusammentreffen freut. «Ich hol uns mal was Schönes zu trinken», sagt Otti und marschiert zum nächsten Getränkestand. Ihre Laufmasche ist inzwischen unter ihren kurzen Rock gekrochen. Die Leute in der Schlange drehen sich nach Otti um, wieder klopft sie auf Schultern und biegt sich vor Lachen, und wie selbstverständlich lassen sie ihr den Vortritt. Mit zwei Gläsern Sekt und einem Lebkuchenherz um den Hals kommt Otti zurück. «Prost», sagt sie, setzt sich und sieht Ida an. Noch immer trägt sie die silbernen Armreifen, nur nicht zwanzig wie früher, sondern zwei. Ida hört Otti von der Scheidung erzählen: «Eindeutig zu früh geheiratet, weißt du ja.» Von ihrer Ältesten: «Waren wir auch so schlimm in der Pubertät?» Von dem Unterhalt, den sie ihrem Ex-Mann jetzt zahlen muss: «So war das nicht gemeint mit der Gleichberechtigung.» Von der Politik redet sie flüsternd und hinter vorgehaltener Hand: «Eigentlich würde ich ja zu den Grünen gehen, aber das kommt hier nicht so gut.» Ida tut so, als nippe sie von dem Sekt, und fragt sich, ob es einen Riss im Zeit-Raum-Kontinuum gegeben und Otti bereits zwei oder drei Leben gelebt hat, während sie im ersten festhängt.

«Du wolltest doch weg von hier, weißt du noch, als wir in Chemnitz waren?», hört sich Ida fragen. Otti sieht zu dem Mann mit dem Bier. Er hat sich die Maurerkelle geschnappt, die Brille auf die Stirn geschoben und mustert die Kelle aus zusammengekniffenen Augen. Otti nuschelt etwas in Idas Richtung und deutet, sodass es keiner sehen kann und Ida gezwungen ist, unter der Tischplatte zu ihr hinüberzuschauen, einen Schwangerenbauch an.

«Ach so, aber ich meine ...», stottert Ida, als sie sich wieder aufrichtet, und sucht, das letzte Stück Wurst in den Mund schiebend, nach einem Kompliment. «Was dann doch aus dir geworden ist. Hier», sagt sie schließlich kauend mit einer Handbewegung, als würde sie über Ottis Ländereien zeigen. «Toll.»

Mit dem Wort *toll* scheint sich Otti wieder gefangen zu haben, und um das Gespräch gar nicht erst auf die eigene Lebensbilanz kommen zu lassen, schiebt Ida die Frage hinterher, ob Otti wisse, was aus den anderen aus der Klasse geworden ist. Otti beugt sich nach vorn, sodass ihre Brüste über den Ausschnitt ihrer Bluse quellen: «Jens, der Streber, der sein Abi später noch gemacht hat, hat sein Chemiestudium nicht geschafft und hilft jetzt in einer Apotheke aus. Maren hat mal im Gefängnis gesessen, wegen Drogenhandel, erst Dope, dann Ecstasy, dann Crystal. Ingo ist mit einer Greencard nach Amerika gegangen und arbeitet jetzt im Silicon Valley. Katja, die Punkerin, weißt du noch, die nach der Wende in besetzten Häusern gewohnt hat, marschiert jetzt stramm bei den Rechten mit, und Manja, die Tänzerin, bei den Linken. Hanka, erinnerst du dich, die mit der polnischen Mutter, ist für eine kurze Zeit aus dem Westen nach Tann zurückgekommen, mit einem Schokoladenbaby, wenn du weißt, was ich meine. Torsten hat die Deiflsburg und ein Stück Wald gekauft und haust jetzt mit dem alten Mathelehrer, ein paar Ziegen, Hühnern und Katzen dort, alles öko bei den warmen Brüdern. Bianca hat sich nen reichen Typen aus dem Westen geangelt, war klar, so verwöhnt, wie die war, hat ja immer alles gekriegt von ihrem Stasi-Vater, und jetzt wohnt sie in Hamburg, beste Lage, versteht sich. Und der Karsten», Otti hält inne und drückt Idas Hand. «Der hat eine Anwaltskanzlei in Berlin. Der war doch immer so verliebt in dich. Jetzt ist der ne richtig gute Partie.»

Die Bläser auf der Bühne treten nach vorn und heben die Instrumente an den Mund.

«Wie viele sind wir eigentlich noch? Im Ort, meine ich», fragt Ida.

Otti lehnt sich zurück und hebt ihr Sektglas in Idas Richtung.

«Du, ich und crazy Torsten auf der Deiflsburg. Prost.»

Die Hörner erklingen, der Mann am Tisch erhebt sein Bier und pfeift, die Leute stimmen schunkelnd ein, und Ida hört den schiefen Gesang des Mannes, *da drunten in dem tiefen, finstren Schacht bei der Nacht.*

«Ich muss.» Otti schnappt sich die Maurerkelle und entschwindet zur Bühne. Als die Bläser fertig sind und die Bühne verlassen haben, tritt die Moderatorin ans Mikrofon. Ida erkennt die Stimme der Radiomoderatorin, die über den Wettbewerb *Schönste Gemeinde Mitteldeutschlands* berichtet hatte. Sie tritt von einem Fuß auf den anderen und kündigt eine Frau an, die wie keine Zweite für die Tatkraft des Ortes stehe, sich – und das sei selten genug in der Politik – ihre Begeisterungsfähigkeit bewahrt und noch dazu wahrlich einen grünen Daumen habe. Wer hätte das gedacht, denkt Ida, die Otti ungläubig nachschaut, als sie in Bluse, Rock, Laufmasche, Arbeitsstiefeln und mit der Maurerkelle in der Hand die Bühne betritt, immer wieder winkt und Luftküsse ins Publikum wirft. Der Applaus ist mäßig, aber Otti tut, als wären ihre Schritte von tosendem Jubel getragen. Ida spürt den Blick des Mannes, der nicht klatscht.

«Dass die brave Otti einmal die erste Frau am Ort sein würde, hätt ich nicht gedacht», sagt Ida und klatscht.

«Früher war das ja mal ne ganz patente Frau», sagt der Mann.

«Wieso früher?», fragt Ida.

«Jetzt kümmert die sich nur noch um die da», sagt der Mann, den Ida jetzt als den Mann aus dem Youtube-Video erkennt, und deutet mit dem Kopf auf eine kleine Gruppe schmächtiger schwarzer Jungs, kaum älter als vierzehn, die am Bühnenrand stehen.

«Für die eigenen Leute interessieren die sich schon lang nicht mehr.»

Ida starrt auf den Ehering am Finger des Mannes, der sich tief in das Fleisch eingeschnitten hat. Die Moderatorin will dies und das von Otti wissen. Otti scheint das wenig zu interessieren, in jeder Antwort lobt sie das Engagement der Schüler, der Bürgerinnen und Bürger, der Handwerksbetriebe, beschwört den Zusammenhalt der Tanner.

«Na ja, der Matuschke war auch nicht besser», sagt der Mann etwas versöhnlicher und winkt ab.

«Was hat der falsch gemacht?»

«So n Wessi, war halt nicht von hier.» Der Mann greift nach seinem Bierbecher. Ida riecht die schwere Bierfahne. Wind kommt auf, schiebt eine turmhohe Wolke vor die Sonne, peitscht Ottis blondierte Haare an das Mikrofon. Als sie fertig ist, tritt sie etwas zur Seite und überlässt der Moderatorin wieder das Feld, die nun Idas Vater ankündigt, «eine Legende, unsere Legende», sagt sie mit Energie in der Stimme. Es vergehen endlose Augenblicke, in denen die Moderatorin mit ausgestreckter Hand dort steht, bis Georg zu sehen ist, der zur Bühnenmitte huschelt, und an seiner Hose klebt Stroh. Am Mikrofon angekommen, schaut er ins Publikum, sein Blick wandert über die Köpfe und durch die Tischreihen, bis er Idas Blick trifft, und Ida sieht, wie ihm der Pokal aus der Hand fällt, sieht seine Augen, die sie nicht mehr sehen, sieht ihn fallen. Sie springt auf, der Sekt kippt um, sie rennt zur Bühne, spürt den Sekt an ihrer Hose, sieht den Vater, nur den Vater, der vor der Bühne auf der Wiese liegt und sich nicht rührt.

«Papa», flüstert Ida und kniet sich neben ihm ins Gras.

Sie spürt den Samt des Blazers und die Stickereien, die den Glockenblumen auf dem Herbstleuchtenpokal ähneln. Auf so etwas kommt es doch an, hört sie den Vater noch sagen, riecht Späne, Öl, Metall, den Schweiß der Artisten, Judy und Hollerbusch, das Parfüm der Mutter, sieht die Pailletten ihres Dresses, die im Scheinwerferlicht unter der Zirkuskuppel rot funkeln, wenn sich ihr Bauch in ihrem Atemrhythmus wölbt, sieht den Vater weit unten in der Manege stehen, winzig klein, der seine Arme ausbreitet. Ida will sich fallen lassen, sie spürt die warme Hand des Vaters und sieht die Sanitäter auf sich zukommen, die sie vom Vater wegschieben. Sie hört die Aach rauschen. Der Fluss täuscht, hatte die Ohm immer gesagt. Steck da nicht die Füße rein. Nichts ist, wie es scheint auf den alten Postkarten, auf den noch älteren Radierungen, auf den Ölgemälden. Nichts will der Fluss halten. Seine Wasser tragen alles fort.

DANK

Normalerweise ist der Dank an die Wegbegleiter*innen eines Buchs der schöne Abschluss einer intensiven Arbeit. Als ich diesen Text beginne, treffen die ersten russischen Luftschläge die Ukraine, von drei Seiten dringen Bodentruppen in das Land ein. Menschen fliehen aus den Städten, verbringen die Nächte in Metrostationen oder in anderen Schutzräumen. Mit einem ohnmächtigen Entsetzen hashtagge ich #StandwithUkraine und hänge Bilder einer Kyjiw-Reise aus dem Sommer 2018 an einen Facebook-Beitrag, während in Kyjiw Frauen Styropor für den Bau von Molotowcocktails raspeln. Das Ausmaß des bevorstehenden Leids ist unermesslich. Meine Gedanken sind bei denen, die ich während der Arbeit an den Kyjiw-Kapiteln kennengelernt habe und die mir geholfen haben, einen Zugang zu diesem mir zuvor wenig bekannten Land zu finden. Sie sind nun in größter Not, fürchten um ihr Leben, um ihre Existenz, sorgen sich um Familie und Freunde in der Ukraine. Ihnen gilt mein erster Dank: Oleksandr Titeev, Artëm Titeev, Jewgeni Eisenberg, Paul Melzer, William Hahn und Alma Hahn. Ein großes Herz geht an die künstlerischen Arbeiten: Artëm Titeevs intensive Porträtfotografien und Paul Melzers Videoinstallation «Kyjiv Spring 2014», eine filmische Annäherung an die Ereignisse auf dem Maidan.

Подяка товаришам за допомогу в написанні книги, зазвичай, є приємним завершенням напруженої та складної роботи. Але, коли я починаю писати ці слова вдячності, перші російські авіаудари нищать Україну з неба, а сухопутні війська вторглись в нашу землю з трьох боків. Люди рятуються, залишаючі рідні міста, шукають прихисток у станціях метро, підвалах та інших притулках. У тихому жаху я ставлю хештег с і прикріплюю до посту Facebook фотографії моєї поїздки в Київ 2018 року, в той час, як жінки Києва труть пінопласт, щоб готувати коктейлі Молотова. Я думаю про тих, кого зустріла під час роботи над розділами присвячених Києву, про тих хто дав мені можливість це реалізувати, побачити й пізнати цю маловідому країну. Вони потребують негайної допомоги, вони бояться за власне життя, під загрозою їхнє існування, переживають за родини та друзів в Україні. Я в першу чергу дякую їм: Александру Тітєєву, Артему Тітєєву, Євгену Айзенбергу, Полю Мельцеру, Вільяму Хаану та Альмі Хаан.

Великі серця та душа вкладені в мистецькі роботи: насичені портретні фотографії Артема Тітєєва ті відеоінсталяції Поля Мельцера «Київська весна 2014», кінематографічний підхід до подій на майдані.

Ich danke Christine Koschmieder und Jessica Beer, die mit ihrem liebevollen wie konstruktiven Feedback den Roman an einem kritischen Punkt entscheidend vorangebracht haben. Ein großer Dank geht an die Autor*innen der unzähligen Reportagen, Analysen und Dokumentationen, deren Details in den Text eingeflossen sind. Sie handeln vom Uranbergbau im Erzgebirge, von der sächsischen Bergbaugeschichte, der Bergmännischen Porträtkultur, der Schneeberger Krankheit, von Mobilmachungsanweisungen für Bürgermeister, vom KZ Sachsenburg, vom Punk in der DDR, dem Staatszirkus der DDR, von der ukrainischen Landesgeschichte, insbesondere der der Postsowjetzeit, von der Bedeutung der Religiosität in der Sowjetunion – Texten, denen ich beispielsweise die Erzählung vom Fußabdruck der Gottesmutter bei Woronesch verdanke –, von der Katastrophe von Tschornobyl und von Elefanten und aussterbenden Nashörnern. Ich danke Gerd Winter für seinen Exkurs in Bergmannssprache und die fachkundigen Auskünfte zur Arbeit unter Tage und der SDAG Wismut. Ganz besonders danke ich (unbekannterweise) Dr. Oliver Titzmann für seine Arbeiten zur Stadtgeschichte von Bad Schlema. Auch wenn alle handelnden Figuren erfunden sind und höchstens zufällig realen Personen ähneln, wer die Ortshistorie kennt, wird sie unschwer in der Tanner Stadtgeschichte wiederfinden. Ich danke Ingrid Exo und Lars Krüger, die sich all meine Zweifel darüber, ob aus dem Romanvorhaben je etwas wird, langmütig angehört und mit mir ausgehalten haben, und Lars sowieso für alles, schon allein für das Verständnis während der intensiven Zeit von der Fertigstellung des Textes bis zum Abschluss des Lektorats. Sehr herzlich danke ich Rowohlt Hundert Augen, Marcus Gärtner und Susann Rehlein, die sich für den Text begeistert haben, und Susann doppelt, deren akribisches Lektorat dem Romantext zu seiner jetzigen Form verholfen hat. Ich danke der Agentur Anzinger und Rasp für die großartige Covergestaltung und allen, die das Buch auf seinem Weg begleiten.

ZITIERT AUS

Manfred Krug: Wenn du schläfst, mein Kind.
Text: Clemens Kerber

Glück auf, der Steiger kommt. Text: Volksweise

Werner Kempf: Kummt, Bargbrüder, fahrn mer aus!
Text: Werner Kempf

Anton Günther: Feieromd. Text: Anton Günther

Edith Piaf: Paris. Text: André Salomon Bernheim

Bill Medley & Jennifer Warnes: The Time of My Life,
Text: Franke Previte, John DeNicola und Donald Markowitz

Feeling B: Artig. Text: Alexander Rompe,
Heiko Landers und Christian Flake Lorenz

Kurt Tucholsky/Hanns Eisler: Deutsches Lied.
Text: Kurt Tucholsky

City: Am Fenster. Text: Hildegard Maria Rauchfuss-Zoppeck

Brigitte Reimann: «Kann man in Hoyerswerda küssen?»
Zitiert nach: Maria Brosig (2010) ‹Es ist ein Experiment.›
Traditionsbildung in der DDR-Literatur anhand
von Brigitte Reimanns Roman ‹Franziska Linkerhand›,
Königshausen & Neumann: Würzburg

INSPIRIERT DURCH

Karl Schlögel (2017) Das sowjetische Jahrhundert,
C. H. Beck: München

Alexander Kluge (2020) Russland-Kontainer,
Suhrkamp Verlag: Berlin

Alexander Kluge (1996) Die Wächter des Sarkophags,
Rotbuch Verlag: Hamburg

Jurij Stscherbak (1988) Protokolle einer Katastrophe,
Athenäum Verlag: Frankfurt am Main

Francesco M. Cataluccio (2012) Die ausradierte Stadt,
Paul Zsolnay Verlag: Wien

Werner Bräunig (2014) Rummelplatz,
Aufbau Taschenbuchverlag: Berlin

Stefan Heym (1984) Schwarzenberg,
C. Bertelsmann: München

Oliver Tietzmann (1995) Radiumbad Oberschlema.
Die Geschichte eines Kurortes, Selbstverlag

Dietmar Winkler (2001) Wie beerdigt man einen Zirkus?,
BoD: Berlin